Tucholsky Wagner Zola Scott Sydow Freud Schlegel
Turgenev Fonatne
Wallace
Twain Walther von der Vogelweide Fouqué Friedrich II. von Preußen
Weber Freiligrath Frey
Fechner Kant Ernst
Fichte Weiße Rose von Fallersleben Richthofen Frommel
Engels Fielding Hölderlin
Fehrs Faber Flaubert Eichendorff Tacitus Dumas
Eliasberg Ebner Eschenbach
Feuerbach Maximilian I. von Habsburg Fock Eliot Zweig
Ewald Vergil
Goethe London
Mendelssohn Balzac Shakespeare Elisabeth von Österreich
Lichtenberg Rathenau Dostojewski Ganghofer
Trackl Stevenson Doyle Gjellerup
Mommsen Tolstoi Hambruch
Thoma Lenz Droste-Hülshoff
Dach Verne von Arnim Hägele Hanrieder
Reuter Hauff Humboldt
Karrillon Rousseau Hagen Hauptmann
Garschin Gautier
Damaschke Defoe Hebbel Baudelaire
Descartes
Hegel Kussmaul Herder
Wolfram von Eschenbach Dickens Schopenhauer Rilke George
Darwin Melville Grimm Jerome
Bronner Bebel
Campe Horváth Aristoteles Proust
Bismarck Vigny Barlach Voltaire Federer Herodot
Gengenbach Heine
Storm Casanova Tersteegen Grillparzer Georgy
Chamberlain Lessing Langbein Gilm
Brentano Gryphius
Strachwitz Claudius Schiller Lafontaine
Bellamy Schilling Kralik Iffland Sokrates
Katharina II. von Rußland Gerstäcker Raabe Gibbon Tschechow
Löns Hesse Hoffmann Gogol Wilde Vulpius
Luther Heym Hofmannsthal Gleim
Roth Klee Hölty Morgenstern Goedicke
Luxemburg Heyse Klopstock Puschkin Homer Kleist
La Roche Horaz Mörike
Machiavelli Musil
Navarra Aurel Musset Kierkegaard Kraft Kraus
Nestroy Marie de France Lamprecht Kind Kirchhoff Hugo Moltke
Nietzsche Nansen Laotse Ipsen Liebknecht
Marx Ringelnatz
von Ossietzky Lassalle Gorki Klett Leibniz
May vom Stein Lawrence Irving
Petalozzi Platon Knigge
Sachs Poe Pückler Michelangelo Kafka
de Sade Praetorius Mistral Liebermann Kock Korolenko
Zetkin

Der Kampf im Spessart

Levin Schücking

Impressum

Autor: Levin Schücking
Umschlagkonzept: toepferschumann, Berlin

Verlag: tredition GmbH, Hamburg
ISBN: 978-3-8472-6661-7
Printed in Germany

Text der Originalausgabe

Levin Schücking

Der Kampf im Spessart

Erzählung

Erstes Kapitel.

Es war am Ende des August im Jahre 1796.

Die Tage begannen kürzer zu werden und die sinkende Sonne warf bereits lange Schatten in eine stille, weltentlegene Schlucht des Waldgebirges, das man den Spessart oder die Speßhardt nennt, den »Wald der Spechte«, in dem bayrischen Kreise Unterfranken und Aschaffenburg.

In dieser Schlucht, durch deren Grund ein schmaler und dürftiger Wasserfaden in einem tiefen, felsigen und mit Geröllе ausgepflasterten Bette niederschoß, standen unfern voneinander zwei Siedelungen – eine Mühle und ein Forst- oder Waldwärterhaus.

Die Mühle lag ein wenig tiefer, zwischen einem Stück Gartenland und einer kleinen Wiese; das Forsthaus lag einen Steinwurf höher – ein altes, in Bruchsteinen aufgeführtes Gebäude, dessen Schieferdach in der Mitte eingesunken war, so daß der hohe sich darüber erhebende Schornstein wie ein steifer Reiter im Sattel aussah. Vor dem Hause lag ein kleiner Garten, in dem einige abgeblühte Stockrosen und honigduftende Phloxbüsche sich über das verfallene und morsche Lattengitter erhoben, welches das Gärtchen umgab.

Die Eingangstür zu diesem Gärtchen fehlte; die Zeit hatte sie mit fortgenommen; vielleicht auch tat es jemand, der besser als die Zeit sie gebrauchen konnte, dem die alten Latten eben recht erschienen, sein Herdfeuer damit zu nähren. An der Stelle der alten Tür aber, zwischen den beiden schiefgesunkenen Holzständern, an welchen sie befestigt gewesen, saß ein anderes zerfallenes und morsches Etwas, eine alte Frau, auf einem niedrigen Schemel, ein abgenutztes Spinnrad neben sich.

Die Frau war jedoch weder mit ihrem Spinnrad noch auch mit dem hübschen Knaben beschäftigt, der zwischen ihren Knien stand und sich an ihre vorgebeugte Schulter zurücklehnte, um mit großen braunen Augen die zwei Männer anzuschauen, welche vor der Alten standen; sie sprach mit diesen Männern, von denen der eine in einer weißbestäubten Jacke steckte, und der andere, in einem abgeschabten grünen Rocke, eine weiße Filzmütze auf dem Kopfe und grüne Gamaschen an den Füßen hatte – es bedurfte des Hirschfängers an seiner Seite nicht, um einen Waldwärter oder Forstläufer in ihm erkennen zu lassen.

»Ich kann Euch nicht sagen, wann der Herr Wilderich heimkommt,« sagte die Alte, den Forstmann ansehend; »wenn Ihr auf ihn warten wollt, so tretet ins Haus ein; wollt Ihr's nicht, so sagt mir, was Eure Botschaft ist, daß ich sie ihm ausrichte.«

Der Mann mit dem Hirschfänger schüttelte den Kopf.

»Für Euch ist's nicht, Muhme!« rief er aus,

»So? Nicht für Mich? Nun meinethalb. Kann mir's schon denken,« fiel die alte Frau ein; »bin auch nicht begierig darauf, denn die Neugier, die hab' ich mir längst abgewöhnt – Gott, sei gedankt – es ist gar gut, daß ich's habe – denn wen die Neugier plagte, für den war's hier nicht arg vergnüglich, bei solch einem wunderlichen Herrn, bei dem ›Herrn‹ Wilderich! Da kann ich eher von der alten Buche da erleben, daß sie mir die Tageszeit bietet, als von dem Heim ein offenes, ehrliches Wort! Man weiß nicht, wohin er geht, noch woher er kommt; und wenn er morgens die Büchse überwirft, dann mein' ich immer, der geht nicht in den Wald wie ein anderer ehrlicher Förster um der Bäume und um der Holzknechte und des andern wilden Getiers wegen, sondern um ganz anderer seltsamer Dinge Willen, das steht ihm ja beinahe im Gesicht geschrieben!« »Nun, um welcher andern Dinge willen sollte er denn in den Wald gehen, Nachbarin Margaret?« fiel lachend der mehlbestäubte Mann, der mit dem Forstläufer gekommen war und diesem mit kleinen pfiffigen Augen zublinzelte, ein. »Welche andere Dinge als das wilde Getier sollte er auf dem Korn haben?«

»Das weiß ich nicht, und Ihr, Gevatter Wölfle, werdet's auch nicht wissen, wenn Ihr auch noch so schlau den da anblickt, als hättet Ihr's Euch längst an den Stiefeln abgelaufen; was ich weiß, ist nur, daß es ein gar wunderlich Getu' und Wesen um ihn ist und ein Hin- und Hergehen mit allerlei Botschaften und ein Heimlichtun, und daß das nimmer viel Gutes zu bedeuten hat; wenn die Männer was treiben, was sie den Frauleuten verbergen, so hat's nimmer viel Gutes auf sich, und das, Gevatter Wölfle, just dasselbige sagt Eure Frau auch, und wenn Ihr sie fragen wollt, könnt Ihr's hören von ihr. Der Wölfle, sagt sie, der Schlaumichel, steckt auch mit unter der Decke!«

»Ich weiß, ich weiß,« rief der Müller sie unterbrechend aus, »was meine Frau sagt, das höre ich schon von ihr selber, Muhme Margaret, übergenug – das könnt Ihr mir glauben! Aber wenn ich auch mit unter der Decke stecke, wie ihr Frauleute euch ausdrückt, dann meine ich, müßte ich schon wissen von dem, was vorgeht!«

»Davon wissen? Ich weiß nicht, was Ihr davon wißt, und das mag freilich nicht arg viel sein. Man wird just Euch nicht alles auf die Nase binden – dem Wölfle! Wenn Ihr aber was wißt, so sagt mir einmal: woher ist denn der Herr Wilderich gekommen und was will er im Walde hier? Eichkätzchen schießen? Danach sieht er aus! Und was,« fuhr die alte Frau, ihre Hand auf die Schulter des vor ihr stehenden Knaben legend, fort – »was hat's auf sich mit dem Bamsen hier, dem armen lieben Burschen, der ausschaut, als wolle er jeden Christenmenschen fragen: Sag's mir endlich einmal, was ist's und weshalb bin ich hier im Wald, und wo ist meine Mutter, und weshalb bin ich nicht bei der, und wohinaus soll ich laufen, daß ich zu ihr komm'?«

»Muhme Margaret, Ihr seid dümmer, als ich geglaubt hab',« antwortete der Müller Wölfle. »Der Herr Wilderich wird schon wissen, wer und wo die Mutter von seinem Jungen da ist, und weshalb er und nicht sie ihn zu sich genommen hat. So etwas kann schon passieren, daß ein Mann sich vor den Leuten weniger daraus macht, solch ein sauberes Pflänzchen bei sich zu haben und aufzuziehen, als ein armes abhängiges Frauenzimmer.«

»Ich muß weiter,« unterbrach der Forstläufer diesen Diskurs der zwei Nachbarsleute, »ich habe noch ein tüchtig Stück Wegs abzulaufen, bis ich zur Ruhe komm' heute. Gehabt Euch wohl, Alte, und sagt dem Herrn Wilderich nur, der Sepp sei dagewesen mit einem Gruß von Philipp Witt und mit guten Nachrichten; der Franzose sei geschlagen, aufs Jack und Kamisol, und das Weitere solle der Herr Wilderich vom Müller erfahren.«

»Es ist gut – Gute Nacht,« versetzte die Alte mürrisch, die Nachricht von einem deutschen Siege mit einem bewunderungswürdigen Gleichmut aufnehmend. »Werd's bestellen!«

Die beiden Männer gingen davon, der Müller, um bald nachher linksab in seine Mühle zu treten, der Sepp, um rasch die Schlucht weiter hinabzuschreiten.

Die Frau stand auf, nahm ihr Spinnrad unter den Arm und an der andern Seite das Kind, das etwa drei oder vier Jahre zählen mochte, an die Hand und ging über eine alte, schief zusammengesunkene Steintreppe, welche der Kleine mit seinen kurzen Beinchen langsam erkletterte, ins Haus.

»So, kleines Herrchen,« sagte sie dabei, »jetzt gehen wir heim ins Haus, der Abend ist da, und wir sollen das feine Püppchen vor der Nachtluft hüten, so will's der Herr Wilderich, und im Hause da wollen wir nach dem Süpplein und dem Bettlein schauen.«

»Ich mag aber nicht ins Bett, ich mag noch nicht; Bruder Wilderich soll mich zu Bett bringen!« sagte der Kleine sehr bestimmt.

»Ja, ja, Bruder Wilderich soll dich auch zu Bett bringen, wie er's alle Abende tut – komm nur, komm!«

»Ich mag nicht ins Haus, ich will auf der Treppe sitzen, bis Bruder Wilderich kommt.«

»Auf der Treppe? Auf den kalten Steinen willst du sitzen? Bist gescheit?«

»Ich will aber. Bruder Wilderich hat gesagt, du sollst tun, was ich will, Muhme!«

»Nun schau' einer dieses Kräutlein an, diesen Bamsen,« sagte die Alte, die Arme in die Seite stemmend, nachdem der Kleine auf der obersten Stufe ihr seine Hand entrissen. »Ob's d' hergehst! Kommst gleich herein, du Rebell, du nichtsnutz'ger!«

»Ich mag nicht. Ich bleib hier, bis Bruder Wilderich kommt!«

»So? Deinen Kopf willst du aufsetzen, du Fratz? Nun, dann bleib. Wart', ich hole dir ein Kissen, damit du nicht auf die Steine zu sitzen kommst, du Prinz du!«

Muhme Margarete ging ins Haus und kehrte gleich darauf mit einem alten ledernen Stuhlkissen zurück, das sie murrend und scheltend auf die oberste Treppenstufe legte, um den »Prinzen« daraufzusetzen. Dann legte sie ihre beiden Hände an seine Schläfe, so daß sie seinen Kopf sich zuwandte, und in die leuchtenden großen, sich auf sie heftenden Augen blickend, murmelte sie: »Krot, willmut'ges du; aber ein lieb's, lieb's Gesichtel hast doch! Ach Gott, was wird aus dir noch werden, in diesem traurigen alten Wald hier und mit dem Bruder Wilderich da!«

Sie drückte den Kopf des Kleinen zärtlich an sich, und dann ging sie ins Haus, ihm seine Abendsuppe zu kochen. Der Kleine saß ruhig und still eine Weile auf seiner Steintreppe, den Blick die Schlucht hinunter gewendet. Die Schatten der Bergwände wurden dunkler und schwerer, die Dämmerung begann die Schlucht zu erfüllen; Margarete erschien endlich wieder auf der Hausschwelle.

»Komm, Prinz, jetzt mußt du aber hinein, du mußt, es wird dunkel und kalt!« sagte sie, das Kind bei der Hand nehmend, um es ins Haus zu führen.

»Kommt Bruder Wilderich nicht?« fragte der Kleine wie ängstlich und dem Weinen nahe nachgebend.

»Gewiß, gewiß, er kommt schon; komm nur herein, dein Süppchen ist fertig; es wird dir schmecken, und wenn du hübsch alles gegessen hast, dann wirst du sehen, dann ist der Herr Wilderich da; mit einem Male, und bringt dich zu Bett.«

Der Kleine ließ sich beruhigt abführen.

Nach einer Pause erschien wieder die Alte auf der Haustreppe. Die Arme in die Seiten gestemmt, blickte sie den Weg hinauf und hinab.

»Wo der heute bleibt!« murmelte sie. »Es ist doch sonst nicht seine Art, im Walde zu bleiben, bis die Eulen zu Bett gehen. Wenn ihm etwas Böses zustieß, und nachher säß' ich mit seinem Kinde da! Eine schöne Bescherung wär's. Aber nein, da kommt er herauf; ja, ist's denn er, der Herr Wilderich, und wen bringt denn der daher?«

Diesen Ausruf der Verwunderung entlockte Frau Margarete eine Gestalt, welche jetzt neben ihrem Dienstherrn die Schlucht heraufgeschritten kam und allerdings eine auffallende Erscheinung in dieser Umgebung bildete.

Es war eine weibliche Gestalt, und diese Gestalt trug ein schwarzes Gewand und über ihm, breit zu den Füßen niederwallend, ein weißes Skapulier und über eine weiße Haube geworfen eine schwarze Kopfumhüllung, wie sie Klosterfrauen tragen.

»Eine Nonne!« rief Frau Margarete aus. Und dann schossen in Frau Margaretens Kopf sofort die wunderlichsten Voraussetzungen und Unterstellungen zusammen. Der geheimnisvolle Herr Wilderich und der kleine Prinz, den er vor der Welt sein Brüderchen nannte, und eine wildfremde Nonne, von dem Herrn Wilderich hier in der Waldeinsamkeit bei dunkelndem Abend zu dem Forsthause geleitet, das war eine Dreifaltigkeit, welche die bedeutungsvollsten Kombinationen erwecken konnte. Muhme Margarete kannte den Weltlauf viel zu gut, die alte erfahrene Margarete, um sich nicht sehr schnell diese Kombinationen durch den Kopf gehen zu lassen.

Sie sah in äußerster Spannung, dem nahenden Paare entgegen, das jetzt schon an der Mühle vorüber war – in äußerster Spannung auf die Szene, welche sich sogleich im Innern des Hauses, an dem Bettlein des eben erst zur Ruhe gebrachten »Prinzen« entwickeln würde. Da – wie war das? Der Herr Wilderich wandte sich gar nicht seinem Hause zu, und die Nonne auch nicht; sie schenkte dem alten grauen Forsthause nicht einen Blick; im Vorübergehen winkte der Herr Wilderich nur mit der Hand und rief: »Ich komme später, Margaret!«

Die Nonne wandte jetzt ihr Gesicht ihr zu und winkte so leise mit dem Kopf, daß es gar nicht zu unterscheiden war, ob es ein Gruß für Margarete sein solle oder nicht. Und was noch verdrießlicher, Muhme Margarete konnte nicht. Und was noch verdrießlicher, Muhme Margarete konnte nicht einmal mehr unterscheiden, ob die Nonne alt oder jung, schön oder häßlich sei; es war schon viel zu dunkel dazu. Doch jung mußte sie wohl sein; sie trat auf wie ein recht kräftiges junges Ding, und einen weiten Weg mußte sie doch gemacht haben, denn wo gab es ein Kloster hin in der Nähe? Das nächste war sicherlich fünf oder sechs Stunden weit.

Margarete schaute den beiden Gestalten mit großen verwunderten Augen nach, soweit sie konnte. Herr Wilderich trug ein großes Bündel, die Nonne nichts. Die Nonne ging nicht neben ihm, sie hielt sich an der andern Seite des Weges. So schritten sie den Weg aufwärts, bis dieser sich hinter dem waldigen Bergrücken verlor. Wohin konnten sie in aller Welt da wollen? Jenseit der Höhe lag ein Tal, so abgelegen, so verborgen wie eins in der Welt; wer da wohnte, der konnte sich einbilden, er einsiedle auf einer noch unentdeckten Insel oder in Amerika oder in Afrika oder Asien; es wäre keiner gekommen, ihm deutlich zu machen, daß er im alten Spessartwalde sitze und nur eine kleine Stunde zu gehen habe, um an die Heerstraße von Würzburg gen Frankfurt und dann auf dieser zu richtig getauften Christenmenschen zu gelangen. Freilich, ein altes Kastell lag da drüben, rechts auf einem Bergvorsprung; durch eine kurze Allee auf halber Berghöhe, rechtsab, wenn man ins Tal niederstieg, konnte man hingelangen; aber das alte Kastell war ja seit Jahren von der Herrschaft verlassen; wo sie lebte und wie sie hieß, wußte Margarete gar nicht, und es wohnte nur ein närrischer alter Kauz, ein pensionierter Leutnant des Kontingents, das der fränkische Ritterkanton zur Reichsarmee stellen mußte, darauf, als Verwalter oder Schösser, wie man's nannte, weil er den »Schoß«, die Gutsabgaben, einzunehmen hatte, nebst seinen Knechten und Mägden, und sonst niemand. Und zu dem bockbeinigen alten Herrn Schösser konnte doch die Nonne nicht wollen!

Das waren die Gedanken, die Fragen, die Verwunderungen, mit denen Muhme Margarete trotz allem, was sie über ihren Mangel an Neugier versichert, ihre schwere Last und Not hatte, als sie endlich ins Haus zurückging und sich dann in dem ersten Raume, der als Eingangshalle, Küche und Wohnzimmer diente, ans Herdfeuer setzte, um, die Hände im Schoße, murmelnd in die Holzflamme zu sehen, über der ein brodelnder Topf hing.

Enthielt der brodelnde Topf Herrn Wilderichs Abendessen, so war dieser ein Mann von großer Anspruchslosigkeit; Margarete verwandte sehr wenig Aufmerksamkeit auf das, was sie braute.

Freilich viel Dank hätte sie heute keinesfalls geerntet, wenn sie auch mehr Fleiß und Würze an den »Hasenpfeffer« gewendet. Herr Wilderich trat nach mehr als einer Stunde sehr rasch, fast stürmisch und höchst aufgeregt ein. Er stellte die Büchse in die Ecke, er warf die Weidtasche von sich, ohne zu sehen, wohin sie fiel. Er ging ins Hinterzimmer zum Bett des Kleinen und drückte einen Kuß auf seine Stirn, daß das Kind sich erschrocken in seinem Schlummer umwarf. Er kam zurück und schritt in der Küche auf und ab, immer auf und ab; und daß Margarete da war, mit all ihren Verwunderungen und Fragen im alten Gesicht, und daß ein sauber gedeckter Tisch da war, nahe am Feuer, und daß Margarete eine dampfende

Schüssel daraufstellte zu dem Brote und der Flasche Landwein und dem alten Kelchglase, die schon daraufstanden, alles das schien er gar nicht zu sehen; ebensowenig, daß die alte Frau, nachdem sie sich wieder zu ihrem Spinnrad gesetzt, ihn mit Seitenblicken beobachtete, in denen nichts weniger lag als eine Versicherung, daß er's mit all seinem Treiben und Gebaren der guten, aber etwas mürrischen alten Seele recht mache.

»Ich soll Euch sagen,« hub sie endlich an, »der Sepp sei dagewesen, um Euch Nachrichten zu bringen, und das Weitere würdet Ihr vom Gevatter Wölfle, dem Müller, erfahren. Die Franzosen seien geschlagen.«

»Ich weiß, was der Sepp wollte,« antwortete Wilderich zerstreut.

»Auch daß die Franzosen geschlagen sind?«

»Auch das, auch das!«

»Nun, wenn Ihr Euch nicht mehr daraus macht – mir kann's auch gleich sein.«

Der Förster antwortete nicht.

»Wollt Ihr nicht essen heute?«

»Gewiß, gewiß!«

Trotz dieser Versicherung setzte Wilderich seine Wanderung fort.

Margarete folgte ihm mit ihren Blicken.-

Nach einer Weile fielen Wilderichs Blicke in diese ihm so gespannt folgenden.

Er blieb vor Margarete stehen, und ein plötzliches heiteres Lächeln glitt über die schönen, ausdrucksvollen Züge des hochgewachsenen jungen Mannes.

»Alte Margaret, weißt du, daß du sehr komisch bist mit dem bösen Gesicht, das du mir machst? Weshalb fragst du nicht?« rief er aus.

»Fragen? Wonach soll ich fragen? Wenn der Herr Wilderich sich nicht herabläßt, von irgendeiner Sache anzufangen, wo man doch hier mutterseelenallein im Walde sitzt, daß einem die Zunge gar noch eintrocknen könnt', und man nicht weiß, wo man das bißchen

Sach' und Zeug, an das man mindestens noch denken könnt', hernehmen soll ...«

Wilderich lachte.

»Und wenn wunderliche, unverhoffentliche Frauenspersonen,« fuhr Margarete fort, »dahergehen und es schon zeigen, daß sie mit der Margaret nicht zu tun haben wollen, sondern an der Tür still vorübergehen und in den Wald hinein, wo der Weg doch ein Ende hat und niemand sie erwarten kann, und am wenigsten ein Kloster ist, wo solche Frauenspersonen hingehören, und wenn der Herr Wilderich als ihr Führer und Packträger nebenherzieht –«

»Nun, hör' nur auf, hör' auf,« fiel ihr Wilderich lachend ins Wort. »Was soll der ganze Psalm, statt daß du mich ehrlich fragst, wie's dir doch das Herz abdrückt: Wer war die Nonne?«

Margarete stemmte ihre Arme in die Seite und das Spinnrad von sich schiebend, rief sie laut und unverhohlen aus: »Wissen möcht' ich's, so viel ist gewiß!«

»Nun, so geht's dir gerad' so wie mir!« versetzte Wilderich.

»Ihr wißt es nicht?«

»Nein!«

»Ihr wollt es nicht wissen!«

»Ich weiß es wahrlich nicht, ich werde nicht klug daraus.«

»Ah, und Ihr tragt doch ihr Bündel, und Ihr führt sie doch, und sie mußte Euch doch sagen, woher sie kam, wohin sie wollte?«

»Wohin sie wollte, das hat sie mir allerdings gesagt.«

Margarete schüttelte ungläubig und entrüstet den grauen Kopf und zog mit der Miene der Resignation wieder ihr Spinnrad an sich.

»Wohin wollte sie denn?« sagte sie mit einem verbissenen Ton, den sie für geeignet hielt, um ihren völligen Unglauben an den Tag zu legen.

»Sie wollte nach Goschenwald drüben.«

»Zu dem roten Herrn Schösser? Will der ein Kloster stiften?«

»Zu dem oder vielmehr zu dem Hause, in dem der alte gestrenge Herr Leutnant wohnt. Höre nur! Ich komme heute nachmittag –«

»Aber wollt Ihr denn nicht essen, Herr Wilderich?« unterbrach ihn die Alte; sie sagte es, als wolle sie andeuten, daß sich eine rechte Jagdgeschichte, wie er sie ihr doch nur zum besten geben werde, ebensogut über Tisch erzählen lasse.

»Nun ja, ich will endlich deinem Ragout alle Ehre antun,« entgegnete Wilderich, sich an den gedeckten Tisch setzend, »aber hör' zu. Also, ich komme heute nachmittag durch die Kiefernbüsche oberhalb Rohrbrunn und von da auf die Würzburger Heerstraße, um so heimzuwandern; da begegnet mir der Weißkopf, der Waldmeister aus dem Siefengrund, weißt du, und der ruft mir zu, ob ich's schon gehört hätte, die Franzosen seien geschlagen am 24. bei Amberg in der Oberpfalz; der Erzherzog Karl habe sie abgefaßt, ihr Obergeneral, der Jourdan, sei schon bis an die Wiesent zurück, Fürst Johann Liechtenstein mit seiner Kavallerie schon in Nürnberg; wenn die Franzosen sich auch noch einmal stellten, so würden sie doch gegen den Erzherzog nicht aufkommen können, so groß seien ihre Verluste. Auch flüchtete sich schon alles oben im Lande, was sich flüchten könne, vor ihren zurückflutenden Heeresmassen; denn wenn der Franzose geschlagen heimmarschiert, dann ist er wie ein wildes Tier und ärger als Kroat und Türke; und was dann unbeschützt auf dem Lande wohnt, was wohlhabende Leute sind, Beamte, Pfarrer und Ordensleute, die tun wohl, sich aus dem Staube zu machen; und das geschähe denn auch aufwärts am ganzen Main, erzählte der Weißkopf.«

»Wenn dann nur das schlechte Sanskulottenvolk nicht hierher kommt!« rief Margarete erschreckend aus. »Gott steh' uns bei!«

»Sag lieber: Gott steh' dann ihnen bei!« fuhr Wilderich mit dem Ton der Drohung und des Zorns fort. »Wir haben vor, ihnen an den Spessart ein Andenken mit auf den Weg zu geben, wenn sie kommen! Hab also keine Angst, du wirst schon sehen, was geschieht. Und davon rede ich denn noch mit dem Waldmeister ein wenig, und dann gehen wir auseinander, er geht aufwärts, und dabei sagt er im Fortgehen: Seht Euch doch nach der Nonne um, die da unten an der Heerstraße sitzt; ich hab' sie gefragt, wohin sie wolle, aber sie hat den Kopf abgewandt, ohne mir Antwort geben zu wollen. Da bin ich meines Wegs gegangen; aber es ist doch seltsam, woher die Person so hierher in den Wald geschneit ist – und sie kann doch nicht allein in den Abend und die Nacht hineinlaufen.

Eine Nonne? Die am Wege sitzt? Nun ja, will schon sehen, sag' ich und gehe weiter und sehe nach einer Weile denn auch richtig eine Nonne dasitzen auf einem Stein, die Hände im Schoße und ihr Bündel neben sich; ich denk', es ist eine arme alte Person, und ich gehe rasch auf sie zu und sage: Guten Abend, ehrwürdige Mutter, wie kommen Sie denn so allein, wenn man fragen darf – aber damit stockt mir auch das Wort auf der Zunge, well sie jetzt den Kopf aufhebt und mir das Gesicht zuwendet – ein Gesicht – ich sage dir, Margaret, so eins hast du nie gesehen, und ich auch nicht, nie in meinem Leben; ein Gesicht, so fein und schön und rührend blaß, mit großen glänzenden braunen Augen, glänzend und doch so weich, so sanft, so still, und das Gesicht dabei so fein und so rosig bleich – «

»So fein und so bleich – das habt Ihr schon 'mal gesagt!« murmelte Margarete wie spottend.

»Ich sage dir,« fuhr Wilderich eifrig fort, »die heilige Genoveva muß so ausgesehen haben, als sie zwischen den Baumwurzeln des Eichenstammes im Ardennenwald saß.«

»Nun ja, und den kleinen Schmerzenreich für die heilige Genoveva hätten wir ja auch zur Hand!« hätte Margaret sagen mögen; aber sie verschluckte die Bosheit, denn Wilderichs Blicke lagen so ehrlich auf ihr, er sprach mit solcher Aufrichtigkeit, daß sie irre zu werden begann an der Geschichte.

»Sie sah mich mit diesen Augen an, als wolle sie mir in der Seele lesen,« erzählte Wilderich weiter; »und dann sagte sie leise, daß ich sie kaum verstand: Ich komme von Oberzell. Ich bin sehr ermüdet. Wie weit ist es noch bis zu dem Hause Goschenwald?

Goschenwald, sag' ich – das liegt in meinem Revier – ich bin der Revierförster von Rohrbrunn. Wenn Sie nach Goschenwald wollen, so ist es just auch mein Weg – mein Forsthaus liegt in der Schlucht am Wege nach Goschenwald. So stotterte ich abgebrochen heraus. Wie weit es ist? Es wird zu weit sein, daß Sie es noch bei hellem Tage erreichen – wenn Sie ermüdet sind, heißt das, ehrwürdige –

ich verschluckte verlegen das Wort: ehrwürdige Mutter – solch ein junges Geschöpf! Ich ward ganz rot dabei.

Sie blickte noch einmal zu mir auf – diesmal flüchtiger; dann, nach ihrem Bündel fassend, sagte sie: So will ich weitergehen, wenn Sie mir den Weg zeigen wollen.

Ich griff nach ihrem Bündel, es ihr zu tragen, und sie ließ es mir. Weiter zu reden wagte ich gar nicht, ich wußte nicht, wie ich sie anreden sollte; aber sie selber begann nach einer Pause wieder: Sie wundern sich wohl, daß ich den Weg so allein mache, durch den Wald?

Daß Sie sich nicht fürchten, nun ja! antwortete ich.

Ich konnte nicht anders, versetzte sie. Ich war Novize im Kloster Oberzell. Es kam die Nachricht, daß die französische Armee geschlagen und im vollen Rückzüge sei; die ehrwürdige Mutter Äbtissin kündigte uns an, daß wir allesamt das Kloster verlassen und uns zu unsern Verwandten flüchten sollten. Ich habe keine Verwandten, und so gab mir die Äbtissin ein Schreiben an den Herrn Schöffer von Goschenwald, weil dies Haus verborgen und abseits von der Heerstraße liege.

Und den Weg von Oberzell bis hierher haben Sie zu Fuß gemacht? fragte ich verwundert.

Nicht ganz, sagte sie, bis Heidenfeld fuhr ich mit zwei älteren Schwestern, die von da aus das Maintal weiter hinab reisten.

Dann blieb Ihnen doch eine gute Strecke zu Fuß zu machen übrig, bevor Sie bis hierher kamen, versetzte ich.

Ich bin auch müde, antwortete sie; aber es wird ja gehen. Wenn man muß, geht alles!

Ich war recht linkisch und einfältig,« fuhr Wilderich zu erzählen fort; »ich wagte nicht, ihr meinen Arm anzubieten, als es nun in unsere Schlucht hinein und bergaufwärts ging, noch auch ihr von dem Wein zu bieten, den ich in meiner Weidtasche trug – ich ging ganz kleinlaut neben ihr her, wohl eine halbe Stunde lang. Ich weiß nicht, ob das vielleicht, daß ich so still und stumm war, sie mutiger und mitteilsamer machte, denn sie begann nun zu sprechen. Sie fragte, in wessen Dienst ich stände, und ob ich das Haus Goschenwald und die Menschen, welche dort wohnten, kenne? Und dann erzählte sie von dem Aufruhr und dem Schrecken der guten Nönnchen, als die schlimme Nachricht gekommen, die sie wie eine Schar aufgeschreckter Tauben aus ihrer stillen Klausur fortgetrieben; wie die frommen Gottesbräute so hastig gepackt und kopflos durcheinandergelaufen und nach Fuhrwerk geschrien, und wie die jüngern sich's doch lachend gefallen lassen, daß sie hinaus in die Welt sollten, und die ältern geweint und gejammert – und das alles, wie sie's schilderte, hatte so etwas, wie soll ich sagen, nichts Lächerliches, es war gar natürlich und selbstverständlich – aber wie sie's erzählte, mußte ich doch ein paarmal lachen, und es war mir, als ob das junge Mädchen trotz ihres Novizentums und ihres schwarzen Habits doch vor dem Klosterwesen und Nonnentum nicht den geringsten Respekt habe!«

»Und dann?« fragte Margarete.

»Dann,« versetzte Wilderich, »kamen wir hier am Hause vorüber, und ich sagte ihr, daß ich hier wohne, allein mit Euch, Margarete, des vorigen Revierförsters Muhme, die schon dem verstorbenen alten Manne lange eine treue Pflegerin gewesen. Das Haus sei alt und das Revier groß; der Dienst sei schwer, wenn man aber dabei groß geworden und von Jugend auf dazu dressiert, so halte man's schon aus; und da sagte sie: wenn auch das Haus verfallen genug aussehe, so sei es doch mein Haus, und wenn der Wald, den ich zu hüten habe, auch weit und groß sei, so sei es doch der schöne, stille, freie Wald, in den keine Menschen mit ihrer Not und ihrem Leid kämen, keine Menschen mit ihren bösen und verderblichen Leidenschaften; es sei doch jeder glücklich, der ruhig und geachtet am eigenen Herde leben könne und das Schicksal der Heimatlosen und Ausgestoßenen nicht kenne! Das sagte sie in einem Tone, einem so traurigen und ergreifenden Tone, daß ich gar nicht wußte, was ich darauf antworten sollte; es hat mir seitdem gar nicht aus dem Kopfe herausgewollt, was für ein Schicksal es sein kann, das sie so jung ins Kloster getrieben, daß sie jetzt sich eine Heimatlose und Ausgestoßene nannte. Ich war von dem Augenblick an so betroffen und kleinlaut, daß ich nicht mehr wagte, irgendeine Frage an sie zu stellen. Sag' mir um Gottes Willen, Margaret, wer kann sie sein, was kann sie erlebt haben, daß sie mit so traurigen Augen in die Welt blickt, mit so traurigen Worten redet? Mein Gott, was muß ihr angetan sein, daß sie einen armen Teufel, der, wie ich, in der öden Einsamkeit dieser Waldschlucht in solch einem schiefgesunkenen Malepartus sitzt, beneidet – und dabei so jung, so schön, so bezaubernd schön?«

»Bezaubert hat sie Euch, soviel ist gewiß. Aber was kann ich davon wissen?« rief Margarete achselzuckend aus. »Ihr habt mir ja noch nicht einmal das Ende der Geschichte erzählt.«

»Meine Geschichte ist zu Ende. Ich brachte sie bis nach Goschenwald. Erwartet war sie da nicht. Auf der Brüstung der alten Steindrucke vor dem Torbau saß der alte Schösser in seiner roten Leutnantsuniform, die er nie ablegt; er saß steif und gerade da, der Zopf stand ihm hinten vom Kopfe ab, just so weit wie vorn die irdene Tabakspfeife, die er im Munde hatte und aus der er blaue Dampfwolken blies, so beharrlich und still für sich hin, als ob er das Abenddunkel zurechtrauchen müsse und die Nacht ohne seine blauen Wolken ihre Schatten nicht fertig bringe. Die Nonne trat an ihn heran, zog schüchtern und leise redend einen Brief hervor und gab ihn dem Alten, er sei, sagte sie ihm, von der hochwürdigen Frau Äbtissin von Oberzell. Der Schösser besah ihn von allen Seiten; dann steckte er ihn in die Tasche und sagte, es sei zu dunkel, um ihn zu lesen; dabei blieb er steif und reglos sitzen, und sah uns an, bald den einen, bald die andere.

Aber es scheint, sagte ich zu ihm, die Demoiselle rechnet darauf, in Goschenwald Aufnahme zu finden.

Die Äbtissin ließ es mich in der Tat hoffen, fiel sie ein.

Bis anhero haben wir dieses ihr auch nicht verweigert! versetzte der Schösser, geradeaus in seine Dampfwolken blickend. Trete die Demoiselle nur ein. Es soll für sie gesorgt werden. Das junge Mädchen sah schweigend zu mir auf und gab mir die Hand – es war ein stummer Dank für meine Begleitung. Dann ging sie ins Tor hinein – und ich, ich wandte mich heimwärts; der alte Schösser blickte uns beiden nach, so gut er es konnte, ohne den Kopf zu wenden, mit dem bloßen Hin- und Herwerfen der Augen. Und damit hast du das letzte Ende der Geschichte.«

»Das letzte Ende?« sagte Margarete. »Ihr seht nicht ganz danach aus, Herr Wilderich, als ob Ihr selber so dächtet; wenn diese wunderliche Nonne in Goschenwald bleiben sollte, so habt Ihr den Weg dahin wohl nicht zum letztenmal gemacht!«

»Möglich,« antwortete Wilderich lächelnd; »ich muß doch morgen sehen, ob der alte Leutnant endlich auch hineingegangen ist und für seinen Gast hat Sorge tragen lassen, oder ob er noch immer wie versteinert auf der Brücke sitzt.«

Zweites Kapitel

Wilderich ging in der Tat am andern Tage, als ob er danach sehen wolle. Er war am Morgen ungewöhnlich früh aufgestanden, aber zuerst war er in die Mühle gegangen, mit dem Gevatter Wölfle zu reden. Margarete hatte gesehen, daß mehrere fremde Männer die Schlucht heraufgekommen und sich ebenfalls in die Mühle begeben hatten – der Müller hatte seine Räder gestellt, als ob er Wichtigeres heute zu tun habe, als seine alten Steine sich umschwingen zu lassen. Margarete schüttelte den Kopf über dies Treiben, aber sie war gewohnt, daß man ihr ein Hehl daraus machte, und so plauderte sie ihren Ärger nur gegen den kleinen Leopold aus, der ihr von der Wiese am Bach gelbe Blumen des Löwenzahns zutrug, aus denen sie ihm eine Kette um den Hals machen mußte. Als Wilderich aus der Mühle zurückkam, nahm er erregt, wie es schien, und hastig ein Frühstück ein, dann warf er die Büchse um, pfiff seinem Hunde und schritt davon, die Schlucht hinauf.

Eine halbe Stunde später sah er die Steinbrücke von Haus Goschenwald vor sich. Der alte Schösser saß zwar nicht mehr auf der Brustwehr, aber er lag in seiner roten Uniform und mit einer hohen weißen Zipfelmütze auf dem gelbgrauen, runzeligen Haupte in einem offenen Fenster des Torbaues, über dem Einfahrtstor. So blickte er Wilderich entgegen, ohne sich zu rühren, nickte auch nicht mit dem Kopfe, als dieser die Hand grüßend an seine Mütze legte; wenn er auch nicht mehr starr und steif wie ein Steinbild auf der Brücke saß, versteinert schien der alte Mann doch.

Wenn man durch das gewölbte Tor im Vorbau auf den Hof von Goschenwald kam, so hatte man rechts das Haupthaus und vor sich einen im rechten Winkel vorspringenden Flügel; von diesem nach dem Vorbau hin schloß links eine niedrige gezinnte Mauer den Hof, über welche man fort in das enge, waldbewachsene Tal und den Weiher im tiefsten Grunde blickte, in die stille, grüne, menschenleere Waldwelt.

Mitten im Hofe stand eine Linde und unfern ein Ziehbrunnen mit seinem Eisenrade zwischen zwei Steinpfeilern; der Brunnen mußte sehr tief sein, da Goschenwald auf halber Berghöhe lag und das ganze Tal beherrschte. Dicht unter der Linde, die weithin ihre niederhängenden Zweige ausbreitete und den Boden umher mit ihren gelben beflügelten Blüten bedeckt hatte, stand eine Bank, und auf dieser Bank saß ein junges Mädchen in einem dunkelgrünen Kleide, unter dem nach der Mode der Zeit ein graues Unterkleid hervorblickte; ihre Brust war mit einem weißen geblümten Tuche umhüllt, das auf dem Rücken zu einem Knoten zusammengeschlungen war; um ihr Haupt wallten frei die dichten braunen Locken. So saß sie da, das Kinn auf die Hand gestützt und in das Tal vor ihr hinabschauend; ein grober grauer Strickstrumpf, mit dem sie beschäftigt gewesen sein mußte, lag in ihrem Schoße. Wilderich fixierte sie überrascht, als er näher kam. War das in der Tat – ja, sie war es, dies schöne rosig-bleiche Antlitz konnte keinen Doppelgänger haben – es war die Nonne von gestern!

Ein eigentümliches Gefühl von Befriedigung war es, womit Wilderich die Wandlung bemerkte, die aus der Nonne ein junges Mädchen, anscheinend des wohlhabenden Bürgerstandes, gemacht. Es war auffallend, daß sie so geeilt, das fromme kirchliche Gewand abzutun; für den jungen Forstmann freilich konnte es ganz dasselbe sein, ob er sie nun so oder so sah; und doch flößte der Anblick ihm eine warme, wohltuende Empfindung ins Herz.

Als er auf sie zutrat, fühlte er sich tief erröten, und dem Blicke, den sie groß und ruhig auf ihm haften ließ, ein wenig unsicher begegnend, aber mit der Verbeugung eines weltgewandten Mannes, sagte er: »Ich hoffe, Demoiselle, Sie finden mich nicht zudringlich; meine Waldstreiferei führte mich in die Nähe, und die Hoffnung, zu erfahren, daß Sie wohl untergekommen sind und daß Ihre Fußreise Sie nicht zu sehr ermüdet und angegriffen habe, bis hierher.«

»Ich danke Ihnen,« versetzte sie freundlich, aber sehr ernst. »Wie Sie sehen, bin ich wohl. Ich danke Ihnen für die große Gefälligkeit, welche Sie mir gestern erwiesen und die ich nicht hätte annehmen sollen, da Sie einen so weiten Weg deshalb zu machen hatten. Aber ich wußte ja nicht, wie weit.«

»Sie kannten den Weg nicht, freilich, und es wäre ja unverzeihlich von mir gewesen, hätte ich es Ihnen überlassen, sich den Weg selber zu suchen. Darum reden wir nicht von Dank.«

Sie antwortete nicht, Wilderichs Auge haftete auf dem Antlitze des jungen Mädchens, das einen so unbeschreiblichen Zauber auf ihn ausübte; unter dem Einfluß dieses Zaubers, der ihm eigentümlich die Gedanken verwirrte, wußte er nicht, wie er den abreißenden Faden des Gesprächs wieder anknüpfe. »Es freut mich,« stotterte er endlich, »daß Sie hier wohl aufgehoben sind. Der Herr Schösser hat sicherlich – «

»Der Herr Schösser,« fiel sie lächelnd ein, »hat endlich den Brief der Äbtissin gelesen und mir die besten Zimmer dort oben –« sie deutete auf den vorspringenden Flügel des Baues – »eingeräumt; er spricht zwar nur mit den Augen, der Herr Schösser, aber er scheint ein friedlicher, wohlmeinender Herr; auch ist er nicht so abgeneigt, auf eine Frage eine Antwort zu geben, wie man glauben könnte. Man muß ihn nur dabei – die Haushälterin hat es mir verraten – Ew. Gestrengen nennen und er wird dann gleich ein ganz umgänglicher Mann. Die Zimmer sind recht wohl erhalten, sie haben eine hübsche Aussicht, und ich bin durchaus nicht unzufrieden, sie mit meiner Zelle vertauscht zu haben.«

»Und diese Tracht, die so viel kleidsamer und, wenn ich es zu sagen mir herausnehmen darf, so viel passender für die Demoiselle ist, mit dem schwarzen Habit, in welchem ich mich gar nicht recht Sie anzureden getraute!«

Sie nickte lächelnd.

»Ich war nur Novize oder auch das nicht einmal so recht im Kloster,« sagte sie. »Ich trug das schwärze Habit nur so mit den andern, und ich habe es abgelegt, da es doch nur eine Entweihung desselben wäre, wenn ich es hier vor den Leuten beibehalten und so Parade mit einem frommen und sehr ernsten Berufe gemacht hätte, der meiner Seele ganz fremd ist, für den ich gar nicht würdig genug bin. Es ist sicherlich nicht Eitelkeit, wenn ich Ihnen heute so verwandelt und verweltlicht erscheine, nein, nur Ehrlichkeit!«

Sie sah ihn dabei mit Augen an, aus denen diese Ehrlichkeit hervorleuchtete.

Wilderich geriet immer tiefer in den Zauberbann dieser Augen, er kam sich dabei, weil er nichts zu antworten, nichts Sinniges oder Kluges vorzubringen wußte und das Rot der Verlegenheit auf seinen Wangen brennen fühlte, entsetzlich hölzern und täppisch vor;

er suchte nach einem Schluß der Unterredung, und mochte sich doch auch von der Stelle, wo er stand, nicht losreißen.

»Die Klostertracht,« sagte er nach einer Weile, »würde Sie vielleicht doch besser geschützt haben, wenn der Sturm hier in unsern Waldbergen losbricht.«

»Der Sturm? Sie meinen?«

»Ich meine den Kampf, der sich hier in der Stille vorbereitet. Ich darf es Ihnen ja sagen. Sie wissen, daß die Franzosen oben im Lande zurückgeworfen sind; eine zweite Schlacht, vielleicht in der Gegend von Würzburg, wird hoffentlich ihre Macht völlig brechen und sie zwingen, sich durch die Wälder hier auf den Rhein zurückzuziehen. In diesen Wäldern aber werden sie alsdann vernichtet werden.«

»Mein Gott, Sie sprechen das so bestimmt aus – Sie glauben, der Erzherzog Karl wird sie hier auf dem Rückzuge angreifen?«

»Nicht das. Der Erzherzog Karl wird mit seiner Armee für die Weidmänner des Spessart der Treiber sein, der ihnen das gehetzte Wild in den Schuß treibt! Wir sind bereit und gerüstet, es zu empfangen. Es ist alles vorbereitet. Wir haben im stillen für Waffen gesorgt, die Männer im Gebrauch derselben geübt, die Anführer und Rotten aufgestellt, die Punkte, wo die Angriffe erfolgen sollen, bestimmt. Warten Sie ein paar Tage, und Sie werden auch hier in Goschenwald hören können, wie's drüben in den Tälern, durch die die Straßen ziehen, knattern und knallen wird.«

»Mein Gott, was sagen Sie mir da!« rief das junge Mädchen erschrocken. »Und das soll hier unter meinen Augen vorgehen?«

»Hier schwerlich! Seien Sie darüber beruhigt! Goschenwald liegt in gerader Linie fast eine Stunde von der Heerstraße entfernt. Sie werden höchstens einige der Jäger vorüberziehen sehen, nichts von der Jagd!« »Das ist aber doch fürchterlich! Und Sie, Sie selbst?« versetzte sie, indem sie in das von dem Ausdrucke wilden Mutes und der Kampfeslust glühende Antlitz Wilderichs blickte.

»Ich selbst, ich bin Weidmann, im Spessart angestellt; durch mein Revier zieht ein gutes Stück der Rückzugslinie des Feindes; möchten Sie da meine Büchse feiern sehen?«

Sie antwortete nicht. Ihre Züge waren bleicher geworden.

»Schrecklich ist es aber doch,« sagte sie dann, mit dem Ausdrucke der Angst zu Wilderich aufblickend; »es hat mich so entsetzt, daß ich noch in dieser Stunde wieder aufbrechen und mich weiter flüchten möchte! Aber wohin, wohin? Ich weiß keinen Winkel auf Erden, der mich aufnähme, wenn ich diesen hier verließe – keinen Winkel, keine Stätte! O mein Gott!« setzte sie halb wie für sich und den Blick von Wilderich abwendend, um in die Ferne hinauszustarren, hinzu, »ich bin ja nun einmal verlassen von allen, verlassen und verloren! So muß es denn über mich kommen, ich muß es überstehen, so gut es zu überstehen ist!«

»Es tut mir leid,« versetzte Wilderich bewegt, »daß es Sie so erschreckt, so zittern macht. Hätte ich's Ihnen lieber nicht verraten, wie wir's bis heute verborgen haben gehalten vor aller Welt, außer vor denen, die's anging, die den nötigen Haß im Herzen, die nötige Kraft in den Muskeln und Sehnen haben, um zu helfen, mit einem heiligen Wetterschlage in das böse Volk, das unser Vaterland höhnt, beschimpft, ausraubt und zertritt, zu fahren! Doch ich dachte, Ihnen dürft' ich's sagen; mir ist, als dürft' ich eben Ihnen alles sagen, Ihnen müßt' ich alles sagen; und dann, dann, dachte ich, seien Sie vorbereitet und ängstigten sich nicht, wenn Sie wüßten, daß alles wohlgeordnet, alles vorgesehen ist; daß nicht tollkühne Menschen sich um Sie her leichtsinnig in den Untergang stürzen, sondern daß ein überdachter Plan das selbständige Handeln des Volkes regelt. Das Volk will zeigen, daß es auch die Waffe zu handhaben versteht und alte Schmach zu rächen weiß, und daß, so viel man auch getan, seine Kraft, seinen Mut und sein Selbstbewußtsein in dem Modersumpf unsers Reichswesens zu ersticken, diese Kraft doch noch lebendig ist und zu siegen weiß, wenn man ihr nur Raum läßt, sich zu offenbaren. Um das an den Tag legen zu können, hat es sich aber vorgesehen, damit es nicht bei dieser Erhebung eine klägliche Rolle spiele und zum Spotte derer werde, welche es verachten. Es hat seine Maßregeln dawider getroffen. Es wird kein Kinderspiel werden, sondern ein sehr ernstes Stück Arbeit. Aber fürchten Sie nichts! Es wäre nicht wohlgetan, wenn Sie darum diesen Aufenthalt verlassen wollten, falls Sie wirklich so allein stehen in der Welt, wie Sie sagen.«

»Das tue ich,« versetzte das junge Mädchen, zu Boden blickend; »allein, ganz allein!«

»Das ist ein hartes Los,« erwiderte Wilderich weich und mit gedämpfter Stimme. »Für ein junges Mädchen doppelt, obwohl es auch die Seele eines Mannes wunddrücken kann, wenn er sich sagen muß: du bist allein in der Welt, die Deinen sind alle dahin, sind tot, du selbst bist wie ein loses Blatt in diese Talschlucht, in diese Berge, in diese Welt hineingeweht, ohne daß du weißt, was dich eigentlich dahin bringt; ohne daß das Bewußtsein des Fremdseins in dieser Welt je für dich aufhört; ohne daß sich Fäden spinnen zwischen ihr und deinem Gemüt, die dir endlich das Gefühl, eine Heimat zu haben, gäben; ohne daß die alte quälende Empfindung der Herzensleerheit ein Ende fände und das ewige schmerzliche Träumen von einem Glück, das irgendwo jenseit der grünen Bergwaldkämme im Ost oder im West für dich existieren müsse, je aufhörte.«

»Und ist's Ihnen so zumute – Ihnen – hier?« fragte leise errötend und zu ihm aufschauend mit bewegterer Stimme das junge Mädchen.

»So ist's,« sagte er. »Ich bin fremd hierher gekommen, seit wenigen Monden. Ich bin zu Hause in der Unterpfalz, aus der Gegend von Zweibrücken. Da ist nun alles französisch drüben. Mein Vater war Forstmeister dort, ein alter Mann, gichtgelähmt, ich durfte ihn nicht verlassen. So hielt ich's aus. Ich sollte sein Nachfolger werden und versah den Dienst für ihn schon seit mehreren Jahren. Ich hielt es aus trotz der neuen Wirtschaft dort; als aber mein Vater gestorben, da hielt mich nichts mehr zurück, ich gab meine Stellung und Aussicht auf, und der Kurfürst von Mainz, der jetzt in Aschaffenburg sitzt, gab mir ein vernachlässigtes Revier, sein allerentlegenstes – dieses hier!«

Das junge Mädchen sah ihn an, ohne zu antworten.

»Sie klagen mit Unrecht,« sagte sie dann nach einer Weile, »über solch ein Lebenslos. Es gibt härtere. Keine Heimat zu haben ist besser, als eine zu haben, die uns ausgestoßen hat; keinen Kreis verwandter und geliebter Menschen zu besitzen besser, als in dem, der uns gehört, Hader, Feindschaft und tödlichen Haß zu wissen!«

Wilderich nickte leise, indem er sinnend auf die Sprechende vor ihm blickte. Ein unendliches Mitleiden mit ihrem Lose erfüllte ihn, da er sofort annahm, daß sie nur von ihrem eigenen reden könne.

»Sie haben recht, Demoiselle,« entgegnete er dann. »Und wenn – wenn –«

»Was wollten Sie sagen?« fragte sie unbefangen, als er ins Stottern geriet.

»Nichts, als daß unsereins ja auch den Trost hat, zuweilen zu etwas nütze sein zu können – vielleicht wenn Sie irgendeines Schutzes, eines Dienstes bedürften – gewiß wird es Ihnen erwünscht sein, Auskunft, Nachrichten über die Vorgänge, die wir zu erwarten haben, zu erhalten – ich brauche Ihnen nicht zu sagen, daß, wenn ich wiederkommen dürfte, wenn Sie mir vergönnen –«

Wilderichs Erröten und Stottern wurde peinlich, so daß sie einfiel: »Ich danke Ihnen, ich danke Ihnen aufrichtig. Ich würde sehr undankbar für den Schutz sein, den Sie mir bereits einmal haben angedeihen lassen, wenn ich nicht gern Ihre Gefälligkeit wieder in Anspruch nähme, sobald ich ihrer bedürfte und ich wüßte, daß es Ihnen nicht wieder eine so große Mühe machte, wie ich sie Ihnen gestern gemacht habe.«

»Bitte, reden Sie nicht mehr von der Mühe und lassen Sie mich mit der Hoffnung gehen, daß Sie unter allen Umständen auf meinen Eifer, Ihnen dienen zu können, zählen!«

Da sie nicht gleich antwortete, machte er ihr mit noch tieferm Erröten eine Verbeugung und ging. Sie blickte ihm eigentümlich bewegt nach. Vielleicht fühlte sie jetzt, wo er nicht mehr da war, sich ein wenig beunruhigt, es beschlich sie der Gedanke, ob sie in diesem Gespräch nicht auffallend offen und aufrichtig und über ihre Lage zu mitteilsam gewesen und was er darüber denken müsse. Es ist nun einmal so schwer, wenn man durch die Ereignisse aus allem Gleichgewicht gebracht und so in eine völlig andere Umgebung geworfen, weit aus den täglichen Lebensgleisen geschleudert ist, die strenge Haltung, wie die Sitte sie will, zu bewahren, nicht von dem, was das Herz erfüllt, mehr über die Lippen fließen zu lassen, als man sollte!

Ihre Skrupel, daß Wilderich sie mißdeuten und mißverstehen könne, waren jedoch sehr unbegründet! Er sagte sich nichts über sie, er grübelte nicht, er urteilte nicht, er fühlte nur stärker das, was ihn die ganze schlaflose Nacht hindurch erfüllt, dies Betroffen- und

Ergriffensein von der fremden, all sein Denken gefangennehmenden Erscheinung; es war ihm, als ob das zu einem wahren Sturm werden könne, was schon jetzt ihm durch alle Adern pochte; er fühlte es und sagte es sich schon mit bewußter Klarheit, daß dieses geheimnisvolle schöne junge Mädchen mit seinem seltsamen Schicksal ihm mehr am Herzen liege als alles andere, was ihm nahestand in dieser stillen grünen Bergwelt und außerhalb derselben.

Eine Weile, nachdem Wilderich gegangen, erschien eine zweite Person auf dem Hofe zu Goschenwald. Diesmal war es der gestrenge Herr Schösser, der Herr Schösser in der abgetragenen roten, auf den Nähten ein wenig weiß gewordenen Uniform, in welcher einst der ritterschaftliche Kanton von Oberfranken seine grausam tapfere und Schrecken verbreitende Heeresmacht zu der römisch-kaiserlichen Armada stoßen lassen, wenn es galt, den Reichsboden wider Türken oder Franzosen zu verteidigen. Rot war diese Uniform; ob die grüne Sergeweste mit Messingknöpfen und die gelben Beinkleider und die schwarzen Gamaschen, in denen der Herr Leutnant außer Dienst stolzierte, vorschriftsmäßig dazu gehörten, finden wir in den Büchern der Geschichte nicht verzeichnet. Vielleicht hing diese Farbenwahl mit dem persönlichen Geschmack Sr. Gestrengen zusammen; gewiß aber gehörte dazu der quer getragene Degen, der an der steifgeraden dünnen Gestalt des Mannes hing wie eine Raa an einem Mastbaum, so daß man den Lehrsatz von der Gleichheit der Scheitelwinkel daran beweisen konnte; und sicherer noch gehörte zur Uniform die Konvolvulusblume des zierlichen Zopfes!

Der Schösser kam aus dem Torbogen heraus, dann stelzte er in dem ganzen Hofe herum mit einem gewichtigen Schritt, nicht rechts noch links blickend; es sah aus, als ob der alte Mann dienstmäßig eine Ronde, eine Patrouille, ein schattenhaftes Korps seiner Tapfern, das nur er hinter sich erblickte, führte; und in der letzten Ecke, da mußte er sie wohl entlassen haben und der Dienst zu Ende sein; die linke Hand auf den Rücken gelegt, die rechte in die grünsergene Weste geschoben, nahm er das Mädchen unter der Linde als Richtpunkt, auf den er jetzt zustelzte.

»Wünsche Guten Morgen, Demoiselle Benedicte!« sagte er, die Hand an seinen dreieckigen Hut mit der roten Plumage legend.

»Guten Morgen, Gestrengen!« antwortete sie.

»Tun verhoffen,« fuhren Se. Gestrengen fort, »daß die Demoiselle Benedicte eine wohlschlafende Nacht genossen!«´

»Ich danke Ihnen, Gestrengen; ich habe nach meiner ermüdenden Wanderung sehr tief und sehr lange geschlafen.«

»Auch, daß Wohlderselben die Ziegenmilch noch hinreichend warm serviert worden. Habe sie selber gemolken und der Beschließerin Afra zu schleuniger Überbringung anrekommandiert.«

»Ei, Sie melken die Ziege selbst, Herr Schösser?«

»Jawohl, Demoiselle, melke ich sie selbst; dem Dienstvolk kann man so etwas nicht überlassen; melke sie selbst, bereite auch selbsten den Käse – sehr guten Käse – werde die Ehre haben, bei Tische mit einem kleinen Pröblein aufzuwarten. Was ich jedoch vermelden wollte, Demoiselle Benedicte, da Wohldieselbe mir anitzo von der Frau Äbtissin brieflich anempfohlen ist, so möchte es angemessen erscheinen, daß ich Hochderselben mittels eines Antwortschreibens zu erwidern mich beflisse, wie ich solchem Ansinnen nachzuleben mit besonderer Dienstergebenheit erbötig sei.«

Benedicte, wie er unsere Novize genannt, nickte mit dem Kopfe, doch schien ihr in dem Ton des Mannes eine Andeutung zu liegen, die sie nicht gleich verstand, und so sah sie ihn fragend an. Sie bemerkte aber nur, daß ihre schweigende Zustimmung zu seiner Äußerung seine Miene durchaus nicht erhellte, als, er fortfuhr: »Wobei nur zu bedenken anheimgebe, daß auch noch dem Herrn Reichshofrat, dem Bruder der Frau Äbtissin, für den ich Goschenwald zu administrieren die Ehre habe, anderweit schuldige Meldung zu machen haben dürfte.«

»Sie wollen, daß Sie mich hier aufgenommen haben, an den eigentlichen Eigentümer dieses Hauses nach Wien melden?«

Der gestrenge Herr runzelte jetzt völlig schwermütig die Brauen.

»Das möchte allerdings für geziemlich erachtet werden, obwohl sonst nur alle Vierteljahre einen kurzgefaßten submissen Bericht dahin zu instradieren verpflichtet bin.«

Die Demoiselle Benedicte hatte jetzt den gestrengen Herrn und den leisen Ton von Wehmut und Klage, der in seiner Rede lag, verstanden.

»O,« sagte sie lebhaft, »Ew. Gestrengen sollen sich nicht eine Mühwaltung zumuten, welcher ich Sie gern überheben will! Ich selbst werde der Äbtissin danken, ihr berichten, mit welcher Güte und Zuvorkommenheit Sie mich in Haus Goschenwald aufgenommen haben, und zugleich bitten, daß die Frau Äbtissin dem Herrn Bruder in Wien Nachricht von den Umständen gibt, unter welchen sie mir in seinem Eigentum ein Asyl angewiesen hat.«

»Dieses wäre scharmant, Demoiselle Benedicte!« sagte der Krieger außer Dienst, erleichtert aufatmend und offenbar erfreut, die ihn beunruhigende Arbeitslast von seinen Schultern genommen zu sehen. »Bin des Schreibens und was damit zusammenhängt ein wenig ungewohnt geworden, und so will ich es dabei bewenden lassen, um so mehr, als die Posten nach Wien bei diesen Kriegsläuften so unsicher sind!«

»Sie haben recht, Gestrengen, die Posten sind so unsicher!«

Der Schösser ging, nachdem er über diesen Punkt beruhigt, zu einem andern Gegenstand über.

»Ist wohl,« fragte er, »ein alter Bekannter, der Herr, der eben ging, der Herr Revierförster, von der Demoiselle Benedicte?«

»O nein, durchaus nicht. Woraus schließen Sie das?«

»Dachte so, weil er Sie herbrachte. Nun, dann desto besser. Wollte Sie auch nur ein wenig gewarnt haben vor dem! Gefährlicher Mensch das! Staatsgefährlicher Mensch!«

Die Demoiselle Benedicte sah verwundert in das alte runzlige Gesicht vor ihr:

»Staatsgefährlich? Und weshalb?«

»Weil er hetzt, weil er die Bauern aufhetzt und stachelt, und weil man nicht weiß bei ihm, woher und wohin!«

»Woher er kommt, hat er mir soeben gesagt.«

»Was hat er gesagt?«

»Er stammt von drüben her, aus –«

»Ja, von drüben, von drüben, von da her, wo sie jetzt die Franzosen, die Republik haben, und –« der Herr Schösser dämpfte hier die Stimme zum Flüstern – »ist auch solch einer, ein Jakobiner, ein Republikaner, ein Klubbist und Emissär; soll hier wühlen! Die fränkischen Bauern sind alle Halunken; das will nicht mehr Schoß und Beden und Steuern zahlen; das will nicht mehr roboten, das will nicht mehr in Zucht und Zagen der Kirche dienen und in Furcht und Zittern vor der gestrengen Obrigkeit stehen; das läßt sich Reden von der neumodigen Freiheit halten und unterweisen, wie man Kraut auf die Pfanne schüttet. Na, wir werden erleben, was daraus wird.«

»Sie tun ihm ganz gewiß unrecht,« versetzte Demoiselle Benedikte warm; »er hat so offen mit mir geredet – allerdings, er hat mir gestanden, daß sich das Volk rüstet, dem Heere des Kaisers beizustehen, und daß er selbst –«

»Einer der Hauptträdelsführer ist – freilich, freilich, das wissen wir ja – aber dem Heere des Kaisers beizustehen? Glauben Sie's nicht, Demoiselle, glauben Sie's nicht, es ist alles Lüge, Lüge, Komödie. Sie sind nicht besser als die Jakobiner auch, sind alle Sanskulotten, und sie wollen nur die Waffen in die Hände bekommen, und hernacher, wenn sie gerüstet und in der Macht sind, dann werden wir's erleben.«

»Ich weiß von diesen Sachen nichts,« antwortete Benedicte betroffen; »ich habe nur gehört, daß überall ein Teil der Landbevölkerung sowohl wie der Bewohner der Städte den Franzosen als Befreiern und Verbreitern freierer und menschlicherer Staatseinrichtungen mit Freude entgegengesehen hat; daß aber jetzt ein furchtbarer Umschwung in dieser Gesinnung eingetreten ist; daß die Art, wie die Franzosen ihren Verheißungen durch ihr Auftreten Hohn gesprochen, wie sie geplündert, die Menschen mißhandelt und das Vieh gemartert, aus Frevelmut der Leute Eigentum vernichtet und die Altäre geschändet haben, eine tiefe Empörung hervorgerufen hat, und daß, wenn die Franzosen geschlagen sind –«

»Geschlagen sind – die Franzosen geschlagen sind!« viel hier der Schösser ein, während die Runzeln seines gelben Gesichts in wunderlich zuckende Bewegung gerieten. »Als ob die Franzosen geschlagen würden! Die werden nicht geschlagen, ich sag's der Demoiselle, ich, der dabei war.«

»Bei den Franzosen?«

»Nein, dabei, wenn sie nicht geschlagen wurden; wenn wir, die Reichstruppen geschlagen wurden; zehnmal, ein dutzendmal!«

»Aber mein Gott, bei Amberg hat doch der Erzherzog –«

»Lügen, Lügen, Possen! Alles nur Vorwand des Rebellenpacks, das losschlagen will. Bin auch Soldat; war bei den Ritterschaftlichen, bei den Erzstift-Mainzischen; auf Ehre, wir haben unsere Schuldigkeit getan wie brave Soldaten; aber geschlagen? Geschlagen haben sie uns – immer sie uns! Das läßt sich nicht schlagen, das Franzosenvolk! Aber darin hat die Demoiselle recht – die Empörung, die Rebellion, die Republik, die werden wir haben, sehr bald haben, und den Herrn da drüben, den Herrn Wilderich werden wir an der Spitze sehen, an der Spitze der Lumpenbande, sie mag mir's glauben!«

»Ich glaube,« versetzte die Demoiselle Benedicte erregt, »es ist unrecht von Ihnen, so von einem Manne zu reden, dem Sie nichts Bestimmtes vorwerfen können, als daß er eben ein Fremder in dieser Gegend ist.«

»Ein Fremder, ein Wildfremder,« rief der Schösser aus, »wildfremd mitsamt seinem Kinde!«

»Samt seinem Kinde? War er verheiratet?«

»Verheiratet? Der? Nichts davon! Es ist dergleichen nichts anhero bekannt; aber ein Kind hat er, hat's bei sich, jedermann kann's sehen.« Benedicte wandte ihr Gesicht ab von dem Zucken der Runzeln in des Gestrengen Antlitz und den Blicken voll häßlicher Bedeutung, die auf ihr lagen.

»Was geht's, uns an!« sagte sie. »Ich glaube, Ew. Gestrengen Ziegen meckern!«

»Ja, ja,« sagte der Ritterschaftliche; »ich will gehen und ihnen einen Arm voll frisches Laub bringen.«

Drittes Kapitel

Während der Schösser davonstelzend dieser friedlichen Beschäftigung nachging und das junge Mädchen eigentümlich erregt sich über ihre Arbeit bückte und den Hof von Haus Goschenwald der Frieden und die Stille seiner Weltentrücktheit umfing, spielten sich jenseit der Berge, welche seinen Horizont schlossen, desto gewaltsamere Ereignisse ab.

Infolge davon war am andern Tage schon seit dem Morgengrauen die Heerstraße, die sich durch diese Bergwelt zog, ungewöhnlich belebt worden von allerlei kriegerischem Transport. Von Zeit zu Zeit war ein bewaffneter Reiter in der Richtung nach Westen dahergesprengt. Es waren einzelne Fuhrwerke gekommen, belastet mit verwundeten Menschen; andere Wagen schienen allerlei geplünderte Habe zu enthalten, große Koffer und Kisten, gefüllt mit Gott weiß welchen Gegenständen, die man eilen mochte, auf der Rückzugslinie des Heeres in Sicherheit zu bringen. Von kleinen Abteilungen umgeben, marschierten Haufen entwaffneter Soldaten in weißen Röcken oder grauen Mänteln. Einmal eine starke Abteilung von Reitern kam daher; sie eskortierte drei sich folgende Bauernwagen, auf deren jedem eine große eisenbeschlagene Kiste stand – war es die Kriegskasse, die man in Sicherheit brachte? Die solche Transporte eskortierende Mannschaft verriet wenig von dem lustigen Übermute französischer Truppen auf dem Marsche; sie sahen abgerissen, müde, verdrossen aus, sie fluchten und wetterten: die Bauern, welche die requirierten Wagen führten, erhielten flache Säbelhiebe, die Tiere auch wohl scharfe, mehrere von ihnen bluteten. Die Republik hatte ihre Heere im Jahre 1796 uniformiert ins Feld gesandt; es waren nicht mehr die wilden bunten Scharen, die in den vorhergehenden Jahren das linke Rheinufer überschwemmt; und doch sahen auch diese Truppen heute bunt genug aus. Manch geplündertes Stück hatte zum Ersatz der zerrissenen Montur gedient; neben einem alten Troupier, der im Mantel und in den hohen Stiefeln eines ehrwürdigen Landpfarrers aus der Gegend von Schweinfurt marschierte, wandelte ein junger Sergeant unter dem dreieckigen Federhute eines würzburgischen Kavaliers oder hinkte ein Verwundeter, drapiert in den schwarzen Ordensmantel mit dem weißen

Kreuz darauf, der in irgendeiner Commende des Deutschen Ritter-ordens erbeutet sein mußte.

Das Gerücht von dem Schauspiel, das die Heerstraße von Würz-burg nach Frankfurt darbot, war die Waldtäler rechts und links heraufgedrungen, auch bis zur Mühle in der uns bekannten Schlucht; die Frau und die Schwiegermutter des Gevatters Wölfle standen eben vor dem Forsthause und redeten auf Muhme Marga-ret ein, sie solle sie hinabbegleiten, sie wollten sehen, was da vor-ginge. Muhme Margaret schwankte; wo sollte sie den kleinen Leo-pold lassen unterdes? Ihn mit des Müllers Kindern sich umtreiben zu lassen, das hatte Wilderich verboten; aber der Herr Wilderich war ja nicht daheim; er war um diese Zeit nie daheim, sondern ging seinen Geschäften nach. Muhme Margaret konnte der Versuchung nicht widerstehen, sie nahm den kleinen Burschen, der an ihre Rö-cke sich schmiegend neben ihr stand und verwundert über alles das, was die Müllerfrauen erzählten, diese mit seinen großen brau-nen Augen anblickte, bei der Hand, um ihn hinüberzuführen. Da riß das Kind sich los und lief mit dem Ausruf: »Bruder Wilderich!« plötzlich die Schlucht hinauf. Wilderich war es in der Tat, der aus dem Walde zurückkehrend eben daherkam und, als er durch den kleinen Garten vor seinem Hause schritt, mit sehr ernstem Gesicht den Frauen einen Gruß zunickte und zu Margaret sagte: »Komm mit hinein, Margaret, ich habe mit dir zu reden!«

»Wahrhaftig,« flüsterte Margaret zu den Frauen gewendet ihm nach, »der lebt nicht lange mehr, wenn er endlich einmal zu reden beginnt.«

Sie trat ihm nach über die Treppenstufen in die Küche, wo Wil-derich eine Weidtasche vom Pflock nahm und sie mit einem neuen Vorrat von Pulver und Blei zu füllen begann, den er aus seinem Zimmer herbeiholte.

»So,« sagte er dann, »nun braucht nur noch der Sepp zu kommen; bereit wären wir; und bis er kommt, höre fein zu, Margaret, was ich dir zu sagen habe.«

»Ich hör' schon zu, Herr Wilderich,« antwortete Margarete. »Ihr seid keiner von denen, die so viel sprechen, daß man nicht darauf hört; und wenn Ihr nun endlich sagen wollt, was Ihr eigentlich vor-habt, ich denk', zu früh ist's nicht mehr!«

»Just die rechte Stunde, alte Muhme. Und nun sollst du alles wissen. Du weißt, wir haben Krieg mit den Franzosen, hier in Franken, in Schwaben und jenseit der Berge, wo der Bonaparte – hast du von dem gehört?«

»Bonaparte?« wiederholte Muhme Margaret und schüttelte dann den Kopf. »Nein, von dem hab' ich nicht gehört; was ist mit dem?«

Wilderich ging und holte ein Stück Kreide herbei. Damit machte er einen langen Strich auf den Anrichtetisch.

»Schau,« sagte er, »das hier ist der Rhein, der fließt an der Westseite des Reiches. Und hier oben gen Süden, wo ich diesen zweiten Strich mache, da sind die Alpen. Und hier links, diesseit der Alpen, da ist Wien. Begreifst du?«

»In Wien, da ist der Kaiser, das begreif' ich schon!« rief Margarete aus. »Und hier,« fuhr Wilderich, Striche machend, fort, »ist der Main, und hier – hier ist der Spessart.« Er begann einen länglichen Bogen an der Nordseite der Linie, die den Main darstellte, zu zeichnen, als Leopold, der sich gespannt an den Tisch gedrängt hatte, ihm die Kreide aus den Fingern nahm und ausrief: »Laß mich den Spessart machen, laß mich, Bruder Wilderich!«

»Nur zu, mein Junge, mach du den Spessart,« erwiderte Wilderich, ihm lächelnd die Hand auf den lockigen Kopf legend, »aber mach's hübsch und deutlich, sonst wird Muhme Margarete, deren geographische Vorkenntnisse schwach sind, aus der Sache nicht klug. Gut so! Also das ist der Spessart. Nun gib acht, Muhme! Sieh, hier unten vom Rhein, von Düsseldorf und Köln her, ist uns die Sambre- und Maasarmee, befehligt vom Obergeneral Jourdan und stark etwa achtundsiebzigtausend Mann, ins Reich eingebrochen, um über die Lahn und hier den Main und so weiter durch Flanken und Oberpfalz auf Wien zu ziehen.

Hier, vom Oberrhein, von Straßburg her, ist der französische Obergeneral Moreau mit der Rhein- und Moselarmee, achtzigtausend Mann stark, in Schwaben eingefallen, um in gerader Richtung ostwärts weiter auf Wien zu marschieren.

Drüben aber, jenseit der Alpen, da dringt die Alpenarmee unter Bonaparte, etwa vierzigtausend Mann stark, wider die Kaiserlichen vor und hat des Kaisers General Wurmser bereits zurück- und ins

Tirol hineingeworfen, um durch die Alpentäler von Süden her auf Wien zu rücken.

Du siehst also, Margaret, daß es diesmal darauf angelegt ist, das alte Reich ganz und gar unter die Füße zu bringen und die römisch-kaiserliche Majestät in Wien einzusaugen wie einen armen Vogel auf dem Nest.«

Margarete nickte.

»Ja, ja, das begreift sich schon!« sagte sie.

»Aber der Mensch denkt und Gott lenkt,« fuhr Wilderich fort, »und diesmal hilft ihm zu unserm Glück bei dem Lenken ein blutjunger Mensch, mit dem wir ein wenig besser vom Fleck kommen, als wenn der liebe Gott, wie in den vorigen Zeitläufen, sich mit den alten Graubärten von Feldmarschällen und Feldzeugmeistern zusammentat, wo's selten viel Gescheites gegeben hat. Der junge Mensch, das ist der Prinz Karl; der hat sich mit des Kaisers und des Reiches Armee zuerst dort unten in den Lahngegenden dem Heere Jourdans entgegengestellt und es bei Wetzlar gründlich zusammengeschlagen. Die Sambre- und Maasarmee hat sich eilig auf den Rückzug begeben müssen.

Darauf ist der Erzherzog Karl nach Oberdeutschland geeilt, um dem Moreau die Stirn zu bieten. Das hat da ein langes Raufen gegeben, der Erzherzog hat erleben müssen, daß ihn die Truppen aus Sachsen im Stich gelassen haben und heimgegangen sind; die Truppen des schwäbischen Kreises, der auf eigene Faust Frieden mit den Franzosen geschlossen, hat er gar entwaffnen lassen müssen; und so hat er sich zurückziehen müssen bis ins Donautal.

Hier aber hat er sich plötzlich gewendet; denn während er so im Schwarzwald und in Schwaben sich mit Moreau herumgeschlagen, ist da unten die Sambre- und Maasarmee wieder vorgerückt, hat den Feldzeugmeister Wartensleben, der ihr gegenüber aufgestellt geblieben, zurückgeworfen, hat Frankfurt bombardiert, Würzburg genommen und die Österreicher bis nach Amberg geworfen. Das hast du gehört, wir haben sie auf ihrem siegreichen Marsch ja damals auch hier gehabt, die Franzosen –«

»Ja, ja,« unterbrach ihn Margarete; »nur weiter, Herr Wilderich!»«

»Der Erzherzog also hat sich von Moreau abgewendet, hat ein starkes Korps wie einen Schirm vor ihm aufgestellt, damit er nicht sehe, was dahinter geschehe, und ist bald von der Donau in die Oberpfalz gerückt, hat sich mit Mariensleben vereinigt, die Franzosen bei Teining und Neumarkt überfallen und bei Amberg geschlagen, und die Sambre- und Maasarmee ist auf dem Rückzuge; sie wird noch einmal Widerstand leisten und eine Schlacht liefern, so glaubt man: dann aber wird sie in unsere Täler hier, in den Spessart, den der Leopold da so schön hingezeichnet hat, als ob's eine Katze wäre, die einen Buckel macht, hineingeworfen werden, und dann eben wollen wir dem lieben Gott, der die Deutschen nicht verläßt, und unserm jungen Kriegshelden aus Leibeskräften helfen, ihnen das Wiederkommen zu verleiden – wir Mannen im Spessart hier! Nun weißt du alles, Margaret!«

»Ihr wollt ihm helfen,« rief Margarete aus, »Ihr wollt auch Soldaten spielen und –«

»Soldaten spielen, nein; wir wollen nur zeigen, daß die deutschen Bauern, dies Volk halbverhungerter und von ihren Herren zugrunde regierter Leibeigener, sich noch nicht von den Fremden mit Füßen treten lassen; wir wollen ihnen beweisen, daß deutsche Fäuste immer noch stark genug sind, um eine Schmach zu rächen.«

»Aber – der liebe Heiland und die Mutter Gottes von Rengersbrunn stehen mir bei – das gibt ja nur noch mehr Blutvergießen und Elend.«

»Ein wenig Blutvergießen schon, ohne das wird's freilich nicht abgehen...«

Muhme Margaret war zu entsetzt, um ihn ausreden zu lassen.

»Und wenn sie Euch dabei totschießen, Herr Wilderich, Euch – ich bitt' Euch, was soll dann werden – ich bitt' Euch darum – was soll dann aus mir und was aus dem Jungen da werden?«

»Darüber eben wollte ich mit dir reden, Margaret. Hör zu! Für den Fall, daß mir etwas Menschliches begegnet, hab' ich ein Papier in die oberste Lade meiner Kommode gelegt. Darauf steht geschrieben, daß der Leopold mein Erbe ist und daß du für ihn sorgen sollst, bis er zu einem Förster getan werden kann, um ein feiner Weidmann zu werden, wie ich bin. Ich habe nicht viel zu vermachen, aber ich denke, bis dahin wird's schon reichen. Du mußt eben damit auskommen!«

»Heilige Mutter Gottes von Rengersbrunn!« ächzte Margarete, die Hände faltend. »Und steht denn in dem Papier auch, was es auf sich hat mit dem Jungen, wessen Kind –« – Wilderich nahm den kleinen Leopold bei der Hand und führte ihn vor das Haus.

»Komm, Brüderlein, da setze dich auf die Treppe,« sagte er; »gib hübsch Obacht, mein Kind, ob du den Sepp nicht kommen siehst, und sag mir's gleich – willst du?«

Der Kleine nickte und nahm gehorsam den ihm angewiesenen Platz ein. Wilderich kehrte in die Küchenhalle zurück, und sich in seinen Stuhl am Herde niederlassend, sprach er zu der alten Muhme, deren weit aufgerissene Augen ihn nicht mehr verlassen hatten, weiter.

»Das Nötigste davon,« sagte er, »steht in dem Papier. Aber da es mit dem Lesen ein wenig bei dir hapert, Margaret, will ich dir, damit du es besser begreifst und dir einprägst, in der Kürze erzählen, wie es zugegangen, daß ich der Pflegevater meines guten Jungen geworden. Wenn er zu seinen Jahren gekommen, kannst du's ihm mitteilen; es ist dann an ihm, ob er Schritte tun will, nach den Seinigen zu forschen oder nicht! Der Sepp, scheint es, läßt uns ja Zeit, daß ich dir die ganze wunderliche Geschichte berichten kann. Also hör: »Siehe, ehe ich meine Stelle in diesem Revier antrat, war ich Forstbeamter in der Nähe von Zweibrücken, Adjunkt meines Vaters...«

»Ja, ja, so was habt Ihr mir gesagt, Herr!« fiel Margaret, die ihn mit dem Ausdruck einer verzehrenden Spannung anstarrte, ein.

»Durch unser Revier aber,« fuhr Wilderich fort, »zog sich die große Heerstraße von Mainz nach Paris. Nun war es im vorigen Herbst; in einer mondhellen, warmen Nacht hatte ich Wildschützen nachgespürt und kam sehr spät – es mochte fast Mitternacht sein – auf jene Heerstraße, um sie eine Strecke weit zu verfolgen und dann rechts abzubiegen und auf einem kurzen Waldwege heim zu unserm Forsthause zu gelangen. Wie ich nun so daherkomme, sehe ich unfern der Stelle, wo dieser Waldweg sich abzweigte, von fern schon eine Kalesche halten; ein Mann schritt neben derselben auf und nieder. Als ich näher kam, nahm ich wahr, daß vor dieser Kalesche nur ein Pferd gespannt war, und dieses Pferd lag regungslos am Boden. Der Fremde aber, der, in einem Mantelkragen sich gegen die Nachtluft schützend, auf der Heerstraße auf und abging, blieb, als ich ihn erreicht hatte, vor mir stehen und redete mich in französischer Sprache an; er fragte, ob ich wisse, wie spät es sei und wie weit bis Pirmasens. Ich gab ihm die nötige Auskunft; dann fuhr er fort: Ich bin in großer Verlegenheit. Ich bin auf der Reise, wie Sie sehen, von Mainz und weiter her, und will nach Paris. In Zweibrücken gab man mir für meine Postchaise zwei ganz elende, abgetriebene Pferde; vor ein paar Stunden ist mir das eine gestürzt und nicht wieder aufzubringen gewesen; das andere hat der Postillon abgespannt und ist darauf heimgeritten, um, wie er sagte, frische Pferde von der Station zu holen; aber der niederträchtige Mensch kommt und kommt nicht, ei läßt mich hier allein die Nacht zubringen – es ist zum Verzweifeln.

Allerdings, versetzte ich, wenn Sie auf diesen Postillon warten, so ist es sehr wahrscheinlich, daß Sie die Nacht hier zubringen müssen. Jetzt, wo diese Chaussee so viel befahren und benutzt wird, weil es der Hauptweg nach Paris ist, sind diese Leute viel geplagt und deshalb verdrossen und unzuverlässig. Ihr Postillon wird, fürcht' ich, sich ruhig in Zweibrücken aufs Ohr gelegt haben und schwerlich vor morgen erscheinen, und dann sich damit entschuldigen, daß keine frischen Pferde vorhanden gewesen. Man kennt das, und –

Es ist empörend, man sollte das Gesindel hängen! rief der Franzose aus. Hätte ich nur nicht den kleinen Burschen da bei mir – er deutete auf die Kalesche – so würde ich nicht warten, sondern zu Fuß nach Pirmasens gehen, da Sie sagen, daß es kaum eine Meile entfernt ist!

Welchen Burschen? fragte ich.

Das Kind dort im Wagen.

Ich bemerkte jetzt erst ein im Hintergrunde des Wagens geborgenes und in Decken und Tücher gehülltes Etwas, das, wenn es ein Kind war, sehr ruhig da zu schlafen schien.

Ich möchte Ihnen gern helfen, sagte ich, und vielleicht kann ich es. Meine Wohnung liegt nicht weiter als zwanzig Minuten von hier – dort drüben im Walde, das Haus des Forstmeisters Buchrodt. Ich will den Knaben dahin mitnehmen und ihn für die Nacht so unterbringen; Sie können dann vorauf nach der nächsten Station gehen und von dort Postpferde senden, um Ihre Kalesche zu holen, und den Postillon beauftragen, zuerst bei unserm Hause vorzufahren, um Ihren Knaben abzuholen.

Der Fremde schien sich eine Weile zu besinnen.

Wie Sie wollen, fuhr ich deshalb fort; vielleicht ziehen Sie vor, mich erst mit dem Kinde nach meinem Hause zu begleiten und sich selbst zu überzeugen, daß der Kleine wohl untergebracht wird. Ich würde Sie selbst einladen, die Nacht bei uns zuzubringen, wenn nicht die späte Störung meinem sehr alten kränklichen Vater –

O nein, nein, fiel der Fremde ein, dem ich den wahren Grund, meines Vaters Abneigung gegen alles, was Franzose war, lieber verschwieg, nein, nein, ich vertraue Ihnen das Kind gern an. Machen wir es so, es ist das beste, und ich bin Ihnen sehr dankbar! Aber, fuhr er fort, Sie machen sich eine große Last, mein Herr, mit Ihrem Edelmut, Sie müssen das Kind tragen, es ist erst dritthalb Jahre alt.

Nun, versetzte ich lachend, man muß die Folgen seines Edelmuts gelassen hinnehmen, sonst wäre kein Verdienst dabei; geben Sie ihn nur her, ich habe manches Reh auf den Schultern nach Hause getragen, und das ist schwerer. Der Franzose hatte den kleinen Burschen aus dem Wagen gehoben und mir übergeben; er nahm vom Vordersitz auch noch ein Bündel, das er mir gleichfalls übergab.

Hier ist sein Nachtzeug, sagte er dabei; bitte, nehmen Sie es auch; der Kleine – er heißt Leopold – ist daran gewöhnt.

Ich schob das Bündel über den Lauf meiner Büchse und nahm den Knaben auf den Arm. Der Fremde aber wiederholte die Abrede, daß der Postillon, den er von der nächsten Station schicken werde, mit seiner Kalesche bei uns vorfahren und das Kind abholen solle; dann nahm er ein Pistol aus der Seitentasche seines Wagens, steckte es in die Brusttasche, reichte mir die Hand, sagte mir tausend Bank für meine Gefälligkeit und ging dann eilig in der Richtung nach der nächsten Station, nach Pirmasens, davon.

Ich machte mich mit meiner Last auf den Weg heimwärts, weckte, als ich zu Hause war, die Haushälterin und ließ sie für das Kind, einen hübschen und sehr wohlgekleideten Knaben, Sorge tragen; ich war zu ermüdet, um nicht für mich selbst vor allen Dingen die Ruhe zu suchen. Am andern Morgen berichtete mir, als ich ziemlich spät mein Schlafzimmer verlassen, die Haushälterin, der Knabe liege noch in seinen Federn; noch sei die Kalesche nicht gekommen, ihn abzuholen. Das war seltsam, und rätselhaft wurde es, daß sie auch in der folgenden Stunde, daß sie im ganzen Laufe des Vormittags nicht erschien. Schon vor Mittag machte ich mich auf den Weg nach der Heerstraße; der Wagen war verschwunden, das gefallene Pferd lag ohne Geschirr im Weggraben. Es blieb mir nichts übrig, als meinen Weg bis nach der nächsten Station fortzusetzen, um Erkundigungen einzuziehen. Als ich am Nachmittage in Pirmasens ankam, hörte ich im Posthause, daß allerdings ein französischer Herr in der Nacht zu Fuß angekommen, daß er Pferde absenden lassen, seinen auf der Heerstraße stehenden Wagen zu holen, daß dieser zwischen drei und vier Uhr auch richtig angekommen und daß der Fremde darin sofort weiter gefahren, in der Richtung nach der lothringischen Grenze zu; von einem Kinde war keine Rede gewesen!

Ich war natürlich in hohem Grade empört über den ruchlosen Menschen, der meine Güte so schmählich mißbraucht und mir das Kind zur Last gelassen hatte. Ich stellte alle möglichen Nachforschungen an, ich erkundigte mich in Zweibrücken so gut wie in Pirmasens nach dem Fremden, aber weder die Postmeister noch die Postillone wußten über ihn etwas zu sagen. Er war ein noch ziemlich junger, sorgfältig gekleideter Mann mit vornehmen Manieren, ziemlich laut und herrisch in seinem Auftreten und nicht karg mit den Trinkgeldern gewesen; das war alles, was ich erfuhr; seinen Namen hatte er in Zweibrücken angegeben, aber der Postmeister hatte ihn vergessen, er wußte nur noch, daß es ein Doppelname gewesen, und er habe wie Bataille geklungen; in Pirmasens hatte man gar nicht danach gefragt.

Da blieb denn,« fuhr Wilderich zu erzählen fort, »für mich nichts weiter zu tun übrig, als mich in mein Los zu finden und den mir bescherten Kleinen als mein Pflegekind anzunehmen, für das ich von dem Augenblicke an, wo es das Schicksal in meine Arme gelegt, verantwortlich war; und das war mir nach wenig Tagen keine Aufgabe mehr, sondern nur noch eine Freude. Der kleine Bursche war gar zu hübsch, zu artig, zu zutulich, und wenn ich ihn auf den Arm nahm und dachte, wie verlassen er sei und nur mich auf der weiten Gotteswelt als Vater, Mutter und Geschwister habe, so überkam mich eine Rührung, und so – nun, was brauch' ich weiter davon zu reden? du weißt, wie lieb ich ihn habe.«

»Gewiß, gewiß, wer sollte es nicht sehen,« fiel Muhme Margaret ganz gerührt über diese Geschichte ein. »Ihr seid ein braver Mensch, Herr Wilderich; und der Leopold, wenn man auch seine Last mit dem Unrast hat – aber habt Ihr denn gar nichts weiter von dem verfluchten Franzosen, der Euch den Streich spielte, gehört?«

»O doch, schon nach acht Tagen. Es kam ein Brief von ihm an, von Paris aus geschrieben.«

»Ach, er schrieb Euch? Und was stand in dem Briefe?«

»Redensarten; recht höfliche übrigens. Ich bitte Sie um Verzeihung, mein Herr, so lautete es ungefähr, wenn mein Mitleid mit dem armen Kinde, das ich Ihnen zurückließ, mich verführte, so grenzenlos Ihre Güte zu mißbrauchen. Das Kind ist nicht meines, es ist mir übergeben worden, aber es ist unendlich viel besser aufgehoben unter Ihrem friedlichen und stillen Dache, in der Pflege einer ruhigen Häuslichkeit, als bei mir, einem jungen Manne, der eine solche Häuslichkeit nicht besitzt und ein bewegtes Leben bald in der Hauptstadt, bald auf Reisen führt. Seien Sie sicher, daß man Ihnen die Last abnehmen wird, sobald es die Umstände erlauben, mit jeder Entschädigung, welche Sie bestimmen werden; und bis dahin erlauben Sie mir, mein Herr, mich zu nennen Ihren usw. G. de B.«

»G. de B., was heißt das?«

»Ja, was heißt es? Ich weiß es nicht,« versetzte Wilderich.

»Solch ein frecher Franzose!« sagte Muhme Margaret.

»Im Grunde hatte er doch vielleicht recht!« bemerkte Wilderich gutmütig. »Ich denke, das Kind ist besser bei uns aufgehoben, als es bei ihm gewesen wäre; und das ist die Hauptsache doch!«

Muhme Margarete widersprach nicht. Sie blickte nachdenklich ins Feuer – eine lange Pause hindurch.

»Ach Gott, es ist wohl so!« sagte sie dann, ihre Haube über den Kopf ziehend, und setzte mit einem Seufzer hinzu: »Wir sind alle Sünder!«

»Weshalb?« fragte Wilderich. »Wir tun, was wir können.«

»Aber wir versündigen uns oft in Gedanken.«

»Die schaden niemand!«

»Aber die Worte –«

»Du meinst, weil du zuweilen –«

Muhme Margarete nickte heftig mit dem Kopfe und zog die Haube noch weiter in die Stirn.

»Na,« lachte Wilderich, »laß es gut sein, ich hab' dir's weiter nicht übelgenommen, und –«

Er wurde unterbrochen durch den kleinen Leopold, der mit dem Rufe: »Der Sepp, der Sepp!« in die Küche gelaufen kam.

Wilderich sprang auf und ging dem Angekündigten hastig entgegen. Draußen sah er, daß der Forstläufer sehr eilig die Schlucht heraufkam und im Vorübergehen an der Mühle dem Gevatter Wölfte, der eben neugierig ausschauend mit seinem runden Gesicht ein Guckfensterchen in der weißgepuderten Bretterwand seines alten Bauwerks füllte, mit der Hand winkte.

»Die Leute ziehen sich zu Hauf, Förster Buchrodt,« schrie der Sepp ihm dann entgegen; »bei Rohrbrunn ziehen sie zu Hauf – der Tanz kann anfangen. Der Erzherzog hat die Franzosen bei Würzburg gestellt und Schwarz-Gelb ist Trumpf geblieben; nun kommt das geschlagene Pack in immer dichteren Trupps heran; der Philipp Witt läßt Euch sagen, Ihr sollt hier nach dem Rechten sehen, denn er selbst kann nicht dabei sein hier.«

»Er kann nicht dabei sein? Und weshalb nicht?« sagte Wilderich.

»Weil er anderswo sein muß. Die Hauptmasse der Franzosen wälzt sich nordwärts, auf Hammelburg und Brückenau zu; die hat der Witt sich aufs Korn genommen; in den Wäldern zwischen Hammelburg und Schluchtern hat er dreitausend Bauern stehen, und da will er selbst dabei sein.«

»Zum Teufel, und wir hier –«

»Wir hier haben auch keinen schlechten Stand; ein gut Teil strömt über Lengfurt und Heidenfeld in den Spessart herein, just unserer Straße da unten nach; es wird immer lebendiger da; also kommt und vergeßt Euer Pulver nicht. – Gevatter Wölfle,« rief der Sepp dem herankommenden Müller entgegen, »geht und holt Eure Büchse. Die Jagd kann losgehen. Vorwärts, vorwärts! Schwarz-Gelb ist Trumpf, und die Vivelanations soll heut bis auf den letzten der Teufel holen!«

Der Sepp eilte fort, die Schlucht wieder hinab, und nach wenigen Minuten folgten ihm hastig Wilderich und der Müller, beide im grünen Jagdkittel, mit ihren Büchsen und die schweren Weidtaschen über der Achsel.

Margarete betete ein Ave nach dem andern zur Spessartheiligen, der Mutter Gottes von Rengersbrunn, als sie auf der Schwelle des Forsthauses stehend ihrem Herrn nachblickte, wie er so eifrig davon und der Gefahr entgegeneilte.

Viertes Kapitel.

Es war am Mittag dieses Tages. Der gestrenge Leutnant hatte eben die Eßglocke für das Gesinde läuten lassen, aber die zwei Knechte, die unter seinem Befehle standen, hatten es nicht der Mühe wert gefunden, sich einzustellen; nur Frau Afra, die Beschließerin und ein paar erschrockene Mägde drängten sich jetzt auf dem Hofe um ihn. Die Mägde wollten gehört haben, daß man es in südöstlicher Richtung brennen sehe, über Heidenfeld hinaus; einer der Knechte, der am Vormittag oben auf der nächsten hohen Bergkuppe war, sollte es gesehen haben.

»Und wo ist der Kasper, der Schlingel?« rief der Schösser aus. »Weshalb kommen die Burschen nicht?«

»Sie sind davongelaufen, ihre Büchsen zu holen, die sie im Walde versteckt hatten – die verwegenen Mannen,« rief Frau Afra.

»Der Tod stand darauf!« fiel eine der Mägde ein. »Die Franzosen hatten den Tod darauf gesetzt, wenn einer ein Feuergewehr habe, und doch hatte der Kasper wie der Jobst eine Büchse, Gott weiß woher; damit sind sie fortgelaufen; es gehe los, sagten sie, der Förster Buchrodt führe sie an.«

»Und man hört schon die Kanonenschläge; der Botenfritz, der von Lindenfurt kam, hat sie selber gehört,« rief die andere aus.

»Und ich sag' euch, der Botenfritz ist ein Lügner!« schrie im zornigsten Diskant der gestrenge Schösser sich aufreckend mit steif aufgerichtetem Kopfe auf die erschrockene Gruppe hinab. »Wenn da irgendwo eine Hütte brennt, so brennt eine Hütte – Punktum! Und Kanonenschläge? Dummheit! Es müßt' denn sein, die Franzosen schössen Viktoria von der Marienburg herab, daß man's bis hierher hören könnte! Sonst nicht! Ich sag' euch, die stehen heut näher bei Wien als bei uns! Werden sich haben zurückwerfen lassen, daß man's in Goschenwalde hören könnte, wie sie sich mit den Kaiserlichen herumschießen! Dummheit noch einmal! Könnt Gift darauf nehmen, ihr Weibsbilder! Geht zum Essen! – Aber wer kommt denn da? Ich glaub', der Herr Förster ist's! Macht sich seit einiger Zeit nicht just rar, der Herr Förster Buchrodt!«

In der Tat war es Wilderich, der rasch, erregt und mit gerötetem Gesicht durch das Torhaus schritt.

»Ich möchte die fremde junge Dame sprechen!« rief er schon von weitem.

»Dacht's mir!« antwortete der Schösser trocken. »Kann ich's nicht bestellen?«

»Nein, es ist nicht für Euch, sondern für sie, was ich ihr mitzuteilen habe.«

»Doch nicht, daß es in der Ferne brennt und daß man Kanonenschläge hört?« sagte der Schösser ironisch. »Das wissen meine Mägde allbereits!«

»Es hängt ein wenig damit zusammen,« erwiderte Wilderich. »Ich bitte, zeigt mir den Weg, ich habe Eile.«

»Die Demoiselle kommt just,« rief Frau Afra aus, auf das Portal des Hauses deutend, aus dem die Demoiselle Benedicte in diesem Augenblick hervortrat.

Wilderich wandte sich rasch ihr zu; er reichte ihr ohne weiteres wie einer alten Bekannten die Hand, und sie abseits führend, so daß seine Worte von den übrigen nicht verstanden werden konnten, sagte er: »Demoiselle, ich komme mit einer Nachricht, die nicht gar erfreulicher Art für die Bewohner von Haus Goschenwald ist. Meine Leute da unten haben eine Art von Kriegsrat gehalten, ich komme eben daher; es ist beschlossen worden, eine Strecke weit unterhalb der Mündung meiner Talschlucht auf der Heerstraße einen Verhau anzulegen und da einen Hauptangriff zu machen; die Folge ist, daß sich das Franzosenvolk davor in Masse aufstauen wird, daß sie Seitenwege, den Verhau zu umgehen, suchen, daß sie also die Schlucht empordringen und dann sich in dies Tal ergießen werden. Ich fürchte deshalb sehr, daß sie Haus Goschenwald nicht unberührt lassen werden. Ich werde es von einem Teil meiner Leute besetzen lassen – aber Sie, mein Gott, welcher Schrecken, welche Gefahren für Sie, – ich möchte alles drum geben, Sie dem entziehen zu können. Wollen Sie ein anderes Asyl aufsuchen – ich bin bereit, alles andere beiseitezusetzen, um Sie zu einem solchen zu führen.«

»Ich habe Ihnen gesagt,« versetzte das junge Mädchen erschrocken über diese Mitteilung, »daß ich kein anderes Asyl auf Erden habe als dieses, und hätte ich eins, – Sie begreifen –«

Benedicte wandte den Blick leicht errötend zu Boden und vollendete nicht.

»Ich begreife, ich begreife,« fiel Wilderich tief aufatmend ein; »gewiß, Sie würden nicht glauben, daß Sie sich von mir dürften dahin führen lassen. O mein Gott, ich begreife alles, auch wie aufdringlich Ihnen meine Sorge um Sie vorkommen muß, wie unschicklich, wie lästig vielleicht, aber in Stunden der furchtbarsten Erregung, wie sie dieser Tag uns bringt, vergißt man die Rücksichten, und das fieberhaft schlagende Herz sprengt die Fesseln der kühlen, von der Sitte gebotenen Zurückhaltung, die es in ruhiger Zeit vielleicht noch lange ertragen hätte. O zürnen Sie mir deshalb nicht, wenn ich in dieser Stunde Worte zu Ihnen spreche, die Ihnen wie die eines Toren vorkommen müssen! Aber Ihre Ruhe, Ihre Sicherheit ist nun einmal, seit ich Sie gesehen, der Angelpunkt meiner Gedanken gewesen; alles andere ist für mich dahinter zurückgetreten; der Gedanke an Sie, an das, was Sie mir gesagt, an Ihr Los, von dem Sie mit dem Tone einer Klage, die mein Herz bluten machte, gesprochen – der Gedanke daran verläßt mich nicht, er hat mich umgewandelt, er hat mich zu einem andern, all seinem frühern Wesen und Leben, allen seinen früheren Interessen entfremdeten Menschen gemacht! Ihr Schicksal und meines – nur über das eine noch kann ich sinnen und denken und grübeln – Ihr Schicksal und meines, sie stehen vor mir so verschwistert, so aufeinander angewiesen, so vom Himmel zusammengeführt, um sich zu verketten – o mein Gott, was sage, was gestehe ich Ihnen da alles! Welche Torheit, so mein innerstes Herz Ihnen zu enthüllen und Sie zu erzürnen, mir vielleicht auf ewig zu entfremden – um des Himmels willen, Benedicte, vergeben Sie es mir – ich kann in dieser Stunde, wo die Erregung, die Leidenschaft, der Gedanke an den blutigen Kampf, der beginnen soll, in mir stürmen wie ein Meer mit seinen Wogen, ich kann nicht anders reden. Ich will ja auch keine Antwort, keine, keine – nein, nicht jetzt – lassen Sie mir nur, ich flehe Sie darum an, die Gelegenheit, Ihnen zu zeigen, was ich bereit bin, für Sie zu tun – und wäre es, für Sie zu sterben!«

Benedicte stand vor ihm wie ein wachsbleiches Bild bei diesen leidenschaftlich hervorgesprudelten Worten; sie öffnete ein paarmal die Lippen, um ihn zu unterbrechen, aber wie hätten ihre leisen Worte dem stürmischen Redestrom des aufgeregten Mannes Einhalt tun können – sie vermochten nichts dawider, sie mußte ihn enden lassen, und dann schien es, als ob sie selber den Mut verloren, noch eine Silbe zu sprechen. Sie hatte nur beide Arme erhoben, wie um angstvoll etwas furchtbar Erschreckendes, was vor ihr plötzlich aus dem Boden aufgestiegen wäre, abzuwehren.

Er ergriff die beiden Hände, die sich vor ihm erhoben, und drückte sie stürmisch an seine Brust.

»So ist's recht,« rief er heftig aus, »sagen Sie mir nichts, kein Wort, keine Silbe. Ein Wort, das mich glücklicher machte, als je ein Mensch gewesen, können Sie mir nicht sagen, noch ist es unmöglich – und eins, das mich unselig machte, das mich in den Tod treiben würde – ich will, ich mag es nicht hören, es wäre zu entsetzlich, zu furchtbar, wenn ich es anhören müßte – jetzt – heute!«

»Und doch, doch – Sie müssen es anhören!« rief Benedicte, wie all ihren Mut zusammenraffend, mit halb von ihrer Bewegung erstickter Stimme. »Unglücklicher Mensch, der so an sich, an seinem Leben, an seinem Glück, seiner Ehre frevelt – wie ist es möglich – wie können Sie in der ersten Stunde sich wegwerfen an die Fremde, die Flüchtige, die Verbannte – an eine Verlorene –«

»Was ist es mir, ob Sie fremd, flüchtig, verbannt und verloren sind! Sie sind mir tausendmal teurer, liebenswürdiger, kostbarer, höher darum –«

»Halten Sie ein, Sie wissen nicht, was Sie sagen! Wenn ich nun fremd, flüchtig und verbannt wäre um der eigenen Schuld willen, weil ich verdiente ausgestoßen zu werden von den Meinen, weil ich eine Verbrecherin bin –«

»Sie – Sie – Sie eine Verbrecherin! Und das sollte ich glauben?« Wilderich zwang sich aufzulachen.

Sie faltete wie in tiefstem Schmerz ihre Hände zusammen, und ein Strom von Tränen schoß ihre Wangen nieder. »Mein Gott, mein Gott, was ist Ihnen? Was kann die arge Welt Ihnen zugefügt haben, welche Bosheit, welche teuflischen Schlingen können Sie umgarnt haben, daß Sie sich so anklagen, daß Ihr Schicksal Ihnen diese Tränen erpreßt, diese Perlen, von denen ich jede einzeln wie einen Himmelstau trinken möchte? O mein Gott, die Welt ist böse, ist teuflisch – o sprechen Sie, jetzt, jetzt will ich, daß Sie sprechen, daß Sie dies Rätsel erklären. Was verführt Sie, sich anzuklagen, sich eine Schuldige, eine Verbrecherin zu nennen?«

»Soll ich Ihnen noch mehr gestehen? Ist es nicht genug, Ihnen zu zeigen, wohin Sie sich verirrt haben? Nein, gehen Sie, gehen Sie, um nie wieder ein solches Elend über mich zu bringen, wie es Ihre Worte soeben taten.«

»Ein Elend – ich, ich bringe ein Elend über Sie? Welch ein Wort das ist – ein Elend!«

»Nun ja, ist es das nicht, gezwungen zu sein, so reden zu müssen, solche Geständnisse machen zu müssen, wie Sie sie mir abzwingen?«

»Und,« fiel Wilderich erschüttert ein, »ist es für mich kein Elend, so mir rätselhafte, unverständliche Selbstanklagen zur Antwort zu erhalten, wo mein ganzes Herz mit all seiner Fülle sich Ihnen offen legt, während ich doch weiß, während ich doch jeden Augenblick diese Hand emporstrecken will zum Schwure, daß Sie nichts Unwürdiges, nichts Schlechtes, daß Sie nichts, nichts getan haben können, um das Schicksal zu verdienen, welches Sie verfolgt?«

»Doch, doch,« fiel Benedicte ein, »ich habe dies Schicksal, wenn nicht verdient, doch mir selbst zugezogen; ich bin schuldig, ja, ich bin es, und wäre ich es auch nicht – würde ich daran denken dürfen, eines andern Menschen Leben hineinzuziehen in das Unglück einer solchen Lage, wie die meine, Ihr Leben hineinzuziehen?«

»Ob Sie das dürfen – mein Gott, was fragen Sie – da, wo ich ja will, nichts anderes will, wo es mir wie eine Seligkeit erscheint, mich Ihretwegen in jedes Unglück, in jeden verzweifelten Kampf, in jeden Abgrund zu stürzen!«

»O wie töricht Sie reden! Ich soll zugeben, daß Sie sich in Kämpfe und Abgründe stürzen! Würden Sie denn dulden, daß ich so etwas täte, daß ich so mich ins Verderben stürzte, wenn Sie der Ungückliche, Verbannte wären, wenn auf Ihnen der Verdacht eines Verbrechens ruhte, wenn Sie sich verbergen müßten, wie ich es muß?

Würden Sie dann um mein Herz werben, würden Sie zugeben, daß ein anderes, ein harmloses und zu allen Ansprüchen auf Glück berechtigtes Wesen käme und sein Schicksal an das Ihre kettete und sich mit Ihnen in einen Abgrund stürzte? Nie, niemals würden Sie es!«

Wilderich verstummte bei diesen Worten Benedictens; er sah betroffen und verwirrt zu Boden.

»Ich höre aus dem allen nur heraus,« sagte er dann, langsam sein verstörtes Gesicht wieder zu ihr erhebend, »wie edel und groß Sie denken; wie furchtbar groß also auch das Unrecht sein muß, welches man an Ihnen begangen hat, und wie erbärmlich ich sein müßte, wie gründlich verächtlich, wenn ich, weil irgendein abscheulicher Verdacht auf Ihnen lastet, je von Ihnen ablassen könnte –«

»O genug, genug,« unterbrach ihn Benedicte fast heftig. »Sie sind ein Mann, und über alles muß Ihnen die Ehre stehen. Ich habe genug gesagt, um Sie fühlen zu lassen, daß es wider Ihre Ehre wäre, je wieder so zu mir zu sprechen!«

»Gerechter Himmel!« lachte Wilderich gezwungen auf, »wenn man Sie so reden hört, sollte man denken, Sie hätten einen Hochverrat oder einen Mord –«

»Einen Mord?« sagte sie, scheu zu ihm aufsehend. »Wenn es nun so etwas wäre, dessen man mich beschuldigen kann?«

»Unmöglich – unmöglich!« rief Wilderich.

»Das einzige, was unmöglich,« versetzte sie, nach Atem ringend, »das ist, daß wir uns je wiedersehen! Gehen Sie mit Gott, Gott schütze und beschirme Sie!«

Dabei reichte sie ihm ihre Rechte, entzog sie ihm wieder, als er kaum die Fingerspitzen berührt, und wandte sich, um wankenden Schrittes davonzueilen. »Rätselhaftes Geschöpf!« murmelte Wilderich, in tiefer Bestürzung ihr nachblickend. »Dich nicht wiedersehen? Lieber den Tag, die Sonne nie wiedersehen, als darauf verzichten, dich wiederzusehen und Klarheit zu erhalten über diese entsetzlichen Worte – diese Worte von Verbrechen – von Niewiedersehen – über diesen ganzen teuflischen Waffensegen für jemand, der in einen grimmen Kampf gehen will, in die blutige Todesgefahr!«

Er stand noch eine Weile wie erstarrt, wie in sich verloren, dann rief er, heftig seine Büchse auf den Boden stoßend: »Fort damit, fort, fort mit all diesen Gedanken! Ein Mann hält seine Hoffnungen, seine Entschlüsse fest zum Äußersten – und nun auf und dem Kommenden entgegen!«

Er wandte sich, um fortzueilen, als er plötzlich dem Herrn Schösser, der während des Gesprächs unbemerkt an ihn herangetreten sein mußte, in sein graugelbes Gesicht blickte.

»Na,« sagte der Ritterschaftliche ironisch, »haben ja einen sehr eifrigen Diskurs mit der Demoiselle gehalten – der Herr Revierförster kennen wohl die Demoiselle schon länger?«

Wilderich hatte Mühe, sich zu fassen und dem Manne in anscheinend gleichmütigem Tone eine Antwort zu geben.

»Nein,« versetzte er dann, »ich sah die Dame früher nie.«

»So, so! Wär' mir sonst lieb gewesen, etwas über sie zu erfahren. Die Frau Äbtissin von Oberzell sind in ihrem gnädigen Anschreiben an mich ein wenig kurz und wortkarg über dieselbe. Da sich die Schwesterschaft aus dem Kloster flüchte von wegen der dräuenden Kriegsgefahren und die Demoiselle Benedicte, die bishero als Novize im Kloster aufgenommen gewesen, ohne Verwandte oder andere Zuflucht, dahin sie sich wenden könne, sei, so ergehe der ehrwürdigen Frau geziementliches Ansuchen an mich, besagte junge Dame mit allen derselben als einer wohlkonditionierten Person schuldigen Rücksichten auf Haus Goschenwald aufzunehmen. Das ist alles – nicht einmal den Namen der Demoiselle Benedicte tut sie mir vermelden; und wenn es eine wohlkonditionierte junge Person ist, weshalb geruht die Hochwürdige nicht, sie unter dero eigene Obhut und Schutz mit sich gen Würzburg zu nehmen, wohin die meisten der frommen Jungfern sich begeben, wie ich von der Demoiselle höre?«

»Sie wird ihre Gründe dazu haben, mein Herr Schösser,« versetzte Wilderich aufhorchend. »Wer ist diese hochwürdige Mutter Äbtissin?«

»Die Frau Apollonia Gronauer, eine Frankfurter Geschlechterin; dero Herr Bruder ist Reichshofrat in Wien und mein hochansehnlicher Gönner, der Lehnsträger allhier in Goschenwald.«

»Alsdann,« fiel Wilderich ein, »bin ich überzeugt, daß Ew. Gestrengen alles tun werden, was die ehrwürdige Mutter von Ihnen für die junge Dame erwartet, und unter das, was sie erwartet, möchte auch gehören, daß die Demoiselle nicht mit neugierigen und lästigen Forschungen nach ihrer Herkunft und ihren Verhältnissen behelligt und geplagt werde; weshalb es auch wohl für uns beide am angemessensten ist, dieser Unterhaltung über das junge Mädchen ein Ende zu machen. Übrigens werden der Herr Schösser, wie ich besorge, demnächst eine lästigere Einquartierung bekommen, als ein junges Klosterfräulein ist, und ich ersuche Sie, Ihre Gedanken vorderhand darauf zu wenden. Es ist möglich, daß ich mit einer kleinen Truppe zurückkehre, die ich Ihnen hier als Schutzwache für Ihr Haus aufzustellen gedenke.«

»Eine Truppe – eine Schutzwache?« fiel der Schösser erschrocken ein.

»So ist es, alter Herr; vielleicht blüht Ihnen auch die Freude, einmal wieder Pulver zu riechen, und das, bevor die Zeit, seit Sie mit Ihrem wackern Kontingent zum letztenmal ins Feld rückten, um vierundzwanzig Stunden länger ist.«

»Oho, glauben Sie denn wirklich mir altem, erfahrenem Manne aufbinden zu können, daß die Franzosen geschlagen und in die Retraite gedrängt würden, und daß ihr Förster und Holzknechte und was ihr an Gesindel zusammengetrieben habt –«

Wilderich lachte kurz und trocken auf.

»Gestrenger Herr,« sagte er, »ich habe nicht Zeit, darüber mit Euch zu streiten. Sorgt nur für Unterkunft und Lebensmittel in Eurem Kastell hier und verpflegt mir anständig meine Leute; haltet die fremde Dame, die Eurer Obhut anbefohlen, wohl im Auge, und – das übrige wird Euch die Zeit lehren!«

Damit ging er davon. Die kurze Unterhaltung mit dem gestrengen Herrn hatte ihm genügt, um ihm Zuversicht und innere Ruhe zu geben, und die beste Bestätigung dessen, was ihm sein innerstes Seelenbedürfnis, an Benedicte zu glauben, zur festesten Überzeugung gemacht.

Wenn eine so vornehme, so hochstehende Dame, wie die ehrwürdige Äbtissin von Oberzell, das junge Mädchen so warm empfahl, wenn sie sie im Hause ihres eigenen Bruders, eines hochgestellten Mannes am Kaiserhofe, unterbrachte, konnte dann ein Makel, eine Schuld, ein Verbrechen auf diesem selben jungen Mädchen haften?

Es war undenkbar, es war unmöglich!

Fünftes Kapitel.

Der Schösser stapfte unterdessen unwirsch davon, er ging Frau Afra berichten, daß dieser heillose Mensch, der Förster Buchrodt, ihm angekündigt habe, Haus Goschenwald werde eine Einquartierung erhalten, als er plötzlich stehenblieb und wie schreckergriffen beide Hände von sich streckte.

»Alle Teufel!« sagte er.

Frau Afra, an der andern Seite des Hofes auf einem umgestülpten Eimer sitzend, um zu warten, bis es dem Gestrengen gefalle, zum Essen zu kommen, stieß einen leisen Schrei aus. Die Mägde um sie herum riefen auseinanderfahrend:»Da hören Sie's selber.«

Frau Afra hörte es selber und der gestrenge Herr hörte es auch. Er hörte Kanonenschüsse, unverkennbare Geschützesschläge – eins, zwei, drei – ein halbes Dutzend aufeinanderfolgend – dann eine Pause – dann aufs neue.

Alle Kriegserfahrung des Ritterschaftlichen half da nichts – es war Kanonendonner; in der Ferne mußte ein Gefecht stattfinden, und daß es stattfand, bewies, daß die Franzosen geschlagen seien, daß sie auf ihrer Rückzugslinie durch den Spessart angegriffen wurden.

Und so war es in der Tat. Die Führer des Aufstandes hatten ihre Leute so lange vom Angriff zurückgehalten, als es möglich war. Ein zu früher Ausbruch der Erhebung hätte die Feinde gewarnt. Sie hätten andere Wege eingeschlagen, wenn sie zu früh erfahren, wie gefährlich und verhängnisvoll ihnen die Waldpässe des Spessart werden sollten.

Denn die Schlacht bei Würzburg war geschlagen, ein zweiter entschiedener Sieg der Kaiserlichen. Die Sambre- und Maasarmee war halb aufgelöst; in bunt und wild gemischten Massen flutete sie in die Defilees hinein, in denen sie keine Gefahr ahnte; hatte sie doch bei ihrem Vorrücken die Entwaffnung des Landes vorgenommen, hatte doch Jourdans Proklamation Todesstrafe auf den Besitz von Waffen gesetzt.[1]

Und trotz dieser Drohungen stand das Land jetzt in Waffen, wenn diese Waffen auch freilich gar oft nur die einfache Pike waren, in die jede Heugabel, jede Stange sich rasch umwandelt, wenn der Haß eines durch Mißhandlung empörten Volkes losbricht, oder das Holzfällerbeil, das ein etwas längerer Stiel zur besten Hellebarde und so gefährlich wie die schneidigste Streitaxt macht. Und der Feind war ja geworfen; er mochte jetzt mit Totschießen, Niederbrennen drohen, jedermanns Hand, jede nervige Faust in den Bergen erhob sich wider ihn und jede krampfte sich um ein rächendes Eisen.

Die Schlacht bei Würzburg hatte am 3. September stattgefunden. Die Truppen der Republik, geführt von ihren besten Generalen, dein kühnen, glänzenden und so früh gefallenen Championnet, von Bernadotte, Lefebvre, Genier, Ney, hatten sich tapfer geschlagen. Der mörderische Kampf hatte lange unentschieden hin- und hergewogt, von sieben Uhr, dem Augenblick, wo der dichte Nebel des Herbstmorgens gefallen, bis um drei Uhr nachmittags, wo ein von Wartensleben ausgeführtes Kavalleriemanöver den Ausschlag gegeben. Vierundzwanzig Schwadronen Harnischreiter hatte er vorgeführt; sie marschierten im verdoppelten Feuer der französischen Artillerie, in größter Ruhe auf; vierzehn Schwadronen leichter Reiterei wurden auf ihrem rechten Flügel *en échelon* gesetzt und im Verein mit acht frischen Grenadierbataillonen, die sich an ihren linken Flügel schlossen, führten sie den entscheidenden Schlag.

Jourdan befahl gegen vier Uhr den Rückzug. Die französische Armee vollzog diesen auf zwei Straßen. Ihr Gros bewegte sich nordwärts über Hammelburg, Brückenau, Schlüchtern, um die Lahn zu erreichen. Ein anderer Teil des geschlagenen Heeres warf

---

[1] In seiner Proklamation vom 11. Messidor im vierten Jahre der französischen Republik hieß es: »Die Bewohner der Dörfer, Flecken, Städte, welche sich bewaffnet vereinigen würden, werden mit Gewalt zur Niederlegung ihrer Waffen gezwungen, sodann erschossen und ihre Häuser verbrannt werden. Jeder Bewohner, welcher im Lande gefunden wird und ohne Erlaubnis eines Generals ober Oberoffiziers Waffen trägt, soll arretiert, verurteilt und auf der Stelle erschossen werden.«

sich westwärts und folgte der Straße durch den Spessart nach Frankfurt, um sich auf die letztere Stadt zurückzuziehen und dann mit dem Blockadekorps von Mainz zu vereinigen, das etwa zwölftausend Mann stark unter Marceaus Befehle stand.

Die Heerstraße von Würzburg nach Frankfurt lief damals in nordwestlicher Richtung über Heidenfeld, wo sie den Main überschritt, durch stille und wenig bevölkerte Waldtäler nach Aschaffenburg.

Eine zweite Straße folgte von Würzburg bis Gmünden und Lohr dem Laufe des Mains, um von Lohr stark westlich auf Aschaffenburg zuzulaufen. Es ist die Linie, welche jetzt, nur ein wenig mehr nördlich gelegt, die Eisenbahn verfolgt.

Der Erzherzog Karl detachierte einige Korps zur Verfolgung der nordwärts abziehenden Feinde, die Hauptmasse seiner Truppen dirigierte er westwärts, dem untern Main zu, um die Besatzung von Mainz an sich zu ziehen und sich dann südwärts auf Moreau zu werfen. Die Infanterie sollte über Lengfurt und Heidenfeld und Rohrbrunn der Hauptstraße folgen, die Kavallerie über Bischofsheim und Miltenberg rücken, beide, nachdem sie am 4. bei Würzburg gerastet.

Die Verfolgung während dieses Rasttags hatten aber die insurgierten Bauern übernommen. Einzelne Angriffe des empörten Landvolkes hatten die republikanische Armee bereits auf der ganzen Rückzugslinie von Amberg her beunruhigt! schlimmer war es geworden am Abend und in der Nacht nach der Schlacht vom 3. September, auf dem Wege bis zum Mainübergange bei Heidenfeld; als aber die Franzosen im ersten Morgengrauen des 4. den Spessart betraten, fanden sie eine kleine Vendée. Hier wurde der Marsch ein fortwährendes Kämpfen. Die Bauern griffen an zahlreichen Stellen zugleich die wie eine lange Schlange viele Stunden weit sich hinziehenden Scharen an. Von den Bergseiten herab, hinter Eichen- und Buchenstämmen her knatterte das Feuer in die Bataillone und löste die letzte Ordnung, die sie zusammengehalten, auf; gegen die verwirrten Massen gingen ganze Haufen Bauern mit geschwungenen Piken und Äxten vor; vor dem wuchtigen Angriff mit dem Bajonett, vor dem Rottenfeuer flohen sie zurück, die schützenden Waldhöhen hinan; bald darauf aber begannen sie dasselbe Spiel von neuem, bis die Kampflust zur wilden Wut wurde, bis selbst die Kartätschenladungen, womit der Feind sie begrüßte, ihre Schrecken für sie verloren und sie nur für wenige Augenblicke auseinandergesprengt in ihre verdeckten Stellungen trieben.

An einzelnen Stellen war die Lage des geschlagenen Heeres verzweiflungsvoll. Während es sonst im Weiterziehen kämpfte und sich seiner Haut wehrte und rechts und links mit zahlreichen Toten seinen Weg bezeichnete und nur immer chaotischer durcheinanderwogte, staute sich an diesen einzelnen Stellen die Flut der Zurückziehenden vor einem Hindernisse auf, das, wie ein Deich in einem Strome die Gewässer, ihre Massen aufhielt und sie dichter und dichter sich zusammen- und wild durcheinanderdrängen ließ. Wo die Heerstraße durch einen engen Talpaß zog, waren aus gefällten Baumstämmen hohe und furchtbare Verhaue aufgeschichtet, hinter denen her die Büchsen- und Flintenkugeln in die aufgelösten Bataillone schlugen; sie mußten erst genommen, erstürmt, durch Artillerie mit Vollkugeln zusammengeschossen werden, bevor es möglich war, vorwärts und aus diesen höllischen Defilees herauszukommen.

Einer der schlimmsten Pässe lag hinter dem Dorfe Bischbrunn. Zwei enge kleine Seitentäler mündeten hier von beiden Seiten auf die Heerstraße, und diese Seitentäler waren für die Kämpfenden wie gemacht, sich verdeckt in ihnen aufzustellen, aus ihnen hervorzubrechen und sich in sie hinein und an den Bergwänden aufwärts zu flüchten, wenn eine geschlossene Truppe im Sturmschritt gegen sie anrückte. Der Weißkopf, der Waldmeister, den wir von Wilderich nennen hörten, befehligte hier etwa zwei- bis dreihundert wohlbewaffnete Bauern. Sie waren eben auseinandergesprengt worden und sammelten sich wieder um eine jener Rieseneichen, die heute noch der Stolz des Spessarts sind; sie stand etwa in Manneshöhe über der Sohle des Seitentals, und der Waldmeister saß unter ihr, damit beschäftigt, einen neuen Stein auf seine Büchse zu schrauben.

»Bin gleich fertig, ihr Mannen,« sagte er zu den schwer atmenden und keuchend herankommenden Leuten. »Stellt einen Posten vorn auf die Bergegge, der uns wahrschaut, wenn ein neuer Trupp kommt; so lang wollen wir uns ein wenig Ruhe gönnen. Du, Natz, du machst mir auch nicht mehr weis, daß du kein Wilderer bist; hab's wohl gesehen, wie du immer aufs Blatt trafst. Wie viel Stück Wild hast mir im letzten Winter aus dem Revier weggeschossen, du?«

»Ach, Waldmeister,« antwortete ein blasser, blonder, junger Bursche im Kittel, »denkt Ihr denn heut noch daran? Ich mein', die Herren machen uns nun für das, was wir heut ausrichten, all' zu Waldmeistern und geben's Wild frei.«

Die Männer umher lachten.

»Wär' schon recht,« rief ein kleiner Mann mit einer Hasenscharte, der sich eben müde ins Moos niedersetzte und die alte Doppelflinte aufrecht zwischen den Beinen hielt, »wär' schon recht, Natz; aber daraus wird nichts, kannst mir's glauben. Das Wild, als da sind die Sauen, die Spießer, die Böck' und die Rehgeißen, das ist die eine Sorte von denen, die den Bauer ruinieren, und die andere Sorte, das sind die Herren, die Schlösser, die Domherren, die Kavaliere, denen 's Wild gehört. Hätte der Bauer nun Permiß, daß er sich die eine Sorte mit dem Blasrohr vom Leibe halten dürft', 's könnt' gar leichtlich sein, daß er's auch mit der andern versuchte, und darum – na, alleweil kannst dir's schon selbst ausrechnen.«

»Ich geb' aber nachher meine Flinte doch nicht wieder heraus!« rief der Natz trotzig. »Will sehen, wer kommt und sie mir abholt!«

»Na, na, na,« fiel hier ein starker, untersetzter Mann mit einem runden, roten, aber stark von Blatternarben zersetzten Gesicht ein, aus dem kleine verschmitzte Augen hervorblinzelten, »bist ja gar ein verwegener Bursch, Natz. So zu reden, wo der Herr Waldmeister dabei ist! Solchen Leuten wie dir hätt' man das Blasrohr gar nicht in die Hände geben sollen. Es ist ohnehin ein Jammer, daß man das arme Franzosenvolk damit so drangsalieren muß. Man meint, die Eingeweide müßt's einem im Leibe herumdrehen, wenn man's ansieht! In meinem Ort daheim stift' ich ein Seelgerät für ihre armen Seelen, für all die armen Teufel, die heut dran glauben müssen.«

»Was schwatzt der da? Den jammert's?« rief hier ein dritter aus.

»Na, gewiß jammert's mich, und jeden friedliebenden, rechtschaffenen Christenmenschen muß es jammern,« fuhr der Blatternarbige, mit dem Ärmel den Schweiß von der Stirn wischend, fort, »daß er so hinter ihnen dreinlaufen muß und all die Hundsmüh' und Sekatur mit ihnen hat! Wenn das so fortgeht, so weiß ich nicht, wie ich's noch lang dermachen soll; schon fünf Tage lang bin ich dabei, und 's graust mich –«

»Fünf Tage lang bist dabei?« fragte hier der Waldmeister. »Ja, du bist ja ein Fremder – woher kommst denn und weshalb bist denn dabei?«

»Woher ich komme?« sagte der Mann, sich mit dem Rücken an den Stamm einer Buche lehnend und seinen dreieckigen Hut in den Nacken schiebend, um dann die Hände über der Mündung seiner Büchse zu kreuzen. »Ich komme von Teinung, da bin ich daheim.«

»So weit her?«

»Just von daher, wo der Franzose zuerst kehrt gemacht hat. Ich bin halt hinter ihm dreinmarschiert, ganz still und zumeist bei der Nacht, hinter dem Nachtrab drein, habe dabei manchen armen Teufel von halbtotem Marodeur oder zum Krüppel geschossenen armen Lumpen angetroffen, im Straßengraben und in den Scheuern und Barmen am Wege.«

»Und hast ihnen wohl geholfen und sie getränkt und verbunden wie der barmherzige Samariter?« rief hier lachend einer der Männer, die einen Kreis um den Fremden geschlossen hatten. »Ja,« sagte der Blatternarbige lakonisch; »ich habe ihnen geholfen, wenn sie nicht schon genug hatten!«

»Aber wenn du gar so ein mitleidiges Herz hast,« fragte der Waldmeister, »weshalb kommst denn hierher zu uns?«

»Na,« sagte der Mann aus Teinig, den dreieckigen Hut wieder über die Stirn ziehend und mit den kleinen stechenden Augen zwinkernd, »ich muß noch ein wenig so mitmachen, ich habe meine Zahl nicht voll!«

»Deine Zahl? Was ist das, deine Zahl?«

»Meine Zahl ist siebzig. Just siebzig, nicht mehr und nicht weniger! Ich muß ihrer siebzig haben; für jeden zehn; das habe ich gelobt bei der Mutter Gottes von Ötting. Denn sieben Ochsen haben sie mir verbrannt – lebendig im Stadel – armes unschuldiges Vieh –

und fett dabei, schwer fett – hab' eine Brauerei in Teining, den Gaishofstoffel nennen's mich da – und das Mensch, die Stallmagd, ist auch hin worden, als sie mir Haus und Stadel mit Feuer angestoßen haben! Da hab' ich ein Gelübde getan zur Mutter Gottes von Altötting – für jeden Ochsen zehn, die dran glauben müssen!«

Die Bauern lachten auf.

»Bist ein Kerl, ein wüster!« sagte der Waldmeister kopfschüttelnd; »aber der richtige Franzosenjäger! Na, komm nur mit – und vorwärts, ihr Leute, ich sehe den Jörg von der Bergegge herlaufen und winken – richtig, man hört's schon stoßen und rumpeln – das müssen Kanonen sein. Haltet nur brav auf die Pferde, Leute, nur immer auf die Pferde!«

Die ganze Schar eilte zu Hauf und unter dem Laubdach der Bäume der Bergegge, welche die Straße beherrschte, zu. Der »Franzosenjäger« ihnen nach; es wurde jetzt erst sichtbar, daß er hinkte, daß eins seiner Beine kürzer als das andere; aber seine Bewegungen waren trotzdem und trotz seiner Stärke auffallend behende; auch war er bald an der Spitze der Schar, obwohl er, wie er sagte, so viele Tage hindurch schon dem abziehenden Heere gefolgt war wie ein böser Wolf dem Leichengeruch.

Eine andere für das rückziehende Heer verhängnisvolle Stelle lag weiter westwärts, da, wo der Verhau, von dem wir Wilderich reden hörten, angebracht worden, ein Verhau, zehnmal erstürmt und auseinandergeschleudert und dann jedesmal hurtig wiederhergestellt, sobald den Verteidigern desselben die Muße dazu geblieben. Darüber war es Mittag geworden; eben hatte sich wieder ein hitziges Gefecht zwischen einer Infanteriekolonne und den den Verhau verteidigenden Bauern und Forstleuten entsponnen, als sich ihm eine Schwadron französischer Chasseurs näherte, die, wie von den Folgen der allgemeinen Auflösung unberührt, sich in straffer Ordnung zusammenhielt. In ihrer Mitte ritt ein General, über dessen dunkle, schweiß- und staubbedeckte Züge der Zorn der Niederlage und die Empörung über diese wilden Angriffe verachteten Landvolks einen erschreckenden Ausdruck von Grimm und Wildheit gelegt hatten. Er mochte kaum vierzig Jahre zählen, aber sein Gesicht war stark durchfurcht, die schmalen, blitzenden Augen lagen tief eingesunken und das glatt und schlicht an seinen Schläfen an-

liegende lange schwarze Haar ließ dieses ursprünglich edel ge-
schnittene Gesicht noch schmaler, gelber und magerer erscheinen.

In seinem Gefolge ritten ein Paar Offiziere und – überraschender
Anblick in dieser wilden Kampfszene – zwei Frauen.

Mit der Truppe, welche ihn umgab, war er rasch herangetrabt.
Die vordersten seiner Reiter sorgten dafür, daß das marschierende
Kriegsvolk ihm Platz machte.

Aber wenn er bisher von den einzelnen Kampfszenen, durch die
er gekommen, sich nicht aufhalten lassen, so war es hier ein anderes. Die Straße war gründlich versperrt, und für die nächste Zeit
schienen die Verteidiger des Verhaues durchaus nicht geneigt, den
Kugeln, die hageldicht in ihre aufgeschichteten Baumstämme
schlugen, weichen zu wollen; zwischen den Ritzen und Zwischen-
räumen dieser Baumstämme durch, über den Rand der Barrikade
hinweg zischte Kugel auf Kugel zurück, die wohlgezielt jedesmal
ihren Mann traf. Dazu schmetterten die Hörner ihre Signale, wirbel-
ten die Trommeln und schrien und tobten die Offiziere, und über
dem ganzen wüsten Schauspiel schwankten und wogten die Wolken von Pulverdampf.

Der General ließ seine Truppe halten, bevor er in eine zu gefährliche Nähe dieser Kampfszene geriet; er nahm den hohen Hut mit
dem dreifarbigen Federbusche, der seine Würde bezeichnete, ab,
wischte sich mit seinem Tuch die Stirn und sagte zu seiner Begleiterin gewendet, zu der großen, blassen, mit entsetzten Blicken in das
Getümmel schauenden Frau: »Wir sind da in des Teufels Küche
geraten! Hier hilft kein frisches Vorwärts und kein unbekümmertes
Weitergehen trotz aller Rauferei zu unserer Rechten und Linken
mehr! Verflucht, daß keine Artillerie zur Hand ist! Soll ich hier warten, bis die Infanterie uns Platz geschafft hat? Ich habe keine Zeit zu
warten! Verdammte Lage!«

»Sollte denn gar kein Weg in der Nähe sein, der rechts oder links
abführte?« fiel die schöne große Frau mit bleicher Lippe ein.

»Ich habe vorhin zur rechten Hand eine Schlucht bemerkt,« sagte
ein kleines und, wie es schien, vor Furcht zitterndes weibliches
Wesen, das hinter der Dame ängstlich mit beiden Händen sich auf
ihrem Pferde festhielt; es war gut, daß einer der Chasseurs dicht

neben ihr das Pferd am Zügel führte, sie selbst würde schwerlich damit fertig geworden sein, das durch den Kampf und den Lärm aufgeregte Tier zu führen und zu halten.

»Wo ist diese Schlucht?« fragte der General.

»Hinter uns, einige hundert Schritte zurück – ein Weg führt hinein!« antwortete einer der Offiziere, den die Binde als seinen Adjutanten bezeichnete.

»Wohl denn, so retten wir uns in die Schlucht, bringen wir Sie da in Sicherheit!« sagte der General zu der Dame gewendet und warf sein Pferd herum.

Das ganze Geschwader machte kehrt, schaffte sich Bahn wie früher durch die nachdringenden Massen und schwenkte nach wenigen Minuten links in die Schlucht hinein, in welcher es zu der Mühle und Wilderichs Forsthaus hinaufging.

»Wird denn dieser Weg nicht irgendwo hinführen, von wo aus man die Barrikade umgehen und so weiter kommen könnte?« rief hier der General aus. »Dubois, geben Sie doch die Karte her!«

Der Adjutant zog eine Karte aus seiner Sattelhalfter hervor und reichte sie dem Vorgesetzten.

Der General schlug sie auseinander und suchte im langsamen Weiterreiten sich darauf zu orientieren.

»Dies hier muß die Schlucht, in der wir uns befinden, sein; der Weg läuft auf einen Ort oder Hof Goschen – Goschenwald aus und schwenkt dann links – links zwischen Bergen durch – ah, vortrefflich, er schlängelt sich mit der Heerstraße parallel, um sie eine oder zwei Stunden weiter westlich wieder zu erreichen. Eine dünne Linie, ein Fußpfad am Ende nur, aber *enfin*, es ist doch ein Weg, es muß da auch durchzukommen sein. *Eh bien*, wagen wir's! Vorwärts, vorwärts!«

Er reichte die Karte dem Adjutanten zurück. Dabei streifte sein Blick das Antlitz der Dame, deren Augen gespannt auf ihn gerichtet waren.

»Arme Marcelline,« rief er dabei, »ich verstehe den Vorwurf in Ihrem Blick – wie ich Ihnen solch eine Strapaze noch zumuten könne – freilich, freilich, ich kann Sie solch einer Irrfahrt, solch einer

Anstrengung nicht aussetzen – Sie können nicht mehr! Zum Teufel, wer hätte auch gedacht, daß wir in eine solche Cochonnerie geraten würden! Es wird Zeit, daß Sie Ruhe finden, meine Teure, daß Sie einige Stunden der Erholung bekommen.«

»Freilich, es ist schrecklich, dies alles!« versetzte die Frau mit einem von der Aufregung, der in sie sich befand, gedämpften und heiser gewordenen Organ; »es ist gar zu schrecklich –«

»Sie sollen in diesem Goschenwald, oder wie es heißt, die Nacht bleiben,« fiel der General ein.

»Bleiben, zurückbleiben ohne Sie, Duvignot, was muten Sie mir zu?«

»Beruhigen Sie sich, Marcelline, wir werden ja sehen, wie dies Goschenwald aussieht; verspricht es Ihnen irgendwie eine Stelle, wo Sie die Nacht hindurch ruhig Ihr Haupt hinlegen können, so werden Sie dableiben; ich lasse Ihnen den größten Teil meiner Eskorte zum Schutze, mit dem andern eile ich durch die Berge weiter. Ich darf nicht rasten, Jourdan zählt darauf, daß ich noch in dieser Nacht in Frankfurt ankomme, ich muß es wenigstens morgen vor Sonnenaufgang erreichen. Gesetzt nun auch, wir fänden auf dem Umwege, den wir jetzt machen müssen, weiter keine Hemmnisse, wie würden Sie einen solchen Ritt aushalten können?«

»O mein Gott, wäre ich doch nie mit Ihnen gegangen, wäre ich nie aus Würzburg gewichen!«

»Gewiß, gewiß,« fiel der General Duvignot ein, »es wäre besser gewesen, aber wer zum Henker konnte erwarten, auf solche Hindernisse hier zu stoßen? Als mir Jourdan den Befehl gab, eiligst das Kommando in Frankfurt zu übernehmen, was schien da einfacher und selbstverständlicher, als daß Sie sich mir und meiner Eskorte anschlössen, um aus dem Chaos in Würzburg heimzukommen nach Frankfurt, das man uns hoffentlich so bald nicht entreißen wird!«

»Wie war es möglich, daß man im Hauptquartier so gar nichts von dem, was sich in diesen Bergen vorbereitete, ahnte?«

»Mein Gott, wie war es möglich! Wir sind in Feindesland! Unsere Spione waren Esel oder haben uns betrogen! Auch haben wir verdammt wenig daran gedacht, daß wir geschlagen werden könnten, und uns wenig gekümmert um das, was hinter uns vorging, die Augen auf den Feind gerichtet, der vor uns stand!«»Ihr habt euren Feind verachtet!«

»Wir hatten ihn so oft geschlagen!«

»Nicht immer!«

»Ah bah, fast immer. Und wenn Bonaparte, dieser junge Teufel, ihn von Süden, Moreau, dieser alte Löwe, ihn von Westen und wir uns alle für wahre Teufel hielten, ihn von Norden packten, wie konnten wir etwas anderes erwarten, als ihm über den Leib zu marschieren bis nach Wien!«

»Und trotz all eurer Teufeleien und eures Löwengebrülls seid ihr nun doch geschlagen!« erwiderte bitter Marcelline dem General Duvignot.

»Wir werden schon Revanche nehmen! Aber ich sehe da Häuser,« unterbrach sich der General, auf die Mühle und das Forsthaus deutend. »Ob das Göschenwald ist? Lassen Sie sehen,« wandte er sich zum Adjutanten.

Der Adjutant reichte ihm die Karte; während er darauf suchte, sprengten ein Paar seiner Reiter sowohl nach der Mühle als nach dem Forsthause hinüber. Aber trotz des Gerassels, das ihre an die Türen pochenden Säbelscheiden machten, öffnete sich keine dieser Türen. Das Mühlrad stund still, kein Rauch kräuselte sich über den Essen. Die Müllersleute sowohl wie Frau Margaret im Forsthause mit ihrem kleinen Schützling mußten sich geflüchtet haben.

»Die Wohnungen scheinen verlassen,« sagte Duvignot, »auch ist die Entfernung von der Heerstraße nicht groß genug, als daß dies Goschenwald sein könnte. Nur weiter, weiter!«

Das Geschwader setzte sich trotz des steinigen und steiler werdenden schmalen Weges in Trab. Die Spitze der Truppe hatte nach einer Viertelstunde die Höhe erreicht, auf der man in das enge Bergtal niederschaute, das von Haus Goschenwald beherrscht wurde. Bald nachher wurde auch dieses letztere sichtbar.

»Ah, das sieht ja vollständig gastlich und einladend aus, dieser alte Edelhof; die Essen rauchen – man ist eben beschäftigt, Ihnen eine Suppe zu kochen, Marcelline!« rief Duvignot aus. »Ich bin glücklich, Sie in ein solches Quartier senden zu können.«

Die Frau blickte verzagend auf das alte Gutsgebäude. Sie fühlte sich freilich bis zum äußersten ermüdet und bebte doch vor dem Gedanken, allein zu bleiben, zurück.

»Sie müssen sich darein fügen, meine Teure, es geht nicht anders,« fuhr er fort. »Während ich mich links durchzuschlagen suche, um die freie Heerstraße wiederzugewinnen und ohne Aufenthalt an mein Ziel zu kommen, müssen Sie sich dort oben Ruhe gönnen. Unsere Truppen werden die Wege für Sie bald freigemacht und gesäubert haben. Aber mich können Sie nicht weiter begleiten. Mein Gott, wenn Sie mir vor Erschöpfung ohnmächtig, wenn Sie mir krank würden, was dann? Dürfte ich Ihretwegen mich aufhalten? Und könnte ich Sie doch verlassen, verlassen unter freiem Himmel, in der Nacht, die herannaht? Seien Sie vernünftig, Marcelline, ich flehe Sie darum an!«

»Mein Gott, wenn es sein muß, so bin ich ja bereit,« sagte die Dame resigniert. »Welche Mannschaft werden Sie mir zu meinem Schutze lassen?«

»Die ganze Schwadron, wenn Sie wollen, ich werde nur ein Dutzend Chasseurs zu meiner Begleitung bei mir behalten. Dubois, zählen Sie so viel Mann, die bei uns bleiben, ab! Sie, Kapitän Lessaillier,« wendete er sich an einen andern Offizier, »bleiben mit Ihrer Schwadron als Eskorte der Dame.«

Das Dutzend Reiter wurde vorkommandiert, und Duvignot nahm Abschied von seiner Begleiterin.

»Adieu,« rief er, die Hand, welche sie ihm reichte, ergreifend und an seine Lippe ziehend. »Ich werde Ihnen in Frankfurt Quartier machen. Ich werde Sorge tragen, daß im Hause Ihres Mannes alles zu Ihrem Empfange in Bereitschaft ist. Adieu, meine Teure! Lesaillier, Sie werden das Vertrauen, das ich in Sie setze, indem ich Madame Ihrem Schutze übergebe, rechtfertigen!« »Seien Sie überzeugt davon, mein General,« antwortete militärisch salutierend der Offizier der Schwadron.

»Also noch einmal Adieu, Marcelline, ich lasse Sie in guter Hut!« rief der General aus, legte die Hand an den Hut und spornte sein

Pferd an, um dem Weg zu folgen, der vor ihm ins Tal niederlief und dann sich links am Fuße der Höhe hielt.

Die Frauen mit ihrer Eskorte schlugen den Weg ein, der, sich rechts abzweigend, auf halber Berghöhe geradezu auf Haus Goschenwald führte.

Die Dame, welche der General Marcelline genannt hatte, sank, nachdem er sich von ihr getrennt, wie gebrochen vor Müdigkeit in ihrem Sattel zusammen. Die andere, ihre Zofe, musterte mit scheuem und mattem Blick den alten Edelhof vor ihr.

»Werden wir da nun zu Rast und Ruhe kommen?« rief sie aus.

»Wir wollen es hoffen,« sagte ihre Herrin mit einem Seufzer, »und wenn wir es auch nicht hoffen dürfen, es ist doch besser so, daß wir den General haben vorausziehen lassen.«

»Besser? Den General, der unser bester Schutz war?«

»Ja, besser! Was würde man in Frankfurt gesagt haben, wenn ich an der Seite Duvignots da eingezogen wäre!«

Sie sagte dies in deutscher Sprache, um nur von der Zofe verstanden zu werden, während die bisherige Unterredung in französischer Sprache geführt worden war.

»Ah, bah,« entgegnete die Zofe ein wenig verdrießlich – sie war nicht in der Stimmung, sich viel Mühe zu geben, ihre Gedanken zu verbergen – »was würde man gesagt haben! Ich denke, die Verwunderung wäre so groß nicht gewesen. Und zudem wären wir in der Morgenfrühe hingekommen, wo niemand unsern schönen Triumpheinzug beobachtet hätte. Und endlich wird man in Frankfurt jetzt an anderes zu denken haben als an die Rückkehr der Frau Schöffin!«

»Das ist mein Trost freilich auch,« antwortete die Frau Schöffin. »Wie sagte der General, daß dies Haus heiße? Goschenwald?«

»In der Tat, ich glaube so war es.«

»Goschenwald!« wiederholte Frau Marcelline nachsinnend. »Ich habe den Namen schon gehört. Ja, ja, es ist richtig, Goschenwald, das muß einem entfernten Verwandten meines Mannes, von seiner ersten Frau her, gehören, einem Reichshofrat in Wien; mein Mann muß sogar einmal dort gewesen sein, ich erinnere mich, daß er davon geredet hat. Also dies ist es? Nun, es sieht verlassen und friedlich genug aus, um uns ein ruhiges Nachtquartier zu verheißen!«

Sie waren auf dem Hofe von Haus Goschenwald angekommen; die Truppe hielt, der kommandierende Offizier glitt rasch aus seinem Sattel, um Frau Marcelline Stallmeisterdienste beim Absteigen zu leisten, und ihr dann den Arm zu reichen, um sie ins Haus zu führen. Die Frau Schöffin fühlte erst jetzt vollständig ihre Ermüdung und ihre wie zerschlagenen Glieder; und deshalb entging ihr das seltsam Pittoreske der Erscheinung, die jetzt plötzlich vor ihr auftauchte und ihren Begleiter doch lachen machte. Es war die imponierende Gestalt Sr. Gestrengen des Herrn Schössers, der in seiner roten Uniform, die eine Hand an seinem quer sich spreizenden Degen, die andere auf den Knopf eines hohen spanischen Rohrs gelegt, wie ein Bild in der Umrahmung der Portaltür stand.

»*Diantre,*« sagte der Kapitän, »*voilà le roi d'Yvetôt!*« und fuhr dann zu ihm selber gewendet fort: »*Très-haut et très-puissant seigneur,* wir nehmen Ihre Gastlichkeit in Anspruch – bitte, machen Sie uns Platz!«

Der Schösser trat, als er seinen Versuch, den Ankommenden durch schweigende Hoheit zu imponieren, nicht erfolgreich sah, resigniert und ohne ein Wort zu erwidern, zur Seite. Er ließ nur seine grauen Augen rollen, als die Gruppe an ihm vorüber ins Innere des Gebäudes schritt, und dann nickte er dreimal mit dem Kopfe, daß sein Zopf in die Höhe schnellte, und murmelte: »Franzosen! Franzosen auf der Retraite! Welch blaue Wunder kann unser Herrgott tun! Welch blaue Wunder! Auf der Retraite! Franzosen!«

Der Trupp Chasseurs – es mochten ihrer etwa hundert bis hundertzwanzig sein – legte unterdessen auf die Stallungen Beschlag, um darin einen Teil der Pferde unterzubringen, und bereitete sich vor, mit dem Rest auf dem Hofe des Gebäudes zu kampieren.

»Geben Sie acht darauf, daß die Leute sich nicht zerstreuen und auf ihrer Hut bleiben,« sagte der Kapitän Lesaillier, der eben aus dem Hause zurückgekommen war, dabei zu seinem Wachtmeister. »Unsere Kameraden da unten werden das Gesindel, das sie attackiert, hoffentlich bald auseinandergesprengt haben, aber just dann könnten wir zerstreute Trupps davon hier auf den Hals bekommen.

Lassen Sie deshalb nicht absatteln und stellen Sie einen Posten in gehöriger Entfernung vom Hofe auf. Duvignot hätte etwas Besseres tun können, als seine Weibsleute in diesem heillosen Rückzuge mitzuschleppen und just uns zur Sauvegarde seiner Liebschaften zu machen – Gott verdamme sie!« »Wäre mir auch lieb, wir wären aus diesen vermaledeiten Defilees heraus, Kapitän,« sagte der Wachtmeister; »ist einmal das Wunder passiert, daß uns diese Hunde von Weißröcken geschlagen haben, so kann auch das zweite Wunder passieren, daß sie einmal wissen, wie man einem geschlagenen Feinde auf dem Nacken sitzt; und kommen sie uns außer dieser Bauerncanaille auch noch auf den Hals, so wird die Suppe gut!«

»Das würde sie freilich, alter Grognard,« fiel der Kapitän ein; »aber da ist nichts zu fürchten, man kennt sie ja; sie werden nach ihren Anstrengungen einige Tage zum Ausschlafen nötig haben. Sorgen Sie dafür, daß die Pferde ein gutes Futter bekommen und daß nicht zu früh getränkt wird!«

Sechstes Kapitel.

Etwa eine Stunde vor der Ankunft der Frau Marcelline und ihrer Schutzwache auf Goschenwald hatte Benedicte in wachsender Aufregung das Haus verlassen. Der Lärm des Kampfes, der deutlich in das Tal herüberklang, nicht allein Kanonenschläge, sondern von Zeit zu Zeit auch das Rollen von Kleingewehrfeuer, dessen Schall die Windströmung gedämpft herübertrug, hatten sie nicht ruhen lassen. Und wie dieser Lärm sie entsetzte, so peinigte sie die Erinnerung an die Szene mit Wilderich, welche sie aufs tiefste erschüttert hatte; jedes seiner wilden, leidenschaftlichen Worte klang in ihrer Seele wider. Sie hatten da einen vollständigen Aufruhr hervorgerufen, vermehrt und ins Unerträgliche gesteigert durch die Angst um ihn, die seitdem hinzugekommen. Jeder Schuß, den sie aus der Ferne herüberhallen hörte, ging ihr ins Herz, es war ihr, als müsse die Kugel, die da geschleudert wurde, die sein, welche sein warmes männliches Herz treffe. In diese Angst um ihn hatte sich ihr ganzer Stolz, und das Gefühl des Verletzenden, das seine rasche und verwegene Werbung um ihre Liebe sonst hätte erwecken können, verloren; sie dachte nur an alles das, was sein Wesen Gewinnendes, sein Wort, seine Wärme, seine Kühnheit Bezwingendes für sie gehabt, und an das Schreckliche, das sein Tod für sie haben würde; und für sie ja nicht allein, auch für das Kind, von dem ihr der Schösser gesprochen, das Kind, an das sie so viel denken müssen, mit der Spannung, die ein Geheimnis in uns erweckt, mit Unruhe und einer gewissen Beklemmung und doch auch einer vollen innern Zuversicht auf die Wahrheit dessen, was er zu ihr gesprochen. Lag es in ihrem Herzen, oder lag es in seinem offenen Antlitze, seinem hellen Blick, die Offenbarung, daß dieser Mann nicht täuschen könne?

Sie dachte an das Kind, als ob es etwas ihr Nahestehendes sei, etwas, für das ihr die Sorge bleibe, wenn sein Beschützer in diesem verwegenen Kampfe falle, dessen Widerhall an ihr Ohr schlug.

So hatte sie Haus Goschenwald verlassen. Eine Magd hatte ihr unten in der Halle des Hauses zugerufen, ob sie dieselbe begleiten wolle, hinaus auf eine Höhe, von welcher man durch einen Bergeinschnitt weit hinab in das Tal blicken könne, durch welches die Straße ziehe und der Rückzug der Feinde gehe; zwei andere Mägde waren schon vorauf dahin. Benedicte hatte sich eifrig angeschlossen, und durch eine Hintertür, durch den Garten des Edelhofs, der an der hintern Seite sich an die Bergwand lehnte, dann über einen sandigen Fußweg war sie eine Viertelstunde weit der Magd gefolgt bis zu einem alten Steinkreuz, an dem mehrere Wege auseinanderliefen. Der eine führte als wenig begangener steiler Fußsteig rechts zu der Höhe hinan, auf der die verheißene Aussicht sich bieten sollte, der andere lief mehr links in die nordöstliche Talecke hinein, wo ein an dieser Stelle sichtbar werdender Einschnitt in die Bergwände, die das kleine Tal umgaben, einen Ausgang in die dahinterliegenden Waldtäler zu öffnen schien. In der Tat führte dieser letztere Weg, wenn man seinen Windungen durch mehrere kleine Waldtäler folgte, auf die von uns erwähnte zweite, über Lohr auf Aschaffenburg laufende Spessartstraße.

Ein dritter Weg, eine Fortsetzung des letztern nach Westen, senkte vom Steinkreuz ab sich abwärts, um unter Goschenwald her durch den Grund des Tales zu laufen, in der Richtung nach Westen, in welcher wir den General Duvignot sich auf diesem selben Wege einen Ausweg aus dem Tale suchen sahen.

Benedicte nahm, als sie an dem alten Steinkreuz angekommen war, einen Trupp bewaffneter Männer wahr, welcher aus dem erwähnten Bergeinschnitt von Nordosten her auf sie zugetrabt kam und dessen vorderster sie, als sie sich rasch entfernen wollte, anrief.

Der Reiter waren sechs, zwei ritten vorauf, die vier andern in einer Gruppe zusammen. Zwei von diesen letztern trugen leichte weiße Staubmäntel über hechtgrauen Uniformen und roten Beinkleidern, die andern waren in weißen Röcken, nur die voransprengenden trugen die dunkelblauen Uniformen ungarischer Husaren.

So wenig sich Benedicte darauf verstand, erkannte sie doch sofort, daß sie österreichische Offiziere vor sich hatte, wie es schien Stabsoffiziere.

Sie blieb an dem Steinkreuz stehen und war bald von ihnen umgeben.

»Demoiselle,« sagte, sich von seinem schnaubenden schweißbedeckten Pferde zu ihr niederbeugend, einer der Männer in der hechtgrauen Uniform mit einem sehr wohllautenden Organ und einer freundlichen Betonung, die mit dem langen, ernsten Gesicht des noch jungen Mannes im Kontrast stand, »Sie werden die Güte haben, uns einige Auskunft zu geben. Zuerst, ist das dort Haus Goschenwald?«

»Es heißt so!« antwortete das junge Mädchen unter heftigem Herzklopfen und in einer Verwirrung, welche es ihr unmöglich machte, sich zu besinnen, woher ihr das Gesicht mit der ungewöhnlich hohen Stirn, den gedehnten Zügen, der stark ausgebildeten Unterlippe und dem langen Kinn bekannt sei, wo sie es gesehen haben könnte.

Der junge Mann nickte mit dem Kopfe und sagte: »Ich danke Ihnen. Ist der Hof besetzt?«

»Nein, er ist ohne Verteidiger.«

»Ich meine, ob Franzosen da sind, oder ob sie dort waren?«

»Franzosen? Nein!« wiederholte Benedicte, die ja nicht wußte, was seit ihrem Fortgehen von Goschenwald dort geschehen.

»Wie weit sind wir hier von der Heerstraße, über welche der Rückzug der Franzosen sich bewegt?«

»Etwa dreiviertel Stunde.«

»Führt von dem Hofe Goschenwald eine so breite Straße

hinab nach dieser Heerstraße, daß eine geschlossene Kolonne – Sie verstehen mich – ein Bataillon, ein Regiment darauf marschieren könnte? Würde man Artillerie dahin bringen können?«

»Es führt ein Weg, der befahren werden kann, von Haus Goschenwald nach der Heerstraße; er führt von Goschenwald links über eine Einsattelung, dann durch eine Schlucht an einer Mühle vorüber.«

»Und er kann befahren werden?«

»In der Tat, aber wohl nur mühsam; er ist sehr schlecht zu gehen; ich kann nicht darüber urteilen, ob Geschütze – «

»Ich danke Ihnen,« sagte der junge Stabsoffizier noch einmal, und dann sich zu dem andern Offizier in der hechtgrauen Uniform wendend, fuhr er leise redend fort: »Wir wollen Strassoldo mit seiner Batterie bis auf weiteren Befehl stehenbleiben lassen, aber die zwei Bataillone Abpfaltern und eine Kompagnie Kaiserjäger sollen vorgehen, die Kaiserjäger als Tete natürlich; ich will auf dem Hofe da vor uns die Meldungen erwarten. Wenn sie an der Heerstraße angekommen sind und da in die Verfolgung eingreifen, soll es mir sofort gemeldet werden, wir wollen dann sehen, wie viel Mannschaft wir nachrücken lassen können.«

»So sprengen Sie zurück, Muga,«» wandte sich der zweite Hechtgraue, ein schon älterer Herr mit ergrauendem Haar, an einen der beiden andern: Offiziere. »Sie haben die Befehle gehört?«

»Zu Befehl, Exzellenz,«« sagte dieser, mit der Hand am Schirm der Feldmütze; dann warf er sein Pferd herum, spornte es und sprengte auf dem Wege, den er gekommen, zurück.

»Sie, Bubna, bleiben hier zurück,« wandte sich der junge Mann mit dem langen Gesicht jetzt an den dritten seiner Begleitung, »um den Marsch zu dirigieren, wenn die Truppen kommen. Da links hinein, nicht wahr?« richtete er seine Frage an Benedicte. »Die Truppen müssen diesem Fahrwege ins Tal hinein folgen; dann, wo drüben eine Allee von Eichen, die auf das Haus Goschenwald zuläuft, endet, wirft sich der Weg linkshin über die Einsattelung und steigt an der anderen Seite wieder durch die Mühlenschlucht bis zu der Heerstraße hinab, auf der jetzt gekämpft wird.«

»Haben Sie es gehört, Bubna? Behalten Sie eine der Ordonnanzen hier bei sich, damit Sie mir die Meldung machen lassen können, wenn die Leute da sind; lassen Sie sie ihren Marsch beeilen, wie es nur immer möglich ist; untersuchen Sie dann, ob sich Geschütze daherführen lassen, und sorgen Sie dafür, daß ich sofort Nachricht erhalte, falls es möglich ist, Artillerie fortzubringen.«

Der junge Mann nickte dem zurückbleibenden Offizier einen Gruß zu und wandte sich dann wieder an Benedicte.

»Jetzt, Demoiselle,« sagte er, »haben Sie die Güte, uns zu führen, wir wollen die Gastfreundschaft des Edelhofs da vor uns unterdessen in Anspruch nehmen. Können wir auf diesem Fußpfade hingelangen, und,« setzte er lächelnd hinzu, »werden sie da einen Trunk

Steinweins oder nur frischer Milch für ein paar müde, durstige Soldaten haben?«

»O gewiß, gewiß!« rief Benedicte lebhaft aus. »Ich bin sicher, daß Soldaten, welche diese Uniform tragen, mit Freuden da empfangen werden; folgen Sie nur, dieser Fußpfad führt in der geradesten Richtung dahin.«

»So kommen Sie, Sztarrai,« rief der junge Mann seinem ältern Kameraden zu.

Benedicte schritt voraus, die beiden Offiziere folgten ihr auf dem Fußsteige, nur von einem der zwei Husaren begleitet, die ihnen vorher vorangeritten waren; der andere war auf einen Wink des Bubna genannten Offiziers bei diesem an dem Steinkreuz zurückgeblieben.

Während die beiden Männer, welche sie führte, dicht nebeneinander auf dem schmalen Pfade ritten, sprachen sie lebhaft, aber so miteinander, daß Benedicte ihre Worte nicht verstand. Als sie vor dem offen stehenden eisernen Gittertor angelangt waren, das von dieser Seite durch eine niedrige Mauer in den Garten von Goschenwald führte – man hatte nur noch zwischen einigen mit hohen, altem Buchsbaum eingefaßten Beeten bis zum Hause zu gehen – wandte sich Benedicte zurück.

»Wenn die Herren hier absteigen wollen,« sagte sie, »so kann ich Sie unmittelbar ins Haus führen, durch diesen Garten, und Sie brauchen nicht den Umweg um das ganze Gehöft herum zu machen. Die Pferde jedoch muß Ihr Begleiter hinab an dieser Mauer und das Gebäude entlang führen und an der Vorderseite durch die Toreinfahrt in den Hof, er wird dort gleich die Stallung sehen.«

»Sehr wohl!« antwortete der junge General und stieg rasch aus dem Sattel, um dem herankommenden Husaren die Zügel zuzuwerfen.

Er blieb einen Augenblick stehen, um seinem älteren und weniger behenden Kameraden, den er Sztarrai genannt hatte, Zeit zu lassen, auf den Boden zu gelangen; dann folgten die beiden Männer dem jungen Mädchen.

Benedicte führte sie durch eine Glastür ins Haus, dann durch einen niedrigen Gang, der in ein hohes Stiegenhaus leitete; aber bevor sie noch dieses letztere erreicht, warf sie rechts in dem Gange eine Tür auf und bat die Herren einzutreten.

Ein großer, durch drei auf den vordern Hof hinausgehende Fenster erleuchteter hallenartiger Raum umfing sie. Rings an den Wänden lief ein hohes Täfelwerk von dunklem Eichenholz herum, über dem mancherlei groteske Jagdbeute des Spessartwaldes an der Wand befestigt war, seltsam ausgewachsenes Gehörn und Geweih. In der Mitte der den Fenstern gegenüberliegenden Wand prangte auch eine Trophäe, aber sie bestand nur aus harmlosen Weidtaschen, Hifthörnern und altertümlichen Pulverhörnern. Die Waffen, die dazwischen die leer gewordenen Stellen gefüllt, waren fortgenommen worden. Hatten sie sich vor dem französischen Machtgebot unsichtbar gemacht, oder dienten sie eben bei dem blutigen Handgemenge drüben im nächsten Tal, Rache an diesem französischen Machtgebot zu nehmen?

Der gestrenge Herr Schösser hätte es müssen wissen, aber seine Knechte wußten es besser!

Der gestrenge Herr saß eben oben in diesem Saal, auf der Bank neben dem riesigen Kachelofen, mit dem Rücken sich an die kalten Platten desselben lehnend, die Arme über der Brust verschränkt und von der Höhe seines langen Oberkörpers herab auf zwei Gruppen von Leuten blickend, die sich in dem Saale an zwei verschiedenen Tischen, welche unter den Fenstern des Raumes hinliefen, befanden.

An dem obern Tische saßen zwei weibliche Wesen, Frau Marcelline und ihre Zofe. Frau Marcelline hatte ihren Hut auf einen Stuhl neben sich geworfen und darüber ihr Fichu und ihre langen bis zum Ellbogen reichenden Handschuhe; das Sacktuch und ein silbernes Riechbüchschen lagen neben ihr auf dem Tisch, während ihre beringte Hand einen kleinen Spiegel hielt, in dem sie sich beschaute, um den in Verwirrung geratenen Scheitel wieder zu glätten. Hinter ihr stand die Zofe und steckte ihr mit Haarnadeln den losgegangenen Chignon wieder fest, denn der Chignon gehörte zur Tracht der Damen des achtzehnten Jahrhunderts, wie er es heute tut. Von ihren Schläfen hingen lange Locken nieder, dunkeln, fast blauschwarzen

Haares, wie es ganz paßte zu dem schönen und zugleich pikanten Gesicht, den feingeschnittenen, ein wenig scharfen Zügen, und den schmalgeschlitzten Augen, die unter schwarzen beweglichen Brauen durch die langen Wimpern der Lider feurige, zuweilen ein wenig stechende Blicke schossen. Ihr Mund war rot, voll, geschnitten wie nach dem Muster vom Bogen Amors, nur die Winkel waren stark genug nach unten gezogen, um diesem reizenden Munde einen gewissen Ausdruck von Hochmut oder Härte oder Verachtung zu geben, der Frau Marcellinens Gesicht nicht anziehender machte. Ihr Teint war ein wenig abgebleicht, unfrisch, fatiguiert, vielleicht nur vom Staub des Weges, von den Mühen der Reise und nicht von den Jahren – sie konnte kaum sechs- oder siebenundzwanzig Jahre zählen.

An dem zweiten Tisch weiter unten in dem Raum saß der Kapitän Lesaillier mit seinem alten Grognard von Wachtmeister. Sie hatten ihre Säbel in den sehr glanzlos gewordenen Messingscheiden und die Tschakos mit den grünen Federbüschen aus den Tisch geworfen und die roten Revers ihrer grünen Uniform aufgeknöpft; so waren sie eifrig damit beschäftigt, den Erfrischungen zuzusprechen, welche die Beschließerin ihnen auftrug, wobei der Wachtmeister seinen Vorgesetzten durch die Späße unterhielt, die er nicht müde wurde über die seltsame und, wie er es nannte, austrogotische Figur des am Ofen lehnenden Leutnants außer Dienst und gestrengen Herrn Schössers zu machen.

»Welch ein Biedermann!« hatte er eben lachend gerufen. »Er sieht aus wie aus Pappdeckel geschnitten, um im Marionettentheater den grausamen Feldherrn Ahitophel vorzustellen!«

»Und das hält sich für einen Soldaten!« sagte der Kapitän lächelnd.

»Sagen Sie mir, mein Kapitän,« fragte der Wachtmeister, »ist je eine ganze Armee solcher mörderischer Kerle ins Feld gerückt?«

»Eine Armee? Nun sicherlich, die Reichsarmee! Diese kleinen deutschen Tyrannen brachten immerhin einige Regimenter zusammen. Der eine von ihnen lieferte dies, der andere das; der eine gab für die Kompagnie einige arme Hungerleider her, der zweite den Hauptmann und der dritte die Trommel, den Tambour und die Kochtöpfe. Eine freie Reichsstadt musterte ein halbes Dutzend Reiter, eine Äbtissin besorgte den Kornett und ein dritter Souverän lieferte, das Sattelwerk und Riemenzeug – fragen Sie die rote Vogelscheuche dort, und er wird Ihnen sagen, daß ihm zu seiner Ausrüstung ein armes Gräflein den roten Rock und ein Nonnenkloster die schwarze Hose mit den Gamaschen geliefert hat.«

»Puh, welche Schmach für ein großes Land, ein großes Volk,« antwortete lachend der Wachtmeister. »Aber wenn dem so ist, weshalb haben denn nicht diese armen Deutschen gegen solche Wirtschaft die Revolution gemacht? Was haben wir, die wir doch lange nicht so schlecht daran waren, die Mühe zu übernehmen brauchen mit dem Revolutionieren anzufangen?«

»Ja, sehen Sie, Lepelletier, das ist just so zugegangen wie bei einem Hauseinsturz mit einem Haufen armer Teufel von Arbeitern, die unter Schutt, Trümmer und Gerümpel verschüttet liegen. Da machen sich die am ersten frei, die noch am wenigsten tief darunterliegen und noch einen Arm oder ein Bein regen können. Die andern vermögen es nicht. Das Gerümpel und der Schutt, begreifen Sie, ist die alte Ordnung der Dinge *du bon vieux temps*. Wenn wir zuerst uns daraus gerettet haben – aber was zum Teufel ist das, wer führt uns diese Österreicher hierher?«

Bei diesem Ausruf, bei dem Kapitän Lesaillier betroffen in die Höhe fuhr, wandte der Wachtmeister seinen Kopf und ließ aus Überraschung das Glas feurigen Kalmuths, den Frau Afra in einer Bocksbeutelflasche aufgetischt, und welches er eben zum Munde führen wollte, beinahe fallen.

Eben waren Benedicte und die zwei österreichischen Stabsoffiziere in den Raum eingetreten.

Ein Blick auf die Franzosen, ein zweiter durch die Fenster der Halle, vor denen man den ganzen Schwarm der Chasseurs sich auf dem Hofe herumtreiben sah, hatte aber auch den Österreichern im selben Moment klar gemacht, daß sie in den Händen des Feindes waren, mitten unter eine französische Abteilung geführt.

»Gott steh' uns bei!« rief zurückfahrend der ältere der beiden aus. »Wohin hat dies Geschöpf uns gebracht?«

Seine Hand fuhr an den Säbelkorb und entblößte halb die Klinge.

»Ruhig, Sztarrai, bleiben wir ruhig,« mahnte der Jüngere flüsternd.

»Soll ich die Dirne erstechen – eine Deutsche, die –«

»Die Lügnerin wird ihren Lohn finden,« fuhr, die Hand auf seinen Arm legend, der junge Mann fort; »denken wir daran, wie wir uns selbst aus der Schlinge ziehen!«

Während diese Worte in Hast von den beiden Offizieren gewechselt wurden, hatte Benedicte ein paar rasche Schritte in den Raum hinein gemacht, hatte erblassend die Franzosen angestarrt, dann ihre Augen auf die Frauen am obern Tisch geworfen und, plötzlich zusammenfahrend, einen leisen Schrei, wie des heftigsten Erschreckens, ausgestoßen.

Sie stand da wie versteinert, beide Hände wie zur Abwehr eines ganz Entsetzlichen, das plötzlich vor ihr aufgetaucht, erhebend.

Frau Marcelline, die bei dem Anblick der österreichischen Uniformen ebenfalls aufgefahren, ließ jetzt ihre Augen auf das Mädchen fallen, und zusammenzuckend, erschrocken, wie jemand, der auf eine Schlange getreten, rief sie aus: »Benedicte, Benedicte, du bist's?«

Benedicte regte sich nicht. Sie starrte noch immer wie von Sinnen die Erscheinung vor ihr an. Diese dunkeln, jetzt so stechend flammenden Augen, dieser Kopf mit den langen Wimpern und den langen hängenden Locken vor ihr mußten für sie die Wirkung des Medusenkopfes haben.

Frau Marcelline war durch den Anblick des jungen Mädchens offenbar so außer sich gekommen, daß sie den Eintritt der österreichischen Offiziere schon gar nicht mehr beachtete; sie trat, flog, das ganze Gesicht plötzlich von Flammenrot übergossen, auf sie zu.

»Unglückliche! Elende!« rief sie aus. »Du – du – du hier! Welch Verhältnis führt dich, dich mir in den Weg, in meine Hände, Abscheuliche?« In Benedicte schien bei diesen Worten wie mit einem Male das Bewußtsein, die Besinnung über ihre Lage zurückgekehrt. Sie warf sich heftig zurück, sie wandte sich, sie wollte davonfliehen.

Dabei aber stieß sie auf den Kapitän Lesaillier, der eilig herangetreten war, und in seiner Spannung, Aufklärung über das Erscheinen der feindlichen Offiziere zu erhalten und die Hand auf sie zu legen, diesem plötzlich ausbrechenden Wutanfall der Frau Marcelline, der ihn nicht zu Worte kommen ließ, mit einem lauten *Diantre, Madame, taisez-vous donc, s'il vous plait* – beantwortete, jetzt aber auch sehr derb und zornig den Arm nach Benedicte ausstreckte. Er umspannte ihren Oberarm und hielt sie fest wie eine eiserne Klammer.

»Halten Sie sie, binden Sie sie, wenn sie entfliehen will,« schrie Frau Marcelline auf; »sie darf nicht entkommen, sie ist eine Verbrecherin, eine Mörderin!«

»Sie soll nicht entkommen, aber geben Sie endlich Ruhe, Madame,« versetzte der Kapitän, indem er Benedicte nach dem obern Teil des Raumes führte. »Setzen Sie sich da, Mademoiselle, und warten Sie das Weitere ab,« sagte er mit einem derben Fluche dabei.

Benedicte ließ sich mehr tot als lebendig in den alten Armsessel fallen, der am obersten Fenster stand und zu dem der Kapitän sie geführt hatte.

»Und nun,« fuhr dieser, sich zu den Österreichern wendend, fort, »nun zu Ihnen, meine Herren! Wer sind Sie?«

»Sie sehen, wir sind österreichische Stabsoffiziere, auf einer Rekognoszierung begriffen,« antwortete der ältere Offizier.

»Stabsoffiziere – auf einer Rekognoszierung – ohne alle und jede Bedeckung? Das ist seltsam!«

»Und doch ist es so. Daß es unvorsichtig war, auf das Wort jenes jungen Geschöpfes hin, dieser Hof sei unbesetzt, so weit vorzugehen, sehen wir selbst, Sie brauchen es uns nicht vorzuhalten.« »Nun wohl, Sie sehen es selbst,« rief der Kapitän aus, »Sie sehen, daß Sie in meiner Gewalt sind« – er deutete auf den mit seiner Mannschaft erfüllten Hof – »also darf ich wohl um Ihre Degen bitten!«

»Wir sind allerdings in Ihrer Gewalt, so gewiß und sicher,« versetzte hier der jüngere der beiden Österreicher, »daß es eine leere Förmlichkeit wäre, wenn wir unsere Degen ablegten; es kann uns nicht einfallen, dieselben gegen Sie und eine solche Übermacht ziehen zu wollen.«

»Sie sind meine Gefangenen und haben die Degen abzulegen, wenn Sie nicht wollen, daß ich Leute hereinrufe, die sie Ihnen abnehmen, meine Herren!« antworte der Franzose gebieterisch.

»Gewiß, gewiß, Sie können das,« entgegnete der Österreicher ruhig, »aber Sie werden unsere Uniformen hinreichend kennen, um zu sehen, daß wir Generalsrang haben, und Sie werden uns die Demütigung ersparen, die Sie verlangen, da sie unnütz ist. Als Franzose werden Sie zu großmütig sein, einem in Ihre Hände gefallenen Feinde Rücksichten zu verweigern, um die er Sie, mein Herr Kapitän, bittet!«

Der junge Mann legte auf das Wort »bittet« einen besonderen Ausdruck von vornehmem Selbstgefühl, und der Kapitän antwortete mit einem ironischen Lächeln: »Es demütigt Sie, einem einfachen Kapitän Ihre Degen übergeben zu sollen? Nun, *ma foi*, wenn dies Ihnen solchen Kummer macht, so sollen Sie sich nicht umsonst an meine Großmut gewendet haben, aber ich bitte um Ihre Namen!«

»Generalmajor Karl Teschen!« sagte der junge Mann.

»Sie haben es sehr jung zum General gebracht!« bemerkte der Franzose.

»Ich habe Glück gehabt,« antwortete der General Teschen bescheiden.

»Und Sie, mein Herr?« fuhr Lesaillier zu dem andern gewendet fort. ›General Sztarrai!‹«

Der Franzose machte eine leichte Verbeugung und sagte: »Die Herren werden dort am Tische Platz nehmen.« Dann sich zu Frau Marcelline wendend, fuhr er fort: »Madame, ich bedaure unter diesen Umständen nicht ganz meiner Consigne folgen zu können. Sobald meine Truppe sich ein wenig erholt hat und es Ihnen möglich ist, die Reise fortzusetzen, müssen wir ausbrechen und auf demselben Wege, den der General Duvignot eingeschlagen hat, unsern Marsch fortsetzen. Ich darf die Verantwortlichkeit nicht auf mich nehmen, ein paar Gefangene von dieser Bedeutung so lange hier zu halten; ich muß sie so bald wie möglich in Sicherheit bringen. Sie haben jedoch zu bestimmen, ob Sie die Nacht hindurch hierbleiben und sich ausruhen wollen. Ich könnte Ihnen alsdann einen Teil von meinen Leuten zum Schutze lassen.«

»Nein, nein, nein,« rief Frau Maicelline aufgeregt aus, »ich bin vollständig mit Ihnen einverstanden; auch mich drängt es, meine Gefangene hier« – sie warf dabei einen Blick verzehrenden Hasses auf die wie in sich zusammengebrochen dasitzende Benedicte, die diesen Blick freilich nicht wahrnahm, da sie ihr Gesicht mit beiden Händen bedeckt hatte – »meine Gefangene hier in Sicherheit zu bringen!«

»Sie sind also bereit –«

»Bereit, in jedem Augenblick weiterzureisen!« rief Frau Marcelline heftig aus.

»So gehen Sie, Lepelletier,« befahl der Kapitän dem Wachtmeister, »und kündigen das den Leuten an; ich sehe, daß sie Lebensmittel gefunden haben – sie sollen sich sputen.«

Daß sie Lebensmittel gefunden, hatte auch längst der Schösser zu seinem Verdruß bemerkt, er beobachtete still grimmig, wie sie draußen Brot, Speck, Würste, Wein und all seinen selbstgemachten Ziegenkäse zusammenschleppten.

»Ich gehe, mein Kapitän,« sagte der Wachtmeister.

»Und hören Sie, stellen Sie zwei Leute als Posten draußen vor die Tür dieses Saales. Vergessen Sie auch nicht, sich nach den Pferden dieser Herren umzuschauen und Hand darauf zu legen!«

»Zu Befehl, Kapitän,« entgegnete der Wachtmeister und schritt davon.

Die österreichischen Offiziere hatten sich unterdessen still an den Tisch Marcellinens gesetzt und Sztarrai sagte jetzt: »Ich hoffe, Sie erlauben uns, einige Erfrischungen zu bestellen, und gönnen uns die Zeit, sie zu genießen?«

»Ich lasse Ihnen gern die Zeit dazu,« entgegnete der Kapitän, »um so mehr, da ich Madame wenigstens noch eine Pause vergönnen muß, sich auszuruhen. Der Herr dort oben« – Kapitän Lesaillier deutete, während er dies sagte, auf den gestrengen Schösser – »der Herr am Ofen dort scheint der Befehlshaber, Kommandant oder Gouverneur dieses Platzes – haben Sie die Güte, sich an ihn in Angelegenheiten der Verpflegung zu wenden. Der Wein, den er in seinen Kasematten führt, ist nicht übel, und da Sie seine Landsleute sind, wird er Sie sicherlich nicht schlechter bewirten als uns!«

»Landsleute oder nicht Landsleute,« sagte hier der Schösser sich erhebend mit einem äußerst verdrießlichen Gesicht, »es ist ziemlich eins, an wen ich den Wein abgebe, wenn er nicht bezahlt wird!«

»Wir werden ihn bezahlen, mein Lieber!« fiel der General, der sich Teschen genannt, ein.

»Afra, so gehen Sie zu holen, wenn die draußen da noch einen Trunk übriggelassen haben –« rief der Schösser der Beschließerin zu, die durch eine Hintertür eben eintrat. »Unterdessen,« fuhr er, sich mit rollenden Augenbrauen zu Frau Marcelline wendend, fort, »möchte ich doch um eine Aufklärung bitten, was diese junge Demoiselle verbrochen hat, die Sie so despektierlich behandeln und die von wohlansehnlichen Leuten meinem Schutze anempfohlen ist.«

»Und von wem,« fuhr Frau Marcelline auf, »wäre sie das?« »Von der hochehrwürdigen Mutter Äbtissin von Oberzell, der Frau Schwester meines Herrn und Patrons, des Reichshofrats Gronauer.«

»Von der Äbtissin von Gronauer!« rief Frau Marcelline mit dem Ton der Verachtung. »Nun meinetwegen, die Empfehlungen derselben und Ihr Schutz werden ihr wenig helfen; ich werde sie als Gefangene mit mir fortführen.«

»Das junge Mädchen,« fiel hier der General Teschen ein, »hat sich in einer Weise gegen uns unwahrhaftig gezeigt und uns in eine so mißliche Lage gebracht, daß wir nicht veranlaßt sein können, ihre Verteidigung zu übernehmen, Madame. Wenn Sie uns jedoch erklären wollten, wie es kommt, daß sie für den Dienst, den sie damit der französischen Sache geleistet, durch eine so üble Aufnahme von Ihrer Seite belohnt wird –«

»Ich habe Ihnen keine Erklärung zu geben, mein Herr!« antwortete Frau, Marcelline hochmütig.

»Sicherlich nicht! Ich habe Sie auch nicht gefordert, nur höflich darum bitten wollen, wie doch wohl jedermann tun darf, wenn er Zeuge eines auffallenden Vorgangs ist,« antwortete ruhig der gefangene Offizier.

»Wenn dieser Vorgang ihn ganz und gar nichts angeht, mein Herr, so tut jedermann wohl, sich nicht hineinzumischen,« fuhr die aufgeregte Frau fort.

Der junge General biß sich auf die Lippen.

»Verzeihen Sie, Madame, es war das durchaus nicht meine Absicht. Mich in Ihre Händel mit diesem jungen Mädchen zu mischen, konnte mir um so weniger einfallen, als ich Gefangener bin und ich Sie so wohl gehütet unter französischem Schutze sehe. Daß eine deutsche Dame auf der Seite unsrer Feinde ist und daß sie über eine so stattliche Eskorte von feindlichen Truppen gebietet, darf, denke ich, jedoch meine Verwunderung erregen.«

»Möglich, daß es das tut,« versetzte Frau Marcelline scharf, »obwohl Sie wissen könnten, daß sehr viele deutsche

Frauen auf der Seite Ihrer Feinde stehen, auf der Seite derer, die der Welt Aufklärung, Freiheit von den alten Vorurteilen und Wiedereinsetzung der Menschen in ihre ursprünglichen Rechte bringen!«

»Sie lassen mich fast bedauern, Madame,« entgegnete der Offizier ironisch, »daß der Sieg unsrer Waffen in den letzten Tagen unsere Feinde so ärgerlich in dem edlen Werke stört, welches sie mit so viel Selbstverleugnung und Uneigennützigkeit zum Besten der Aufklärung, der Freiheit und der Menschenrechte unternommen haben!«

»Der Sieg Ihrer Waffen? Ach, pochen Sie nicht darauf, mein Herr General! Die Franzosen haben noch so ungefähr immer Sie besiegt und werden, wenn sie auch in diesem Augenblick sich zurückziehen müssen, sehr bald ihre Revanche nehmen. Dieser Erzherzog Karl mit seiner Reichsarmee und dem aufgehetzten tückischen Bauerngesindel wird seinen Kriegsruhm sehr bald schwinden sehen und sehr, sehr klein werden; er wird sich in Wien sehr bald wieder die habsburgische Schlafmütze über die Ohren ziehen und zu Bette legen müssen – man kennt das ja! Sobald ihm ein tüchtiger General oder ein ihm gewachsenes Heer entgegentritt, wird der arme junge Mensch krank und legt sich zu Bett.«

Der General Teschen wechselte die Farbe bei diesen mit dem Ton unsäglicher Verachtung ausgesprochenen Worten der schönen

Frau. Der General Sztarrai wollte entrüstet aufspringen, aber jener legte die Hand auf seinen Arm und hielt ihn auf seinem Platz.

»Sie haben recht, Madame,« sagte er dabei, »der Erzherzog Karl hat leider keine eiserne Natur, wie sie jemand, der sich dem Kriegshandwerk widmet, zu wünschen ist. Er hat in den letzten Jahren sich einigemal krank melden lassen müssen, wenn –«

Er wurde plötzlich durch ein Paar Karabinerschüsse unterbrochen, die rasch nacheinander auf dem Hofe abgefeuert wurden. Alle richteten auffahrend ihre Blicke durch die Fenster dahin. Man nahm einen Zusammenlauf wahr; mehrere der Chasseurs stürzten mit ihren Karabinern nach der niedrigen Zinnenmauer, welche den Hof nordwärts, den Fenstern der Halle gerade gegenüber, abschloß.

»Was gibt's, Lepelletier?« rief der Kapitän dem eintretenden Wachtmeister entgegen. »Haben wir diese deutschen Chouans auf dem Halse?«

»Nein, mein Kapitän, nur ein österreichischer Husar wurde am Fuße der Mauer da drüben entdeckt. Er führte zwei lose Sattelpferde mit Generalsschabracken.«

»Ah, die Pferde unserer Gefangenen!«

»Richtig, Kapitän, und zwei tüchtige Gäule; beim Schnurrbart des ci-devant heiligen Georg, wir hätten sie gebrauchen können!«

»Nun?«

»Der Bursch, der offenbar Unrat gemerkt hatte, hielt sich vor uns in einem Buschwerk versteckt. Das Wiehern eines der Pferde verriet ihn. Jetzt ist er davongesprengt, rechtsab in die Talgründe hinein.«

»Und die Schüsse?«

»Haben ihm nicht wehe getan, er ist zum ci-devant Teufel gegangen!«

» Sacré mille tonneres!« fluchte der Kapitän, »das ist verdrießlich. Vielleicht haben diese Leute hier eine Reserve näher als wir glauben, und der Schurke holt sie jetzt heran. Unsere Gefangenen,« fuhr er flüsternd und mit einem forschenden Seitenblick auf diese fort – »sind dazu von einem so verdächtigen Gleichmut...«

»Ah bah – Österreicher!« fiel der Wachtmeister ein.

»Nein, nein, es ist das beste, Lepelletier, Sie lassen zum Aufsitzen blasen!«

»Mir auch recht, Kapitän; man kann freilich nicht zu vorsichtig sein!«

»So gehen Sie! – Madame,« wandte der Kapitän sich an Frau Marcelline, »werden Sie sich imstande fühlen, die Reise wieder anzutreten?«

»Schon jetzt?«

»Ich bedauere, daß ich Ihnen nicht längere Zeit zum Rasten geben kann. Wenn Sie also nicht vorziehen, die Nacht hier zurückzubleiben –«

»Nein, nein, nein,« rief Frau Marcelline ans, »ich bin ja bereit!«

»Und Ihre Gefangene da wollen Sie mitnehmen?«

»Ohne Zweifel!«

»Aber sie wird nicht zu Fuß neben Ihnen herlaufen können, die aime Demoiselle.«

»Sie verdient es in der Tat nicht besser, als so transportiert zu werden!« versetzte Frau Marcelline mit einem Zucken der Mundwinkel voll der tiefsten Verachtung.

»Ein Pferd habe ich nicht für sie,« fuhr der Kapitän fort, »ich habe ohnehin zwei Pferde für meine Gefangenen nötig, und wenn es hier keine zu requirieren gibt – Lepelletier,« rief er diesem, der eben, während draußen ein Signal geblasen wurde, wieder eintrat, zu, »Sie haben draußen in den Ställen keine Pferde vorgefunden?«

»Nein, mein Kapitän, von Remonte nichts als einen großen Ziegenbock, der dem Herrn Kommandanten dort zu seinen Evolutionen vor der Fronte zu dienen scheint.«

»Gut denn, so müssen Sie zwei Leute ihre Pferde für die Gefangenen abgeben lassen und Sie selbst die Demoiselle da hinter sich auf die Croupe nehmen.«

»Mit dem äußersten Vergnügen,« versetzte der Wachtmeister mit einem gutmütigen Kopfnicken. »Mademoiselle wird hoffentlich einverstanden sein, sich an die Mutter der Schwadron, den Wachtmeister, anzuschließen. Fürchten Sie nichts, Mademoiselle, die vier Haimonskinder haben unbequemer gesessen.«

»Aber sie kann doch nicht so, wie sie dasitzt, aufs Pferd steigen und dann mit fort durch die kalte Nacht; das könnte ja einen Stein erbarmen!« rief jetzt Frau Afra empört dazwischen.

»Geh' Sie lieber und hole ihr einen Mantel!« sagte der Schösser, während Benedicte das mit Tränen überströmte Gesicht erhob und mit einem dankbaren Blick zu Afra aufsah.

Frau Afra eilte davon, selbst in Tränen und Schluchzen ausbrechend bei dem Jammerblick, der eine Sekunde lang auf ihr geruht hatte.

Die gefangenen Offiziere waren unterdes schweigende und ruhige Beobachter von dem allen geblieben. Jetzt flüsterte der ältere seinem Schicksalsgenossen zu: »Wir müssen alles anwenden, diesen Aufbruch zu verzögern!«

»Werden wir es können so lange, bis unsere Leute Zeit haben heranzukommen?« sagte der jüngere General im selben Tone.

»Wenn auch das nicht, so hindern wir durch irgendeine Verzögerung doch die Franzosen, einen so weiten Vorsprung vor unsern Leuten zu gewinnen, daß sie sie und uns nicht wieder einholen können.«

»Was sollen wir beginnen? Ich sehe kein Mittel, sie hier aufzuhalten!«

»Verdammt, sie führen schon draußen die Pferde aus den Ställen!«

»Es läßt sich eben nichts dawider machen!«

»Sie werden mir eingestehen, daß wir in eine verzweifelte Lage geraten sind; man wird mich in Wien vor ein Kriegsgericht stellen, weil ich zugegeben habe –«

»Man wird nichts dergleichen tun,« fiel ernst der jüngere Mann ein; »es fällt kein Schatten von Tadel oder Vorwurf auf Sie, Sie haben nur getan, was Ihnen befohlen wurde.«

»Ich hätte die kühne Verwegenheit, den Eifer zügeln müssen, der Sie so nahe an die Rückzugslinie des Feindes – aber was ist das?«

»Das sind die Unsern!« rief der General Teschen aufhorchend aus.

»Nicht, doch, nicht doch, hören Sie nur!«

»Nein, Sie haben recht, Sztarrai, dies Feuer wird nicht aus unsern Musketen abgegeben!«

Diese Ausrufe wurden den gefangenen Offizieren durch ein plötzliches lebhaftes Kleingewehrfeuer entlockt, das von draußen her sich vernehmen ließ.

»Alle Teufel!« hatte unterdessen der Kapitän Lesaillier, an eins der Fenster stürzend und es aufreißend, ausgerufen: »Heda, Leute, wer kommt uns da auf den Leib? Was gibt's?«

Mehrere von der Mannschaft liefen heran.

»Es sind diese verdammten Bauern, dieses Gesindel – sie schießen in den Hof herein!« schallte es ihm entgegen.

»Pest! Etienne und ihr beiden andern kommt herein und übernehmt die Bewachung unserer Gefangenen. Ihr steht mir mit euren Köpfen für sie, merkt euch das!«

Damit stürzten der Kapitän und der Wachtmeister davon, um, während drei Chasseurs zur Hut der Gefangenen eintraten, die Verteidigung des Platzes zu leiten.

Die Angreifer hatten mit wohlgezielten Schüssen zwei in der Allee vor Goschenwald aufgestellte Posten von ihren Pferden heruntergeschossen. Dann waren sie auf das Torgebäude zugestürmt, hatten aber beim Anblick der großen Zahl Reiter, welche sich auf dem Hofe befand, kehrt gemacht; sie hatten an dem Bergabhang über der Allee verdeckte Stellungen hinter den Baumstämmen genommen und schossen von daher in den Toreingang hinein. Kapitän Lesaillier eilte, einen Teil seiner Leute auf den Torvorbau zu senden; er stieg selbst mit ihnen in des Schössers Zimmer da oben, das die Allee beherrschte, hinauf; er ließ auf die versteckten Feinde aus den Reiterkarabinern seiner Leute Feuer geben, aber er sah bald, daß es ein unnützes Pulververbrennen war. Er kam nach kurzer Zeit in die Halle zurück.

»Diese vermaledeiten Banditen!« rief er aus. »Wer mir nur sagen könnte, wieviel von ihnen in dem Gehölz stecken, von diesen heimtückischen Strauchdieben! Madame, haben Sie den Mut, trotz ihrer Kugeln den Ausmarsch zu wagen? Nein, Sie wagen es nicht! Verfluchte Lage! Ich muß aufbrechen, ich muß. Lepelletier, wo ist Lepelletier?«

Lepelletier war auf dem Hofe, wo er seine Reiter aufsitzen ließ.

»Lepelletier,« schrie ihm der Kapitän durch das offene Fenster zu, »nehmen Sie fünfzig Mann als Tete, rücken Sie damit aus, in scharfem Trabe – das Gesindel wird Sie angreifen, es wird Sie auf Ihrem Vormarsch rechts und links hinter den Gebüschen begleiten, Sie werden so seine ganze Aufmerksamkeit absorbieren – später folge ich mit den Frauen und Gefangenen!«

»Während wir die Kugeln in den Leib bekommen, wie das Strohbündel im Maul des Fuchses die Flöhe. Ich denke, mit Verlaub, mein Kapitän, wir täten besser, uns hier im Hofe zu verschanzen und abzuwarten, ob die Canaille den Mut hat, uns hier offen anzugreifen!«

»Oder bis sie Verstärkung erhält, uns in dieser Bicoque abwürgen zu können!«

»Es ist mein Rat, mein Kapitän, nichts für ungut. Niemand hat Lust, sich zum Kugelfang herzugeben, und ich auch nicht!«

Der Kapitän stampfte mit dem Fuße.

»Und Sergeant Etienne, Sie?« rief er den einen der drei Chasseurs an, die er vorher hereingerufen und die sich an den runden Tisch gesetzt hatten – »was meinen Sie?«

»Wenn Sie meine Meinung wollen, mein Kapitän, ich denke wie der Wachtmeister!« sagte der Sergeant Etienne, leicht die Finger an den Tschako legend. »Entweder wir brechen alle miteinander auf oder bleiben miteinander; wenn diese Damen unsern Schutz nicht aufgeben wollen, so müssen sie auch unsere Gefahren teilen!«

Der Kapitän sah nach der Uhr.

»Fast sieben Uhr!« rief er aus. »Dann vorwärts, Lepelletier, zum Aufbruch! Wir wollen abreiten, lassen Sie aufsitzen, wir wollen uns durchschlagen!«

»Mein Gott,« rief hier Frau Marcelline, »fällt Ihnen denn gar nicht ein, Lesaillier, daß wir die Gefangenen dort haben?«

»Und die Gefangenen, was ist mit ihnen, Madame?«

»Benutzen Sie sie als Geißeln! Wenn wir den Hof verlassen und es fällt ein Schuß auf uns, so senden Sie einen Parlamentär an das Bauernvolk draußen und lassen es bedeuten, sobald ein zweiter Schuß falle, würden Sie die Gefangenen niederschießen lassen!«

Kapitän Lesaillier blickte die Dame ein wenig überrascht an.

»Ich weiß nicht,« antwortete er dann, »ob der General –«

»Für die Gutheißung des Generals bürge ich!« versetzte Frau Marcelline stolz. »Haben Sie ein weißes Sacktuch, es an Ihren Säbel als Parlamentärflagge zu binden?«

» *Mille diables*, der Einfall ist gut, mein Kapitän,« sagte der Wachtmeister, »ich fürchte nur, die Bauern werden sich verdammt wenig daraus machen – es ist besoffenes Gesindel!«

»Aber wir können uns von besoffenem Gesindel nicht länger hier festhalten lassen wie Mäuse in der Falle!« rief der Kapitän. »Also vorwärts – aber was ist da, welcher Lärm ist dies?«

Der Kapitän wandte sich bei diesem Ausruf der hintern Tür des Raumes zu, durch welche vorher so ahnungslos die zwei österreichischen Offiziere eingetreten waren. Es wurde vor derselben ein plötzlicher lauter Lärm vernehmbar, Waffengeklirr und Aufstoßen von Gewehrkolben.

»Die Rettung!« sagte der jüngere General befreit aufatmend.

»Ah, im rechten Augenblick!« rief Sztarrai aus. »Ich denk', es ist Muga oder Bubna!«

»Unsere Kaiserjäger!« versetzte der General Teschen aufspringend.

Siebentes Kapitel

Die Tür war aufgeflogen, österreichische Offiziere mit gezogenen Degen drängten herein, hinter ihnen grüne Kaiserjäger mit ihren Stutzen und grünen Federbüschen an den aufgeklappten Filzhüten; man sah über ihren Köpfen weg und durch die geöffnete Tür den ganzen Gang draußen voll dieser Hüte und Federbüsche. Die Offiziere stürmten heran in der offenbarsten Aufregung.

»Königliche Hoheit,« rief ein großer, stark gebauter Mann, »da sind Sie, Gott sei gelobt!«

»Sagen Sie lieber: Da sind wir!« antwortete lächelnd die Königliche Hoheit, der junge General. »Sie kommen just recht; man überlegt hier eben, ob es gegen die Bauern helfen werde, wenn man uns totschieße. Bubna und Muga haben Sie wohl herbeigebracht!«

»In der Tat, Hoheit; wir hatten uns eben erst in Marsch gesetzt, wie Leutnant Graf Bubna den Befehl überbracht, als der Husar von der Stabswache mit Ew. Hoheit Pferden herangesprengt kam und – «

»Wo ist Kinsky?« fiel die Hoheit ein.

»Er muß mit der Tete seiner Bataillone in diesem Augenblick unten im Tale, diesem Edelhof gegenüber, angelangt sein; uns führte der Husar auf einem kurzem Fußsteig zur Hinterseite dieses Hauses.«

Während rasch diese Worte gewechselt wurden, stand der Kapitän Lesaillier wie vom Schlage getroffen da; der Wachtmeister und die andern Chasseurs hatten sich, ihre Säbel in der Faust, in eine Gruppe zusammengedrängt.

» *Sacré mille donnerres,* wir sind in einen saubern Leimtopf gefallen, Kapitän!« rief der Wachtmeister aus.

Madame Marcelline aber war aufgesprungen, das blasse Entsetzen in allen Zügen.

»Hoheit? – Der Erzherzog!« stammelte sie.

»Der Reichsfeldmarschall Erzherzog von Österreich und Herzog von Teschen,« sagte der junge Mann, indem er sich lächelnd vor ihr verbeugte; »wie Sie sehen, heute nicht im Bett, Madame, und deshalb so glücklich, sich Ihnen jetzt ohne Inkognito vorstellen zu können.«

Er wurde unterbrochen durch Karabinerschüsse und lautes Geschrei der Chasseurs draußen, die den vom Garten her eingedrungenen Feind jetzt bemerkt hatten und heranstürmten, ihren Offizier herauszuhauen; die Kaiserjäger warfen sich ihnen entgegen, man hörte in der Vorhalle ein wüstes Getümmel beginnen.

»Mein Kapitän,« rief der Erzherzog dem Franzosen zu, »Sie haben gesehen, gehört, daß Sie von stärkern Streitkräften auf allen Seiten umringt sind. Bringen Sie Ihre Leute zur Ruhe, lassen Sie kein unnützes Blut vergießen; lassen Sie Ihre Mannschaft sich ruhig im Hofe aufstellen und alsdann kehren Sie zurück, ich habe mit Ihnen zu reden!«

»Hoheit,« entgegnete der Kapitän, »eine französische Schwadron gibt sich nicht gefangen, und wenn auch zehn Erzherzoge oder Reichsfeldmarschälle es ihr gebieten; wir sind umzingelt – zum Teufel, was schadet's, wir werden uns Luft machen! Lassen Sie mich mit diesen meinen Leuten zu meiner Mannschaft auf den Hof hinaus; ich habe Ihnen vorhin aus Großmut Ihren Degen gelassen und verlange jetzt von Ihrer Großmut, daß Sie mich zu meiner Mannschaft hinauslassen.«

»Ich habe Ihnen gesagt, daß Sie sich hinausbegeben sollen.«

»Mit diesen meinen Leuten?«

»Mit Ihren Leuten da, wenn Sie mir Ihr Ehrenwort geben, daß Sie draußen Waffenruhe herstellen – Bubna gehen Sie mit und halten Sie unsere Leute zurück – und daß Sie wiederkommen, damit ich weiter mit Ihnen rede. Ich habe Ihnen nicht gesagt, daß ich von Ihnen Ergebung auf Gnade und Ungnade verlange.«

Der Kapitän eilte mit seinen Leuten hinaus; der eine der Adjutanten des Erzherzogs folgte ihm; man hörte draußen ihre Stimmen fluchend und wetternd durch den Lärm schreien und das Getümmel legte sich.

Die Chasseurs kehrten, wie man durch die Fenster sah, zu ihren Pferden zurück, der Wachtmeister trieb die letzten und kampflustigsten vor sich her und hatte bald die ganze Schar im Sattel. Der Kapitän aber, der sich, sobald er die Ruhe hergestellt, von allen zuerst auf sein Pferd geworfen hatte, sprengte dicht an das offene Fenster der Halle hinan und schrie hinein: »Nun, meine Königliche Hoheit, bitte ich um das, was Sie mir sagen wollten! Ich werde hier draußen an der Spitze meiner Leute ein besseres Verständnis dafür haben, als da drinnen in Ihrer Gewalt – *ne vous en déplaise!*«

»Mein lieber Kapitän,« antwortete der Erzherzog lächelnd, »Sie verkennen meine Absichten. Sie hätten ruhig zurückkehren können.«

»Ich habe mein Ehrenwort zurückzukehren nicht gegeben!«

»Nein, aber Sie geben das, solange wir unterhandeln, Waffenruhe halten lassen zu wollen?«

»Ich gebe es!«

»Wohl denn, so hören Sie. Sie sind mit Ihrer Schwadron abkommandiert zur Beschützung dieser Dame hier?«

»Das bin ich!«

»Und wenn ich Sie zwänge, die Waffen zu strecken, so würde die Dame nicht allein weiter ziehen können; ich hätte mich selber der Aufgabe zu unterziehen, sie zu beschützen und zu beschirmen?«

»Ich müßte Sie Ihrem Schutz, Ihrer Ritterlichkeit anempfehlen, Hoheit!«

»Und sie scheint in dieser Beziehung ein wenig verwöhnt, mein Kapitän?«

»Es wäre Mangel an Erziehung, wenn ich Ew. Königlichen Hoheit widerspräche.«

»Wer ist die Dame?«

»Sie ist die Gattin des Schöffen und zeitigen Schultheißen Vollrath zu Frankfurt am Main.«

»Des Schultheißen, eines dem Hause Österreich so verbundenen und, soviel ich weiß, auch treu ergebenen Mannes?« rief der Erzherzog aus. »Madame,« wandte er sich an Frau Marcelline, »ich hätte nicht geglaubt, in Ihnen eine so erbitterte Feindin zu finden.«

»Hoheit,« stammelte Frau Marcelline, weiß wie ein Tuch und nur höchst mühsam so viel Atem gewinnend, um reden zu können, »ich kann nichts als meine Verzweiflung ausdrücken, daß ich so unbesonnen –«

»Daß Sie so unbesonnen sich in eine Lage brachten, wo Sie nun meinem Schutze übergeben werden sollen! Beruhigen Sie sich, Sie sollen der Demütigung entgehen, einem Manne, den Sie so hassen wie mich, etwas zu verdanken zu haben. – In der Tat, Kapitän,« wandte der Erzherzog Karl sich durchs Fenster an den französischen Offizier zurück, »ich habe nicht die geringste Lust, mich länger der gefährlichen Nähe einer solchen Feindin, wie Madame uns ist, auszusetzen. Ich überlasse sie sehr gern Ihrem weitern Schutz, und damit Sie diesen ausüben können, ziehen Sie unbelästigt mit Ihren Leuten davon. Wie Sie mir meinen Degen gelassen, lasse ich Ihnen die Waffen. Aber ziehen Sie sofort ab.«

Der Kapitän Lesaillier senkte vor dem Erzherzog die Spitze seines Säbels.

»Königliche Hoheit, das sind Bedingungen, die ich annehmen kann. Ich danke Ihnen dafür, Sie werden einen Verkünder Ihres Ruhmes und Ihres Edelmutes mehr in der Welt haben.«

»Ich kämpfe nicht um den Ruhm, mein Kapitän, sondern um die Befreiung des Reiches von hochmütigen Feinden; das ist alles, was uns je die Waffe in die Hand drücken wird gegen die, welche nichts hinderte, unsere Freunde zu sein.«

Der Erzherzog entließ den Kapitän mit einer stolzen Verbeugung des Hauptes, und dann sagte er zu Frau Marcelline: »Und nun, Madame, brechen Sie auf.«

Madame hatte ihre Farbe, ihren Mut wiedergefunden.

»Aber ich gehe nicht ohne diese meine –,« sie stockte – »meine Gefangene,« rief sie dann entschlossen, »nicht ohne sie!«

»Was hat das Mädchen verbrochen?«

»Soll ich das hier Ew. Hoheit berichten, diese lange, erschütternde Geschichte, während alle diese Zeugen umherstehen und während Sie mich zu raschem Aufbruch mahnen?«

»Nein, nein, Madame, Sie haben recht, ich begehre Ihren Bericht nicht, ich verlange nicht, mich in Ihre Angelegenheiten zu mischen. Gehen Sie mit Gott, nehmen Sie das junge Mädchen mit sich, ich habe keine Veranlassung, es gegen Sie in Schutz zu nehmen; es hat entweder sehr verräterisch oder sehr unbesonnen und leichtsinnig gehandelt, als es mich hierher führte. Gehen Sie! Leutnant Muga, führen Sie die Dame fort und befehlen Sie dann den Bauern draußen, die Schwadron Chasseurs abziehen zu lassen, ohne sie anzugreifen! Bringen Sie mir sodann den Anführer der Bande her.«

Der zweite Adjutant des Erzherzogs verbeugte sich vor der Dame; Frau Marcelline wandte sich zu Benedicte mit einem barschen, scharfen »Komm!« und Benedicte erhob sich gefaßt. »In Gottes Namen,« sagte sie leise, »Sie werden mich zu niemand anders bringen können als zu meinem Vater, und er mag über mich richten!«

Die drei Frauen entfernten sich, von dem Leutnant geleitet, aus dem Raum.

Wenige Minuten nachher waren sie draußen auf den Rücken der Pferde gehoben; der Trupp der Chasseurs setzte sich in Bewegung und verschwand unter dem Torbogen von Haus Goschenwald.

»Sie waren sehr großmütig, Hoheit!« sagte jetzt der General Sztarrai.

»Ich denke, wir haben der Gefangenen genug, lieber Freund, und wo wären wir mit den Weibern geblieben? Es ist besser so. Lassen Sie jetzt die Bataillone von Kinsky nach meinen ursprünglichen Befehlen vorgehen und ihren Marsch beschleunigen, der Abend kommt heran. Die Kompagnie Kaiserjäger mag sich hier in diesem Hause und auf dem Hofe einrichten, ich will sie zu meiner Bedeckung bei mir behalten; auch die Stabswache soll hierher beordert werden, ich werde die Nacht über hier mein Hauptquartier aufschlagen. Veranlassen Sie das Nötige, Sztarrai!«

Der General wandte sich den Adjutanten und Offizieren, die vorhin in den Raum gedrungen, zu, um ihnen die Befehle des Erzherzogs zu übermitteln; mehrere von ihnen eilten davon, und das sonst so stille Goschenwald wurde im Laufe des Abends und der Nacht von all dem Getreibe, dem Hin- und Hereilen von Offizieren, Ordonnanzen und Fourieren, dem Aufstellen von Posten, dem Ankommen und Abreiten von Adjutanten erfüllt, das ein Hauptquartier charakterisiert. Der hochgebietende gestrenge Herr Schösser mußte erleben, wie er zu einem Nichts schwand, um das sich niemand auch nur so viel kümmerte, als wenn er, statt eines fossilen Reichstruppenleutnants, ein an der Decke aufgehängter ausgestopfter Seehund oder Haifisch gewesen. Frau Afra sah ihre Kammern erschlossen, ihre Schränke aufgerissen, ihre Vorräte weggenommen, ihre Betten und Leintücher umhergeschleppt, ihr Küchengerät durcheinandergeworfen, als ob der jüngste Tag angebrochen und der liebe Gott, der sonst einem rechtschaffenen und ordentlichen Weibe beisteht, schon zum letzten Gericht davongegangen.

Der Erzherzog hatte sich in der Ecke hinter dem großen Tische niedergelassen und ließ ein Portefeuille, das einer der Offiziere gebracht, öffnen; er begann eben die Blätter und Papiere, die es enthielt, meist nur mit Bleistift beschriebene Zettel, vor sich auszubreiten, um danach Befehle zu diktieren, als plötzlich ein verwildert aussehender Mann in grüner Jägertracht, das Gesicht geschwärzt von Pulverdampf, die wirren blonden Haare zurückgestrichen, die Kleider bestäubt und alle Zeichen der Erregung in seinem Wesen, vor ihm auftauchte. Der Adjutant Bubna hatte ihn hergebracht und folgte ihm, um ihn mit den Worten vorzustellen: »Der Revierförster Wilderich Buchrodt, der Anführer der Bauern, den Königliche Hoheit zu sprechen verlangten.«

»Ah, der brave Mann, der uns so sehr im richtigen Augenblick zu Hilfe kam!« sagte der Erzherzog, ihn fixierend. »Ohne Sie und Ihre Leute wär' es uns schlimmer ergangen, mein lieber Herr Revierförster; man war just im Begriff, uns als Gefangene abzuführen, als ihre Kugeln in das Hoftor schlugen; ich wollte Ihnen das selbst sagen, wackrer Mann. Ich bin Ihnen dankbar, und kann ich etwas für Sie tun, so sagen Sie es mir!«

»Königliche Hoheit, ich verdiene diesen Dank, der mich sonst so glücklich machen würde, nicht ganz.»

»Sie konnten freilich nicht ahnen, daß ich den Versuch machen würde, von der Straße aus, die über Gemünden und Lohr führt, auf die Rückzugslinie des Feindes zu operieren, und daß ich dabei durch ein unvorsichtiges Rekognoszieren in eine solche Lage geraten sei?«

»In der Tat nicht,« entgegnete Wilderich. »Ich wollte Haus Goschenwald schon früher besetzen, aber meine Leute ließen sich aus dem Kampfe da unten nicht fortbringen. Erst als ich erfuhr, daß sich Franzosen in dieses Tal geworfen, folgten sie mir, um Haus Goschenwald zu sichern.«

»Und der bloße Zufall wollte, daß Sie Haus Goschenwald gerade in dem Augenblick zu Hilfe kamen, als sich der Reichsfeldmarschall darin in den Händen der Franzosen befand?«

»Der Zufall allerdings, Hoheit,« fiel Wilderich ein; »meine Absicht dabei war, jemand anders aus den Händen der Franzosen zu erretten.«

»Jemand anders? Und wer wäre das?«

»Ein junges Mädchen, von dem ich zu meiner Verzweiflung eben höre, daß Ew. Hoheit sie den Händen der Feinde überlassen und von einer wider sie aufgebrachten zornigen Frau haben fortführen lassen. Ihr Adjutant erzählte mir alles, und, Königliche Hoheit, das setzte mich in Verzweiflung, denn ich kenne dieses Mädchen; ich bin in tiefster Seele überzeugt, daß sie des Schutzes, den sie hier mit der besten Empfehlung einer hochstehenden Frau zu suchen kam, so würdig wie bedürftig ist.«

»Sie kennen das Mädchen?«

»Ich kenne sie; ich habe nur einigemal mit ihr zu sprechen das Glück gehabt, aber hinreichend, um die Hand dafür ins Feuer stecken zu wollen, daß –«

»Ihr Herz,« unterbrach ihn lächelnd der Erzherzog, »steht wenigstens schon im Feuer, wie ich sehe. Nun, ich will Ihnen glauben, obwohl –«

»Königliche Hoheit hegen den Verdacht wider sie, daß Sie geflissentlich von ihr getäuscht worden, aber das ist ja gar nicht möglich; hätte die Unglückliche geahnt, daß, während sie von diesem Hause entfernt war, Franzosen hier eingerückt seien und inmitten dieser Franzosen die Frau, welche ihre Todfeindin zu sein scheint, bei Gott, sie würde doch nicht so töricht gewesen sein, hierher zurückzukehren, hierher Ew. Königliche Hoheit zu geleiten!«

»Allerdings richtig bemerkt,« sagte der Erzherzog mit dem Kopfe nickend, »wie um die Anwesenheit ihrer Widersacherin wird das junge Mädchen auch um die Anwesenheit der Chasseurs nicht gewußt haben!«

»O gewiß, gewiß ist es so! Ich selbst war vor wenig Stunden hier und gab der Demoiselle Benedicte die Versicherung, daß ich über Goschenwald wachen, für ihre Sicherheit einstehen wolle. Und doch – o mein Gott, weshalb kam ich zu spät! Aber das Gefecht unten an der Verrammelung der Heerstraße war so scharf und hitzig, ich konnte meine Leute nicht aus dem Gefecht herausziehen, sie waren gar nicht fortzubringen; erst als wir uns vor den stärker nachdringenden Franzosen – das Gros der Division Lefebvre kam eben heran – zurückziehen mußten und wir erfuhren, daß sich eine Abteilung in die Mühlenschlucht gezogen, erst da brachte ich meine Leute hierher, früh genug, um noch zu verhindern, daß Ew. Königliche Hoheit entführt wurde, aber nicht früh genug –«

»Was soll ich nun aber bei der Sache tun, mein lieber Mann?« fiel ihm der Erzherzog ins Wort. »Was geschehen ist, ist geschehen: ich bedaure es um Ihretwillen, aber ich kann es nicht wieder gutmachen. Die Chasseurs sind fort, Ihre Demoiselle Benedicte mit ihnen, sie sind beritten und Ihre Bauern nicht.«

»Freilich, das ist eben meine Verzweiflung! sie haben einen Ausweg aus diesem Tal gesucht, der sie bald ins Freie fühlt; verfolge ich sie mit meinen Bauern, so kann ich höchstens ihnen noch einige Leute töten, sie aufhalten nicht! Aber wenn Ew. Königliche Hoheit Kavallerie –«

»Mein lieber Mann,« unterbrach ihn der Erzherzog lächelnd, »was denken Sie! Solch ein Verliebter wäre freilich imstande, zur Rettung seiner Demoiselle die gesamte kaiserliche Armada in Marsch zu setzen! Lassen Sie mir meine Kavallerie, wo ich sie gebrauche!«

»Aber unterdes –«

»Ich habe auch,« fuhr der Erzherzog, ohne auf Wilderichs Unterbrechung zu achten, fort, »ich habe auch diesen Chasseurs samt ihren Weibern einmal den ungehinderten Rückzug verstattet und zugesagt; das ist nicht mehr zu ändern.«

»Aber,« fiel Wilderich in größter Erhitzung wieder ein, »Ew. Hoheit Adjutant sagte mir, daß jene Frau das arme Mädchen als eine Verbrecherin mißhandelte, und Gott weiß, welches Schicksal dasselbe nun bedroht, wenn niemand auf der Welt da ist, sich seiner anzunehmen.«

»Hm,« versetzte der Erzherzog nachsinnend und wie für sich, »die Frau ist die Gattin des zeitigen Schultheißen in Frankfurt; man könnte am Ende bei diesem interzedieren.«

»Solch ein zorniges, rachsüchtiges Weib ist zu allem fähig!« rief Wilderich in seiner Verzweiflung aus.

Der Erzherzog warf einen Blick auf ihn; dann sagte er in gutmütig ironischem Tone: »Ich sehe schon, ich werde etwas tun müssen für diese Demoiselle, diese verfolgte Unschuld, um bei einem Mann, dem ich Dank schuldig bin, nicht gar zu sehr als herzlos und alles Gefühls bar in Verachtung zu geraten! Seien Sie ruhig, ich werde sehen, was ich ausrichte, wenn ich Ihre Dame bei ihrem Vater unter meine persönliche Protektion stelle.«

Er nahm eins der vor ihm liegenden weißen Blätter und begann rasch zu schreiben. Die Worte lauteten:

»Mein lieber Schultheiß!

Ich verfolge den Feind unablässig und werde, so Gott will, am Abend des 7. September vor den Toren von Frankfurt sein; ich rechne dabei auf Ihren Einfluß über Ihre Mitbürger, daß diese nicht zögern, mir trotz der etwa noch anwesenden feindlichen Truppen und mit oder gegen deren Willen die Tore zu öffnen. Sagen Sie ihnen, daß meine siegreiche Armee sich sonst die Tore von Frankfurt mit jenen Maßregeln der Gewalt öffnen wird, die für die Bürgerschaft selbst verhängnisvoll werden können.

Ich vertraue, mein lieber Schultheiß, darin auf Ihre bewährte Hingebung für das Haus Österreich und das deutsche Vaterland!

Außer diesem wende ich mich an Sie mit einem persönlichem Begehren. Ihre Gemahlin hat unter Umständen, welche dieselbe Ihnen berichtet haben wird, unter französischer Eskorte eine Demoiselle Benedicte mit sich fortgeführt, nachdem sie diese mit Beschuldigungen beladen, deren Bedeutung mir nicht bekannt geworden ist.

Ich habe teil an dem Schicksal dieses Mädchens zu nehmen gewichtige Veranlassung bekommen und würde es als eine besondere mir erwiesene Courtoisie und Rücksicht betrachten, wenn dieselbe mit Humanität behandelt und über sie nicht eher irgendein Entschluß gefaßt würde, als bis ich nach wenigen Tagen persönlich meine Vermittlung in der Angelegenheit derselben eintreten lassen könnte. Ich vertraue darin auf Ihre Gesinnungen, mein lieber Schultheiß, und bin Ihr wohlgewogener

Reichsfeldmarschall Karl, Erzherzog.«

Der Erzherzog faltete und siegelte den Brief; während er die Adresse schrieb, sagte er: »Ich hoffe, dies wird Sie beruhigen, lieber Mann. Die Frau, in deren Gewalt sich das Mädchen befindet, ist die Gattin des Schöffen und zeitigen Schultheißen Bollrath zu Frankfurt. Ohne Wissen dieses Mannes wird jener nichts geschehen können, und sie wird sicher sein von dem Augenblick an, wo dieser Brief in die Hände dieses Mannes gelangt. Sehen Sie also, wenn Sie so viel für Ihre Demoiselle tun wollen, daß Sie möglichst rasch und ungehindert nach Frankfurt und trotz der Franzosen hineinkommen und dem Herrn Vollrath diesen Brief übergeben. Haben Sie den Mut?«

»Den Mut, Hoheit?«

»Nun ja, die Reise wird nicht ohne Gefahr für Sie sein.«

»Ich weiß es. Wenn die Franzosen einen Brief Ew. Königlichen Hoheit bei mir fänden –«

»Würden sie Sie nicht viel besser als einen Spion behandeln.«

»Man wird ihn nicht finden – das sei meine Sache!«

»Wohl denn, so gehen Sie mit Gott; warten Sie noch, um sich einen Passierschein geben zulassen, damit Sie durch die Vorposten unserer Armee gelassen werden, wenn Sie zurückkehren wollen.«
»Ich bitte darum!«

»Sztarrai, fertigen Sie ihn aus!« sagte der Erzherzog; dann wandte er sich wieder seinen Depeschen zu. Sztarrai füllte ein kleines Formular, das er aus einer der von dem Adjutanten vor ihn gelegten Mappen nahm, aus und reichte es Wilderich. Dieser steckte es nebst dem Briefe des Erzherzogs zu sich und sagte: »Ich danke Ew. Hoheit aus voller Seele.«

»Schon gut, mein lieber Mann; suchen Sie mich wieder auf, um mir zu berichten, wie es Ihnen ergangen und wie der Dame und Ihre Angelegenheiten stehen.«

Wilderich verbeugte sich und ging eilig davon.

Achtes Kapitel.

Als er draußen wieder bei seinen bewaffneten Bauern war, berichtete er ihnen des Erzherzogs Dank und wie sehr ihr Angriff auf die Chasseurs diesem im richtigen Augenblick zu Hilfe gekommen. Jetzt waren sie unnütz hier oben. So setzte sich der Trupp wieder in Bewegung und zog neben der österreichischen Infanteriekolonne, die der Erzherzog in die Flanke des rückziehenden Feindes vorgehen ließ und die jetzt in voller, eilig vorwärtsbringender Bewegung war, über die Bergeinsattlung in die Mühlenschlucht hinein und weiter hinab gegen die Heerstraße – ein Marsch, der nicht ohne Mühseligkeiten war, denn da die Truppen den ganzen Weg bedeckten, blieb den Bauern oft nichts übrig, als sich einen andern an den Bergseiten her durchs Gestrüpp zu bahnen.

»Was meint ihr, Mannen,« rief deshalb, als sie am Forsthause und der Mühle angekommen waren, einer der Leute, »wenn wir hier Schicht machten?«

»Zum Teufel ja,« sagte ein anderer, der Forstläufer Sepp, »ich hab's satt, hier neben diesen Österreichern sich herzuquetschen und den Gänsemarsch zu machen.«

»I freilich, die können ja das Geschäft jetzt da unten selber abmachen,« rief ein hochstämmiger Bauer, der eine Flinte über dem Rücken und eine andere in der Hand trug, eine erbeutete französische Muskete. »Ich hab' aus meinen zwei Blasrohren heute sieben tot- und fünf angeschossen, macht just ein Dutzend, und das ist genug; den dreizehnten, bei meiner armen Seele, müßt' ich beichten!«

»Der Krippauer hat recht!« sagte ein kleiner untersetzter Kerl, dem der eine Ärmel seines Wamses zerrissen an der Seite herabbaumelte. »Machen wir Feierabend und brechen in des Gevatters Wölfle Mühle ein: was nicht Raum mehr drin findet, kann im Forsthause Unterschlupf finden für die Nacht.«

»Wo ist der Wölfle und wo ist der Kommandant?« wurde jetzt von allen Seiten gerufen.

»Hier ist der Kommandant!« antwortete die Stimme Wilderichs aus den hintern Reihen. »Macht halt vor der Mühle!«

Bald war der ganze Trupp vor der Mühle versammelt. Gevatter Wölfle ging zum Quartiermachen hinein, während Wilderich die Verwundeten unter der Schar vorrief. Es waren ihrer vielleicht zwanzig, die Streifschüsse oder Schrammen erhalten und sich so gut, wie's ging, mit Tüchern und Lappen verbunden hatten; einzelne, die im Laufe des Tages schwerer verwundet worden, hatten sich gleich fortbegeben, um ihre Wohnungen im Gebirge aufzusuchen; ein Paar auch lagen tot und noch unbestattet in den Büschen drunten neben der Heerstraße; man überließ ihren Verwandten, sie zu suchen und zu holen.

»Mit den Verwundeten,« rief Wilderich, »geht der Chirurgus in meine Wohnung, ins Forsthaus trüben. Da ist mehr Raum für sie, und sie können sich da ordentlich verbinden lassen; die anderen bleiben in und vor der Mühle. – Chirurgus!«

»Hier!« rief ein wie ein Grobschmied aussehender Mann; er war in der Tat Schmied in einem der nächsten Dörfer und, weil er nebenbei Pferd und Rind kurierte, in Ermanglung eines gelehrten »Pflasterkastens« zum Chirurgus der Truppe bestellt. »Geht hinüber und laßt meine Margaret euch Leinen und was ihr bedürft geben; sorgt dafür, daß sie nicht zu viel trinken, und nun zieht ab!«

Der Trupp der Verwundeten verzog sich, von dem Kurschmied geführt, ins Innere des Forsthauses.

»Und nun du, Krippauer, und deine Knechte und der mit dem Ärmel da, ihr seid die Proviantmeister,« sagte Wilderich. »Geht und holt einen der Proviantwagen, welche die Franzosen haben stehen lassen müssen, weil wir ihnen die Pferde totgeschossen haben; es stehen ihrer genug die Heerstraße entlang.«

»Es stehen ihrer schon da, das weiß ich,« entgegnete der Krippauer, »aber wie bring' ich einen herauf?«

»Hilf dir selbst! Sieh, daß du ein paar herrenlose Pferde auffängst, oder nimm, dir Leute genug mit, daß ihr den Wagen selber heraufziehen könnt.«

»Nun ja, ich geh' ja schon!« antwortete der Krippauer. »Aber ich muß mehr Hilfe haben als den zerrissenen Schulmeister hier und meine zwei Knechte.«

»Freiwillige vor!« rief es.

Ein Dutzend waren bereit, dem Krippauer zu helfen, und der Haufen eilte davon, weiter die Schlucht hinab.

Als sie abzogen, ließ sich unten, von der Heerstraße her, ein plötzliches lebhaftes Kleingewehrfeuer hören; die Spitze der österreichischen Kolonne mußte eben unten eingetroffen sein und in ein heranmarschierendes Korps der Feinde ihre Salven schleudern.

»Jetzt wird's da unten ein gutes Durcheinander geben!« rief der Forstläufer Sepp. »Wenn der Krippauer sich nur aus dem Gemeng herausholt, was wir brauchen! Wär' schlimm, wenn bei der Affäre nicht als Arbeitslohn ein guter Imbiß zu Abend herauskäme.« Nach und nach hatte die Schar – es mochten etwa noch hundertundfünfzig Köpfe sein – sich in die Mühle gedrängt und in alle Räume des kleinen Gebäudes ergossen, das heißt, soviel von ihnen hineingingen, denn ein großer Teil mußte draußen bleiben, weil der Platz drinnen nicht reichte. Gevatter Wölfle schleppte eilig mit den Seinen Stroh- und Heubündel auf den freien Raum vor seiner Mühle, damit die Männer sich darauf lagern konnten; diese waren tätig, seinen Holzschuppen zu plündern und Reisig und Scheitholz herbeizuschleppen, um vor der Mühle ein großes Wachtfeuer anzuzünden; nach kurzer Zeit flammte es in heller Glut in die Höhe, und die Bauern lagerten sich in malerischen Gruppen umher.

In malerischen Gruppen – nichts konnte in der Tat frappantere Bilder bieten als dies kleine Biwak bewaffneter Bauern, die von einer heißen und blutigen Tagesarbeit ausruhten, in wunderlich bunten Kleidungsstücken, mit staub- und rauchgeschwärzten Gesichtern, mit den verschiedensten und seltsamsten Waffen neben sich, müde, hungrig, durstig und doch in der tollsten Laune, in der ganzen Erregung eines triumphreichen Tages, wie sie einen ähnlichen in ihrem Leben nicht gesehen, inmitten eines großen geschichtlichen Ereignisses, wie sie nie inmitten eines ähnlichen, selbst teilnehmend und werktätig helfend gestanden.

Es war nach und nach dunkel geworden. Die Flammen fingen an greller und glühender die altergeschwärzte Mühle, die Bergwände und die Gruppen der Männer umher zu beleuchten und jenes eigentümlich intensive Grün der Baumwipfel hervortreten zu lassen, das der Baum an den Stellen, wo er hell beleuchtet ist, dem rotgoldenen Glanze nächtlichen Lichtscheins entgegenhält.

Von drunten her tönten noch immer Flintenschüsse, aber sie wurden seltener und seltener; die Nacht schien auch dort unten Ruhe zu gebieten. Die Österreicher sandten einen Haufen Fouragiere herauf, von denen die Bauern erfuhren, daß sie weiter unten in der Schlucht biwakieren wollten; die Fouragiere sollten Heu und Stroh zum Lager herbeischaffen, einige von ihnen nach den ihnen nachkommenden Proviant- und Gepäckwagen ausschauen. Sie mußten weiter ziehen, die Mühle und das Forsthaus hatten keine Hilfe für sie; nur Gevatter Wölfles Holzschuppen spendete ihnen eine Beisteuer an getrocknetem Holz für ihre Beiwachtfeuer.

»Wo der Krippauer bleibt?« rief jetzt, nachdem ein Teil der Österreicher aufwärts weiter und ein anderer mit Scheiten und Reisigbündeln beladen abwärts gezogen war, einer der Bauern, der, Gott weiß aus welcher Laune, seinen Rock umgewendet angezogen hatte. »Ich fürchte, gerät der mit seinem erbeuteten Proviantwagen unter diese Kameraden drunten, so werden sie uns nicht viel drin lassen!«

»Warum nicht gar,« antwortete ein kleiner verwachsener Mensch mit geröteten, fortwährend blinzelnden Augen. – »'s sind ehrliche Österreicher, gute Burschen, deutsches Blut, keine Welschen und Kroaten, solche, weißt du, von denen dem Sepp seine Geschichte geht.«

»Dem Sepp seine Geschichte? Und wie lautet deine Geschichte, Sepp, von welcher der Krepsacher da spricht? Her damit!« sagte der Umgewendete.

»Kannst sie haben, Jochem, sie ist kurz genug,« versetzte Sepp. »Es waren ihrer drei von diesen Völkern im Quartier bei einem Bauer; der hat ein silbernes Kruzifixbild in seiner Schlafkammer über dem Bett hängen. Sagt am andern Morgen der eine heimlich zum andern: Host du g'sehen – Herrgott, silbernes, in der Kammer? Sagt der andere: Hob i schon! Sagt der dritte: Hast du g'hobt!«

Ein lautes Gelächter folgte, das in einen allgemeinen Hurraruf überging, als jetzt der Krippauer mit seinen Leuten, die sich mit Stricken vor einen französischen Fourgonwagen gespannt hatten, auftauchte. Alle eilten ihm entgegen, um Hand anzulegen und den Wagen bis zu dem Wachtfeuer vor der Mühle heraufzubefördern. »Teufel, der ist gut beladen,« rief der Krepsacher. »Ich mein's,« sagte der Krippauer, der jetzt sich ausspannte und sich die Stirn wischend mit den Seinen verschnaufend nebenherging, »ob er schwer ist! Wir haben auch einen guten ausgesucht; könnt's uns danken!«

»Ist Gepäck drin?« fragte der Umgewendete.

»Es ist alles drin,« versetzte der Krippauer; »es muß solch ein Generalsküchenwagen sein, und es schaut aus drin wie in der Vorratskammer des heiligen Mannes, des Abts von Neustadt; das Herz soll euch aufgehen, ihr Männer, wenn ihr dreinschaut. Hat dies Franzosenpack was Ehrliches zusammengeraubt!«

Und das Herz ging den Männern auf, als sie den Fourgon öffneten und feinen Inhalt plünderten. Brot und Würste, Gebackenes, kaltes Geflügel, Pasteten, Kuchen, Flaschenkörbe mit Bocksbeuteln, genug wurde aus dem Innern herausgelangt, um die ganze Mannschaft satt und trunken zu machen. Dazu silbernes Gerät und Teller und Trinkgeschirr; das letztere diente zuerst, überströmt von dem Inhalt des goldenen Main- und Steinweins, der aus den Bocksbeuteln floß.

»Hurra, es lebe das Heilige Römische Reich!« rief der Knirps, der Krepsacher, aus, nachdem er ein Kristallglas halb geleert. »Das ist Gewächs von der Harfe, denk' ich, hab's nie besser bekommen; so laß ich mir die Franzosenjagd gefallen!«

»Klagst jetzt nicht mehr, daß man den Kerlen nicht die Haut abziehen und sie nicht als Hasen schmoren kann?« lachte der mit dem zerrissenen Ärmel, der Schulmeister.

»Nein, so kann's fortgehen, morgen und alle Tage,« versetzte der Knirps, den Rest hinunterschluckend. »Ich denke, wir machen so weiter! Was haben wir auch die Soldaten, die Österreicher nötig? Wenn jedermann von uns Bauern wäre wie ich und nur drei Gulden sich's kosten ließe für Kraut und Lot, jedermann von den Förstern und Bauern im ganzen Römischen Reich, wir schlügen die Franzosen allein zum Land hinaus und nachher, dann gingen wir über den Rhein und in ihr Land hinein und machten's dort wie sie bei uns.

Steinwein wie diesen da haben sie freilich nicht, aber was sie haben, wird auch nicht just Essig sein, und es ließ' sich probieren!«

»Armer Tropf!« sagte der Schulmeister. »Meinst du, die großen Herren ließen dich ruhig dein Pulver verknallen und auf deine Faust nach Frankreich marschieren, damit, wenn du heimkämst, du nachher das große Maul führtest? Jetzt, weißt, haben sie uns losgelassen, weil sie uns brauchen können, wie die Hunde, wenn die Strolche auf den Hof kommen. Später werden sie dich schon wieder an die Kette legen!«

»Ah bah, wenn wir alle zusammenhielten, könnten wir just so gut die großen Herren an die Kette legen!«

»Warum nicht gar,« fuhr der Krippauer dazwischen, »wer sollte sie dann füttern? Die Sorte frißt zu viel!«

»Nun, so machen wir's den Franzosen nach, wie sie sich drüben ihre großen Herren vom Halse schaffen; die haben's doch gekonnt!« antwortete der Krepsacher, sich das Maul mit einem Biß in ein kaltes gebratenes Feldhuhn stopfend.

Wilderich trat in diesem Augenblick in den Kreis und unterbrach diese Reden, die bewiesen, daß der gestrenge Schösser nicht so ganz unrecht hatte, wenn er behauptete, das Volk im Lande sei von den Republikanern mit Gedanken angesteckt, die in den Zeiten seiner siegreichen Ausmärsche wider den Reichsfeind noch nicht erfunden waren.

Wilberich war in seiner Wohnung drüben gewesen, für die Unterkunft der Verwundeten zu sorgen, nach Margarete und dem Kinde, die gegen Abend aus einem Fluchtversteck im Walde zurückgekommen waren, zu sehen, und seine Vorbereitungen für seine Reise zu treffen.

»Wo bleibt Ihr, Kommandant?« riefen ihm die Bauern entgegen. »Eßt und trinkt!«

»Ich habe in meinem Hause gegessen und getrunken,« versetzte er und zog den Krippauer am Wams zur Seite.

»Krippauer,« sagte er dabei, »hört, ich muß euch verlassen.« »Verlassen – Ihr – uns – jetzt? Zum Teufel, das wäre nicht recht, Kommandant!«

»Und doch muß ich. Ich muß nach Frankfurt. Fragt mich nicht weshalb!«

»Das möcht' ich doch wissen, weshalb?«

»Wohl denn, weil der Erzherzog mir einen Brief dahin gegeben.«

»Der Erzherzog? Nun, wenn das ist – aber wie wollt Ihr nach Frankfurt kommen, durch das Franzosengewühl auf allen Straßen, die dahin führen?«

»Ich denk', ich werd's möglich machen; ich muß eben! Unterdes führt Ihr die Leute – wollt Ihr, Krippauer?«

»Ob ich will? Fragt lieber, ob ich kann? Sie werden nicht auf mich hören!«

»Sie sollen auf Euch hören, ich werd's schon machen.«

»Da bin ich begierig, wie Ihr's machen wollt, daß die Respekt vor dem Krippauer bekommen!«

»Hört nur, tretet neben mich ans Feuer.«

Wilderich trat neben dem Krippauer in die Runde der Gelagerten und rief: »Ihr, ihr Leute hier, seid ruhig, hört mich an!«

»Still, der Kommandant will reden, er wird uns sagen, ob wir sie an die Kette legen oder abtun sollen, wie die Franzosen,« schrie lachend der Kiepsacher.

»Ich muß,« hob Wilderich an, »ich muß euch verlassen, brave Freunde! Ihr seid mir gefolgt, habt mir gehorcht und gute Mannszucht gehalten. Dafür dank' ich euch. Jetzt muß ich euch verlassen, weil ich von dem Erzherzog und Reichsfeldmarschall einen Brief bekommen habe, den ich nach Frankfurt bringen muß.« Ein unwillige« Gemurmel erhob sich, durch das des Schulmeisters Ruf vernehmbar wurde: »So haben wir nicht gewettet, Förster Buchrodt. Nichts da von Weggehen! Ihr dürft von der Kompagnie nicht desertieren, Hauptmann!« »Ich desertiere auch nicht, ich nehme nur Urlaub, und unterdes laß ich euch einen Leutnant. Dazu hab' ich den Krippauer erwählt, denn er ist ein wackerer Mann, stark wie zehn und ist in seiner Jugend auch eine Weile Soldat gewesen bei den Hohenloheschen! Wollt ihr ihm folgen wie mir?«

Die Bauern schwiegen, teils verdutzt, teils mißvergnügt, bis Wilderich fortfuhr: »Na, meint einer, er sei nicht der Stärkste, so komm' er vor und versuch's mit dem Krippauer; wenn ihn einer unterkriegt, so soll der mein Leutnant werden! Hat aber keiner jetzt den Mut dazu, so gehorcht ihm nachher auch! Nun, hat keiner Lust? Wie ist's mit dem Krepsacher? Schaust ja so tückisch drein! Kremp' doch deine Hemdärmel auf und wag's mit dem Krippauer!«

Die andern lachten, und: »Es lebe der neue Oberkommandant, es lebe der Krieg, es leben die Franzosen und ihre Küchenwagen!« schrie es bald durcheinander.

»Siehst's nun, du Knirps von Krepsacher,« raunte der Schulmeister diesem zu, »daß es gute Wege hat mit dem die Herren an die Kette legen? Jetzt laßt ihr euch schon gar einen neuen auf die Nase setzen und kuscht vor ihm und schreit gehorsam: Es lebe der Krippauer! Weshalb nicht: Es leben alle Esel?«

»Na, laß sie doch! Wenn sie das schrien, müßtest du ja eine Dankrede halten, Schulmeisterlein, krummbeiniges,« sagte der Krepsacher verdrießlich.

Wilderich hatte sich unterdes entfernen wollen, aber der Krippauer hielt ihn.

»Wär' besser,« sagte er, »Ihr würft erst einen Blick in den Fourgon da und sähet, was alles noch drin ist; es sind Koffer, Papiere, kleine Kisten drin; muß ein vornehmer Offizier gewesen sein, dem der Wagen gehört hat, und Ihr tätet gut, zu sehen, ob darunter nichts ist, was von Wichtigkeit und was ans Hauptquartier abgeliefert werden muß.«

»Könnt Ihr nicht selber nachsehen? Ich habe Eile, fortzukommen!« Der Krippauer schüttelte den Kopf. »Es wird's halt nicht tun, Revierförster; es wird nicht jeder aus beschriebenem Papier klug, und was mich angeht, so ist der Teufel sicher, daß ich ihm meine Seele nicht verschreib', oder er müßt' mit drei Kreuzen vorliebnehmen.«

Wilderich ging zum Wagen, stieg behende hinein und ließ sich aus der Mühle, um sehen und lesen zu können, eine Laterne bringen, die er im Innern des Wagens auf den Boden desselben stellte.

»Schulmeister,« rief er dann von seiner Höhe herunter, »ich nehme an, Ihr könnt lesen.«

»Nicht allzu gut!« antwortete lachend der Krepsacher statt des Schulmeisters. »Mit dem Lesen stockt's ein wenig bei ihm und mit dem Schreiben hapert's, nur das Kopfrechnen, wie viel Würst' es ausmacht, wenn zu Martini von fünfzig Kindern jedes zwei bringt, das versteht er. Gelt, Schulmeister?«

»Du hast ein Schandmaul, Krepsacher,« fiel der Schulmeister ein. »Ich lese gedruckte Bücher so gut wie der Herr Kooperator und auch Geschriebenes. Zeigt nur her, Revierförster.«

Der Schulmeister schwang sich in den Fourgon und begann in den Schriftbündeln und Mappen zu stöbern, die neben Koffern und andern Effekten eines Offiziers in dem Wagen lagen.

»Das ist ja alles Französisch!« sagte er nach einer Weile. »Hol's der Henker, für das Häuflein Würst' und alle zwei Jahr zu Sankt-Michelstag einen neuen Rock von der Gemeinde soll ich am End' auch noch Spanisch können! Das mag die Gemeinde anderswo bestellen!«

Der Schulmeister warf die Papiere beiseite und machte sich mit einer verschlossenen Schatulle zu tun.

» *Au citoyen Duvignot, Général de Brigade,*« las Wilderich unterdes und fand den Namen wiederholt auf einem großen Teile der Blätter, die ihm unter die Hände kamen; der Wagen mußte der Gepäckwagen eines Brigadegenerals Duvignot sein. Wilderich rief dem Krippauer zu, er solle einem der österreichischen Offiziere melden, daß man allerlei Rapporte und andere Dienstpapiere eines Generals erbeutet und es den Österreichern überlasse, ob sie sich darum kümmern wollten oder nicht, als ein heftiger Krach ihn sich wenden und auf den Schulmeister blicken ließ.

Dieser stand hinter ihm, die geöffnete Schatulle im Arm; er hatte mit seinem starken Taschenmesser den Deckel aufgesprengt und durchwühlte jetzt den Inhalt. Obenauf in der Kassette lag ein Bündel Papiere in gelbem Umschlage und mit einem grünseidenen Bande umwunden; darunter lagen einige Geldrollen, ein Medaillon mit dem Miniaturporträt einer Frau, Ringe, ein paar goldene Taschenuhren, eine Tabatiere, ein paar alte Notizbücher und einige

Briefe; es schien die kleine Schatzkammer des Generals Duvignot zu sein.

»Gebt her, Schulmeister,« rief Wilderich, »das ist etwas, was ich brauchen kann!«

»Glaub's, daß Ihr's brauchen könnt, Revierförster, aber wir andern könnend auch brauchen; ich denke, wir teilen ehrlich.«

»Wir sind keine Räuberbande, Schulmeister,« sagte Wilderich, die Kassette unter den Arm nehmend. »Ich brauch's, um es diesem General Duvignot wieder zustellen zu können.«

»Dem General? Kennt Ihr ihn denn?«

»Nein, nicht mehr als jeden andern.«

»Nun also!«

»Hört, ich muß nach Frankfurt hinein; weiß der Himmel, wie ich's anfange, durchzukommen. Da soll mir dies Ding da dienen; ich werde sagen, ich woll's dem General wieder zustellen; es wird mir als Paß dienen. Darum nehm' ich's. Behüt' Gott Euch und die übrigen – ich muß fort!«

Er sprang behende vom Wagen herunter, schritt mit dem Kästchen davon in die Dunkelheit hinein und war bald den Augen des ihm betroffen und verdutzt nachblickenden Schulmeisters entschwunden.

Als dieser sich von seiner Überraschung erholt hatte, rief er den Nächststehenden zu, das sei kein ehrlich Spiel, sie sollten ihm helfen, dem Förster die Kassette wieder zu entreißen – aber niemand hörte auf ihn, sie lachten ihn aus.

Solange die Vorräte in dem Generalsfourgon vorhielten, blieb es laut und lebendig am Feuer des Bauernbiwaks. Als sie aber erschöpft waren, machte sich die Ermüdung bei den Männern geltend. Sie begannen an ihre Nachtruhe zu denken; die, welche aus der Mühle gekommen, zogen sich allgemach dahin zurück, andere suchten Dach und Fach unter dem Holzschuppen und der Rest lagerte sich ums Feuer.

»Sorgt dafür, daß das Feuer hübsch im Flackern bleibt, die Nacht ist kalt!« sagte der Krippauer. »Du Schulmeister und der Krepsacher, ihr sollt's schüren!«

»Danke!« erwiderte der Schulmeister verdrießlich. »Ich hab' Schlaf nötig so gut wie die andern!«

»Na, dank' doch dem Herrn Oberkommandanten, daß er uns nicht anbefiehlt, der sämtlichen Mannschaft für morgen die Schuh' zu putzen!« lachte der Krepsacher. »Dazu sind wir zwei ihnen just gut; du, der Schulmeister und der Krepsacher, dem der Hof vergantet ist, die sind die letzten in der Gemeinde!«

»Gott weiß es,« versetzte der Schulmeister seufzend. »Das kommt dabei heraus, daß man ein Studierter und Gelehrter ist, nachher kann man der Gemeinde die Schuhe putzen!«

Der Krepsacher aber stützte sein Kinn auf den Arm und blickte lange sinnend in das Feuer. Nach einer Pause und während die andern einschliefen, sagte er: »Du, Schulmeister!«

»Was hast?« fragte dieser, aus dem Einnicken auffahrend.

»Was meinst, wenn wir ihnen das Feuer so groß schürten, daß der Wind die Funken auf des Müllers Schindeldach trüg'? Der Wind bläst grad aus der richtigen Ecke!«

»Bist von Sinnen?« »Ich denk', der Krippauer hätte dann warm genug für die Nacht,« antwortete der Krepsacher lachend. »Es sind mehr alte Hütten abgebrannt in diesen Tagen im Spessart! Eine mehr oder weniger, was schadet's? Geh, hol' Scheite und Reisig!«

»Bist ein Boshafter, du!« sagte der Schulmeister, einen ängstlichen Blick von der Seite auf den Krepsacher werfend. »Aber wer kommt denn dort?«

An der andern Seite der Schlucht, jenseit des Baches, rauschte es im Gestrüpp; Gerölle kollerte nieder; es mußte jemand da durch die Sträuche brechen.

Die beiden allein noch wachenden Männer blickten gespannt in die Dunkelheit. Nach einer Weile wurde eine wie hüpfend sich bewegende Gestalt sichtbar, die zum Bache niederkam, ihn leicht übersprang und über den Wiesenstreif diesseits zum Feuer herankam.

»Das ist einer, der hinkt; man sollt' sagen, der mit dem Klauenfuß wär's,« sagte der Krepsacher.

»Mag schon sein, denn los ist er im Spessart seit gestern und heute!«

Der mit dem Klauenfuß war aber der hinkende nächtliche Waldgänger doch nicht; es war ein starker, untersetzter Mann mit einem dreieckigen Hut auf dem – man sah's, als er in den Bereich des Lichtscheins der Flammen kam – sehr vollen und pockennarbigen Gesichte, aus dem ein paar kleine Augen verschmitzt hervorblitzten.

»Wer bist, woher kommst?« fragte ihn der Krepsacher, als er vor ihnen stand.

»Wie heißt, wohin willst, was ist die Parole?« antwortete der Fremde kaustisch. »Ich sehe, ihr spielt Feldwache und laßt niemand durch! Mir kann's recht sein, wenn ihr mich anhaltet, ich will auch nicht weiter durch und bleib' schon als Arrestant bei euch!«

Er legte sich ohne weiteres zwischen die beiden und warf seinen Hut neben sich auf den Boden. »Wie das schnarcht und schläft!« sagte er, auf die umherliegenden Gruppen ringsum blickend. »Ich kann's nicht; mich läßt's nicht ruhn! Ich hab's im Geblüt. Das Geblüt läßt mich nicht schlafen. Leg' ich den Kopf auf den Arm, so saust's, als ob mir das Mühlrad da durch die Schläf' ginge. Ist's euch auch so, euch zwei, daß ihr noch wacht?«

Der Schulmeister und der Krepsacher sahen schweigend den seltsamen Passagier an; endlich sagte der Schulmeister: »Hast denn nicht mitgetan? Du bist ja ohne Gewehr?«

»Gewehr? Wozu soll ich's schleppen? Ich denk', ihr Spessarter verknallt Pulver genug, meins kann ich sparen. Beim Haufen vom Weißkopf, dem Waldmeister, herwärts Bischbrunn war ich. Da ist Pulver genug verknallt. Und nachher, weil ich nicht schlafen könnt', bin ich weiter gegangen, abseits von der Straße, an den Bergseiten her und über die Leithen. Dacht' mir's schon, daß ich da ihrer etzliche finden könnt', verwundete arme Teufel, halbtote Marodeurs, die sich da in die Sträucher verkrochen; ich wollt' ihnen helfen –«

»Du wolltest ihnen helfen?« rief der Krepsacher aus. »Helfen, den Franzosen? Bist kein guter Deutscher?«

»Ein Oberpfälzer bin ich. Was schiert mich Deutschland! Meine Ochsen haben's verbrannt, und die Stallmagd, das Urschel, ist auch hin. Sieben Ochsen waren's, sieben Stück – und Prachtvieh! Die Urschel nicht gerechnet. Darum geh' ich! Ich geh' wegen meiner Sach' und nicht wegen Deutschland! Mir ist's recht, wenn's euch so viel Schüss' Pulver wert ist, das Deutschland!«

»Was willst denn hier bei uns?« fragte der Krepsacher.

»Was ich will? Ihrer siebzig will ich und noch einen dazu, damit ich nachher nicht denk', ich könnt' mich verzählt haben. Brauch kein Gewehr dazu – das tut's auch!«

Der Mann hob an der Seite seinen grünen Kittel in die Höhe und zog aus der Tasche' seines ledernen Beinkleides den schwarzen Griff eines Messers hervor. Der Krepsacher sah den neuen Kameraden verwundert an. Dem Schulmeister, schien es, war der Mann unheimlich geworden; er rückte mit scheuem Blick von dem Fremden weiter ab.

Neuntes Kapitel.

Es war am folgenden Nachmittage, als ein französischer Chasseur auf einem hohen, starken, aber sehr abgetriebenen Pferde auf der von Hanau nach Frankfurt führenden Straße sich der letzteren Stadt näherte. Statt des Mantelsacks war hinter seinem Sattel mit einem Strick eine kleine Kassette von poliertem Holz festgebunden, unter der ein schaumiger Streif von Schweiß über die Flanken seines keuchenden Pferdes niederfloß. Er selbst sah bestäubt und in der von einem langen Feldzuge mitgenommenen Uniform marode genug aus, ohne dadurch in der Hast nachzulassen, womit er sich neben den die Straße bedeckenden und aufgelöst durcheinander marschierenden Truppen, Artilleriezügen, Munitions- und Proviantkolonnen seinen Weg bahnte. Oft, wenn er die sich müde fortschleppenden Infanteristen in den Graben drängte, oder der Kopf seines Pferdes die Schultern eines Offiziers streifte, oder sein Stiefel in die Seite eines alten Troupiers stieß, wurde er angefahren, wurden ihm Haltrufe zugedonnert, oder wurde eine Salve von Flüchen ihm nachgesandt. Er ließ sich dadurch nicht beirren und hastete weiter, so rasch es die steif gewordenen Knochen seines müden, gestachelten Gauls vermochten.

Und so kam er vorwärts. Es war vier Uhr, als er zwischen zwei Bataillonen leichter Infanterie, welche kaum mehr die Hälfte ihrer Mannschaft hatten, mit Mühe sich durch das Allerheiligentor der alten Reichsstadt durchdrängte.

Die Stadt war gefüllt von Truppenteilen der geschlagenen Sambre- und Maasarmee; alle Häuser waren voll Einquartierung; auf den Straßen drängten sich die neu einmarschierten Heersäulen und Abteilungen mit solchen durcheinander, die am Morgen Befehl bekommen, den nachkommenden Flüchtigen Raum zu machen und weiterzumarschieren, und die nun fluchend und erbittert sich ihren Offizieren widersetzten, schrien und tobten; mit anderen, die sich bereiteten, auf freien Plätzen, auf der Zeil und dem Roßmarkte zu kampieren, und die hier Stroh zusammenschleppten, Feuer anzündeten, requirierte Nahrungsmittel zusammenschleppten. Alle Straßen standen voll abgespannter Fuhrwerke und Geschütze. Offiziere schrien Befehle, Adjutanten sprengten mit eiligen Aufträgen daher, auf den Trottoirs lagen Reihen von Maroden, die nicht mehr die Kraft gehabt, sich aufrecht zu erhalten und sich ihr Quartier zu suchen. Dazwischen wurden Wagen mit Verwundeten in die improvisierten Spitäler gefahren, tote Pferde auf Schleifen weggeschafft; es war ein wildes und wüstes Durcheinander, dies Pandämonium, wie es nur eine geschlagene Armee darstellen kann.

Wilderich, den wir in der Chasseuruniform erkannt haben, sah betroffen und ein wenig ängstlich in dies Gewirre, vor dem der souveräne Bürger, der reichsunmittelbare Frankfurter, sich scheu und angstvoll ins Innerste seiner Häuser zurückgezogen hatte; hatte er doch noch zu gut im Gedächtnis, was es mit dem letzten Einmarsch der Franzosen auf sich gehabt hatte – im vorigen Juli, als Kleber mit drei Divisionen genaht war, seine Bomben in die Stadt geschleudert und, nachdem hundertundzweiundvierzig Häuser in Asche gelegt waren (am 16. Juli war es gewesen), seinen Einzug gehalten hatte – der riesige Kleber, dessen Kopf wie eine Standarte seine Bataillone überragte.

Wilderich wußte nicht wohin, wo für sich und sein Pferd ein Unterkommen finden. Endlich beschloß er, sich wenigstens des letztern auf jeden Fall zu entledigen; er ritt durch ein offenes Mauertor, welches er wahrnahm, in einen Hof hinein, in dem ein paar Pulverwagen in Sicherheit gebracht waren und ein Artillerist als Schildwache auf- und abschritt.

»Habt Ihr nicht Raum für ein Pferd in dem Stall drüben?« fragte er den Mann mit dem geläufigen Französisch, das er sich während seiner Dienstjahre unter den Franzosen in seiner Heimat angeeignet.

»Seht zu,« versetzte der Posten, »fragt nicht erst lange!«

Wilderich sprang aus dem Sattel und führte sein Pferd in die Stallung. Alle Plätze waren besetzt; auf einer hohen Streu vor den Pferden lag ein Dutzend schnarchender Artilleristen.

»Wohin wollt Ihr?« rief ihm eine deutsche Stimme zu – es war ein Mensch in einem Wams und mit einer blauen Schürze, der aus der Ecke des Hofes herankam.

»Ich will in einen Stall für mein Pferd und in irgendeine Kammer, ein Gelaß zum Verschnaufen für mich; da ist ein Krontaler für Euch, wenn Ihr mir dazu verhelft!«

Der Mann besah das Geldstück und sagte dann im reinsten sachsenhäuser Dialekt: »Nun, Ihr sprecht ja ein ehrliches Deutsch, von dem welschen Schweinsgesindel, den Hundsföttern, bekommt man sonst so was nicht zu sehen. Wie kommt Ihr denn drunter?«

»Wie so mancher!« versetzte Wilderich. »Wollt Ihr mir helfen?«

»Nun ja – will Euch meine eigene Kammer überlassen, im Giebel dort über dem Stalle; das Pferd bindet draußen an die Mauer an, ich will hernach sehen, wo ich's lasse!«

Wilderich folgte seiner Weisung und ließ sich alsdann von ihm zurück in das Stallgebäude, über eine schmale Holztreppe auf den Boden und von da in eine durch einen Brettverschlag vom übrigen Raum abgeschiedene Kammer geleiten.

»Ihr seid der Hausknecht?« fragte er hier.

»Hausknecht im Grauen Falken.«

»Ein Wirtshaus also?«

»Fragt Ihr danach? Das Schild über der Tür ist doch groß genug! Ein gutes Wirtshaus für Mann und Gaul, wenn nicht just wie heute der Teufel los ist und alles drunter und drüber geht!«

»Gut denn, so darf ich hoffen, Ihr verschafft mir ein wenig zu essen und zu trinken hierher; ich verschmachte und verhungere beinahe!«

»Nun freilich, unterwegs im Spessart drüben sollt ihr Franzosen wohl nicht viel Verdauliches zu schlucken bekommen haben. Ich will sehen, was ich für Euch finde.«

Der Hausknecht ging, und Wilderich streckte sich in dem alten Stuhl vor dem schmutzigen Tisch unter dem einzigen kleinen Fenster aus. Er knöpfte seine Uniform auf und legte den Kopf auf die Stuhllehne zurück, um eine Weile die Augen zu schließen und sich dem vollen Gefühle seiner Ermüdung hinzugeben. Trotz der Aufregung und Spannung, in der er sich befand, würde ihn der Schlaf befangen haben, so sehr er dagegen kämpfte, wenn nicht der Hausknecht zurückgekommen wäre mit einem kleinen verdeckten Korbe, worin er Bier, Brot und ein wenig kaltes Fleisch trug.

»Das ist alles, was die Frau Wirtin hergeben will,« sagte er mürrisch; »es gibt schmale Bissen heut in Frankfurt; auch müßt Ihr einen Gulden zahlen für den Bettel!«

»Es ist genug für mich!« antwortete Wilderich, indem er dem Knecht das Verlangte gab. »Könnt Ihr mir beschreiben, wo der Schöffe Vollrath wohnt?«

»Der Schöffe Vollrath – der Herr Schultheiß, wollt Ihr sagen – der wohnt auf der Zeil, der Katherinenkirche gegenüber, dicht an der Eschenheimer, Gasse.«

»Ich danke Euch. Und noch eins: Habt Ihr von einem General Duvignot gehört? Ihr wißt wohl nicht, ob er unter den französischen Anführern in der Stadt ist?«

Der Mann maß ihn mit mißtrauischen Augen. »Das wißt Ihr nicht?«

»Nein!« »Und wollt doch zu ihnen gehören? Na, mir kann's eins sein!« sagte er dann.

»Was kann Euch eins sein?«

»Wie Ihr in den grünen Rock da hineingekommen seid?«

»Wie ich da hineingekommen bin?« antwortete Wilderich. »Nun, Ihr mögt's wissen, was soll ich Euch ein Geheimnis daraus machen, daß ich das Zeug nicht alle Tage trage! Ich hatte in Frankfurt zu tun, und um nicht auf dem Wege aufgehalten zu werden, habe ich meinen Rock ausgezogen, den Rock eines Revierförsters im Spessart, und habe einem erschossenen Chasseur seine Uniform genommen und mir sein Pferd eingefangen; damit kam ich am besten weiter! Ein guter Deutscher wie Ihr wird mich nicht verraten.«

»Nein, ich werd' Euch nicht verraten,« antwortete der Sachsenhäuser. »Wenn Ihr aber ein Spion von den Österreichern seid und das die Ursache ist, weshalb Ihr in Frankfurt zu tun habt, so möcht' ich lieber, Ihr zögt ab aus meiner Kammer, es könnte auch mir an den Kragen gehen, falls sie Euch packten.«

»Beruhigt Euch,« erwiderte Wilderich, »ich bin kein Spion.«

»Der Duvignot, nach dem Ihr fragt, versteht keinen Spaß; das ist ein grausamer Hund, ein Bluthund von einem Kerl und just deshalb hierher gesandt, um noch ein wenig in der Stadt zu wüten und Schrecken einzujagen, damit sie sich ein paar Tage länger halten können; denn fort müssen sie doch einmal, sobald nur die Österreicher kommen! Wir haben schon unsere Nachrichten und wissen, wie's steht. Es braucht ja einer auch nur die Augen aufzutun und zu sehen, wie gottserbärmlich sie ausschauen. Aber just weil sie auf der Retirade sind, sind sie desto tückischer.«

»Und wer und was ist denn dieser Duvignot?«

»Was sollt' er sein als einer von ihren Generalen, diesen Morgen hier angekommen, vom Jourdan hergeschickt, um sofort das Kommando in Frankfurt zu übernehmen und den Belagerungszustand aufrecht zu erhalten; der richtige Holofernes dazu!«

»Duvignot ist der Kommandant von Frankfurt?« rief Wilderich aus. »Nun, mag er's sein, oder vielmehr, desto besser! Gebt mir doch einmal das Kästchen dort her!«

Der Hausknecht rückte die Schatulle, die Wilderich an sich behalten und mit heraufgebracht, neben diesen. Der letztere, während er aß und trank, öffnete sie zugleich und begann jetzt noch einmal den Inhalt, der ihm ja noch so gut wie unbekannt war, zu durchmustern. Der Hausknecht ließ ihn dabei allein.

Wilderich knüpfte zunächst das Band, welches das gelbe Konvolut zusammenhielt, auf; er fand eine Menge von Briefen darin, welche von einer Frauenhand in französischer Sprache geschrieben waren; es bedurfte keiner langen Lektüre, um zu sehen, daß sie an den General Duvignot gerichtet waren, daß sie die Ausbrüche einer leidenschaftlichen Neigung enthielten und daß sie, aus einer Reihe von Jahren herrührend, ein sehr inniges und schuldiges Verhältnis verrieten: denn die Schreiben« der Briefe sprach darin wiederholt von ihrem Gatten.

Unterzeichnet waren sie entweder gar nicht oder bloß M. Eine Ortsangabe enthielten sie nicht.

Wilderich durchflog die ersten, dann die letzten.

In einem dieser letzten machte eine Stelle ihn betroffen. Sie lautete: »B. ist und bleibt spurlos verschwunden. Wenn ihre Flucht überhaupt noch den geringsten Zweifel an ihrer Schuld übriglassen
könnte, so würde dieses Verschollenbleiben ihn nehmen. Mein
Mann ist jetzt ebenso überzeugt, wie ich es bin; er hat alle Nachforschungen nach ihr verboten, was mich jedoch nicht abhält, diese im
geheimen anstellen zu lassen.«

B. – der Anfangsbuchstabe des Namens Benedicte – und diese B.
war verschwunden – sollte eine Schuld auf sich geladen haben! Das
war seltsam. Wilderich blätterte in aufgeregter Hast weiter, ohne
mehr Andeutungen über die Sache finden zu können. Doch war
eine andere Stelle da, welche, wenn die erste eine Beziehung auf ein
Wesen hatte, das Wilderich in kurzer Zeit so teuer geworden, vortrefflich zu der Vermutung paßte, die sich ihm so erregend auf-
drängte. Sie lautete: »Du wirst das Kommando in Würzburg erhalten, und ich, ich werde dir dahin folgen. Es ist mir nicht möglich,
hier untätig und ruhig daheimzusitzen, während du allen Gefahren
des Krieges entgegenziehst. Wenn du auch nicht lange Zeit in
Würzburg bleibst, wenn du auch bald mit deinen siegreich vorrü-
ckenden Kameraden weiterziehst, was tut es, ich werde dir immer
um so viel näher bleiben, und wenn du verwundet würdest – Gott
wende es ab! – so könnte ich dir nacheilen von dort, könnte dich
Pflegen, dich mit mir zurück nach Würzburg nehmen. Ich habe eine
Cousine, welche in dieser Stadt wohnt. Das gibt mir den Vorwand
eines Besuchs bei ihr. V. wird mir die Reise gestatten, er muß sie mir
gestatten. Meine Cousine heißt Frau von Geller. Unterlaß nicht, im
Hause derselben, sobald du in Würzburg angekommen bist, einen
Besuch zu machen; es ist besser, wenn ich dich im Hause schon
bekannt finde, als wenn ich dich erst einführen muß!«

V. – hieß das Vollrath? Was sollte es anders heißen! Die Frau
Vollraths war ja in Goschenwald gewesen, von Würzburg herkom-
mend, und B. mußte also Benedicte bedeuten; es konnte kaum ein
Zweifel sein, die Verfolgerin, die Feindin Benedictens war die Geliebte Duvignots!

Jedenfalls, sah Wilderich, mußten dem General diese Briefe einer
verheirateten Frau an ihn von großer Wichtigkeit sein; er mußte das
größte Gewicht darauf legen, daß sie nicht in fremde Hände kamen;

Wilderich hatte damit ein höchst bedeutungsvolles Pfand in Händen, wenn ihn der Zufall in eine üble Lage brachte, in der er des Schutzes des Generals bedürfen konnte.

Er blätterte weiter, er suchte nach weitern Erwähnungen des B., das ihn so betroffen gemacht hatte. Da fiel sein Auge auf etwas, das ihn noch mehr betroffen machte, auf die Buchstaben G. de B. »Es ist merkwürdig,« hieß es, »wie G. de B. so völlig verstummt ist, oder hast du Nachrichten von ihm?«

G. de B. hatte sich ja auch der Mann unterschrieben, der ihm das Kind hinterlassen! Wie seltsam! War es derselbe Mann?

In diesem Augenblicke kam hastig der Hausknecht wieder in die Kammer. Er zog unter dem Wams eine Schoppenflasche mit Wein hervor, die er vor Wilderich hinstellte.

»Da hab' ich Euch noch etwas aufgegabelt,« sagte er lächelnd und sehr triumphierend aussehend – »etwas, das Euch guttun wird nach Eurem Ritt!«

Wilderich dankte ihm. Er sah, daß er mit seinem Geschenk sich des Mannes Herz erobert hatte – wenn es nicht die uneigennützigen Gefühle der Landsmannschaft und Zusammengehörigkeit in diesen stürmischen Tagen waren, was den biedern Sachsenhäuser zu solchem Diensteifer bewegte.

»Ich danke Euch von Herzen,« sagte Wilderich. »Aber mehr als mit allem andern würdet Ihr mir helfen, wenn Ihr mir eine Auskunft geben, wenn Ihr mit einigen Worten mir sagen könntet, was der Schöff Vollrath für ein Mann ist, wer zu seiner Familie gehört, welche Kinder er hat...«

Der Hausknecht setzte sich Wilderich gegenüber verkehrt auf einen alten Strohstuhl, und die Arme auf die Lehne legend und ihm groß und voll ins Gesicht schauend, antwortete er: »Ah, was Ihr nicht alles verlangt! Aber da müßt' einer mehr Zeit haben als ich, und an einem Tage müßt's sein, an dem man besser wüßte wie heute, wo einem der Kopf steht bei all dem Sturm und Durcheinander und Gelauf und Geruf – vom Schöff Vollrath ließ sich dann schon erzählen. Und wenn ich Euch auch just nicht sagen könnte, was Ihr grad' zu wissen verlangt, welche Familie er hat und wer seine Kinder sind; denn das weiß der gutmütige alte Mann wohl selber nicht, brauch ich also auch nicht zu wissen – mit dem, was die Leute, wenn sie unten in der Hinterstube hinter dem Schoppen sitzen, sich von den wunderlichen Sachen erzählen, die in des Schöffs Hause passieren, damit könnt' ich Euch schon dienen. Dazu aber braucht's weites Ausholen, und heute, begreift Ihr, würde ich schön bei der Falkenwirtin ankommen, wenn ich hier hängen bliebe und mich verschwätzte, um des Schöffs Vollrath Geschichten solch einem blinden Passagier, wie Ihr seid, beizubringen...«

»Sagt nur rasch das Wichtigste – nehmt noch ein Stück Geld für den Schoppen, den Ihr mir gebracht habt, und was darüber ist, ist für Euch!«

Der Sachsenhäuser besah den Krontaler, den Wilderich vor ihm auf den Tisch legte, und sagte kopfnickend:»Nun ja, gut handeln ist schon mit Euch, das seh' ich. Ihr gebt zwei Gulden für eine Geschichte, die jeder Stammgast – beim Abendschoppen in ruhigern Zeiten, heißt das, Euch umsonst gäbe. Nun, schönen Dank dafür, und was die Geschichte angeht, so ist sie die: der alte Schöff war eben schon ein alter Schöff, als er ein junges Weib nahm, das eine recht süße Frucht sein muß, nach dem Sprichwort von den Früchten, woran die Wespen nagen. Unter den Wespen mein' ich die Franzosen, die vor Jahren, unter Eustine dazumal, nach Frankfurt kamen und bald ein und aus schwärmten beim Schöff. Eine erwachsene Tochter war ebenfalls im Hause, von der ersten Frau her, die schon lange, lange Jahre tot sein muß, denn ich habe niemals etwas von ihr gehört oder gesehen...«

»Und diese Tochter heißt Benedicte?« fiel Wilderich in größter Spannung ein.

»Benedicte – ich denke so, obwohl ich nicht darauf schwören kann, und es auch nichts zur Sache tut – also eine Tochter war im Hause und von der sagte man, daß sie einen der Franzosen heiraten werde; das muß ihr nun wohl die junge Frau Schöff, ihre Stiefmutter, die keinen von diesen saubern Franzosen mehr heiraten konnte, weil sie schon den alten Schöff hatte, bitter mißgönnt und beneidet haben, denn sie lebten wie Hund und Katze, Stiefmutter und Stieftochter, sagt man. Und wie hätt's auch anders sein können, da die Stieftochter von der Mutter um ihr ganzes Erbe betrogen war; denn der Schöff, im Vorbeigehen gesagt, ist ein steinreicher Mann, seine Weinberge bei Hochheim bringen ihm ein Jahr ins andere gerechnet...«

»Aber ich bitt' Euch,« unterbrach ihn Wilderich, »wie hatte denn die Stiefmutter die Tochter um ihr ganzes Erbe betrogen?«

»Wie? Nun das ist doch zu begreifen. Die Stiefmutter hatte sich gesputet, ein Kind zu bekommen, und dies Kind war ein derber, und wie die böse Welt wissen wollte, dem alten Schöff nicht im geringsten ähnlich sehender Junge; und da das meiste von des alten Mannes Gut Lehngut, oder wie man es nennt, ist, so erbte nun statt der Tochter, die früher alles zu bekommen glaubte, alles dieses Kind, dieser Junge, dieser Wechselbalg, und Ihr könnt es der Demoiselle Benedicte oder wie sie heißen mag, wahrlich nicht übelnehmen, wenn sie dem teuren Brüderlein zehnmal im Tage den Tod an den Hals wünschte. Na, den Tod hat sie ihm nun vielleicht just nicht angetan, aber so was man nennt um die Ecke gebracht, hat sie ihn doch, denn eines schönen Morgens sind sie beide verschwunden gewesen, beide Kinder des guten Herrn Schöff – die Demoiselle samt dem jungen Erben – auf und davon auf Nimmerwiedersehen – das heißt, wiedersehen wird man die Demoiselle schon, und das sobald der alte Mann gestorben ist; Demoiselle Benedicte wird dann schon sich präsentieren, um das Erbe in Empfang zu nehmen, und wird ja auf der Leute Fragen, wo der Junge hingekommen und was sie damit gemacht hat, auch schon ihre Antwort parat haben – es ist seit dem Tage, wo sie mit ihm durchgegangen ist, Wasser genug durch den Main geflossen, daß sie sich auf eine genügende Antwort hat vorbereiten können!« »Ah!« rief Wilderich aus, »und das alles ist wahr, Ihr glaubt, daß es wahr sei, Ihr glaubt, die Tochter des Schöffen habe aus Habsucht und um des Erbes willen, das sie früher als das ihrige betrachten durfte, ihren Stiefbruder entführt, vielleicht gar...«

»Ob ich's glaube? Von meinem Glauben ist nicht die Rede – ich erzähl' Euch nur, was sich die Stammgäste hinter dem Schoppen im Hinterstüble darüber erzählen.«

»Und erzählen sich diese auch, ob und wie der General Duvignot mit alledem und mit der Familie des Schöffen zusammenhängt?«

»Mit der Familie?« antwortete boshaft lächelnd der Sachsenhäuser. »Nun freilich meinen sie, daß der Duvignot, seit er vor Jahren zuerst ins Haus einquartiert ist, damit in Zusammenhang gekommen und insbesondere auch, daß er damit zusammenhängt, daß der Schöff überhaupt mit seiner zweiten Frau, so was man nennt, Familie hat! »Aber,« fuhr er jetzt erschrocken auf, »ich will des Henkers sein, wenn ich da nicht die Stimme der Falkenwirtin im Hofe höre – Gott steh' mir bei, es wird mir übel ergehen, daß ich hier – ja, ja, ich komme schon – daß ich hier so lange die Stadtbas' bei Euch gemacht habe.« In der Tat tönte der Ruf: »Jakob, Jakob!« von einer kreischenden Frauenstimme ausgestoßen, in diesem Augenblick vom Hofe her bis in die Dachkammer des Hausknechts, und dieser war aufgesprungen und hatte bereits den Arm nach der Türklinke ausgestreckt, als Wilderich ihn zurückhielt: »Nur noch eins ... wißt Ihr, wer ein Mann sein kann, dessen Name die Anfangsbuchstaben G. de B. hat?«

»Nichts weiß ich – nichts davon,« lief bei Hausknecht, dem Anschein nach ohne nur recht auf die Frage zu hören, aus und rannte davon.

Wilderich hatte sich erhoben und starrte ihm nach. Er war kaum klug geworden aus diesem wirren, unzusammenhängenden Bericht, aus dieser Menge erschreckender Tatsachen, die über ihn in so kurzen Worten ausgeschüttet waren; und jetzt stand er und fühlte noch die ganze Wucht des Schlages, den ihm die direkte Anschuldigung versetzt hatte, welche gegen Benedicte in dieser Erzählung gelegen – die Anschuldigung eines ganz unerhörten und abscheulichen Verbrechens, das sie begangen haben sollte und das durchaus abscheulich und völlig empörend war, weil es aus den niedrigsten Motiven hervorgegangen sein sollte, aus bösem Haß und aus gemeiner Habsucht! Das aber gerade – das war es auch, was Wilderich bald erleichtert und dann freier und freier wieder aufatmen ließ; was ihn bald sich selber Vorwürfe machen ließ, so erschrocken zusammengefahren zu sein bei einer solchen Anklage, die, das fühlte er in tiefster Seele, nur törichte Bosheit oder die auf eine täuschende Kombination von zufälligen Umstanden hin blind urteilende Dummheit erheben konnte – gegen sie, gegen Benedicte, die, je mehr sie sich selber vor ihm angeklagt hatte, und je mehr andere sie vor ihm anklagten, nur desto reiner und edler, nur desto mehr jeder Aufopferung würdig vor seiner Seele stand!

Und dazu war er ja bereit, zu solcher Aufopferung, dazu war er in diesem Augenblick noch bereiter als vor dem, in welchem er des Hausknechts konfuse Enthüllungen erhalten; um alles zu tun, was in seinen Kräften stand, ihr nützlich und hilfreich zu werden, und koste es ihn, was es wolle – dazu war er in der gefährlichen Verkleidung, die er angenommen hatte, hergekommen. Und so säumte er jetzt nicht länger. Da das Schloß seiner kleinen Kassette zersprengt war, steckte er zur größerens Sicherheit die Briefe Duvignot in seine Brusttasche, ordnete seinen Anzug – des Hausknechts auf dem Tische liegende Kleiderbürsten kamen ihm dabei sehr zu statten – und ging, das Haus des Schöffen Bollrath zu suchen.

Es war nicht schwer, es aufzufinden. Ein Knabe zeigte es ihm.

Vor dem Hause standen zwei Schildwachen; es mußte also ein hoher Befehlshaber in demselben einquartiert sein. Für Wilderich hatte dieser Anblick etwas Beunruhigendes. War er bis jetzt im Wirrwarr des Rückzugs und der Flucht unangenehmen Begegnungen mit Leuten, welche ihn nach seinem Truppenteile, seiner Bestimmung, seiner Order fragten, entgangen, so konnte es anders sein, wenn er in das Quartier eines Generals, unter dessen Ordonnanzen und Adjutanten geriet. Sollte er umkehren und sich einen andern Anzug verschaffen? Er hatte keine Mittel dazu, er wußte nicht, wie dazu gelangen. Wenn er zurückging und sich an seinen Hausknecht wendete und in dessen Sonntagskleidern aus der Kammer herauskam, in welche er in der Chasseuruniform geschritten, so mußte diese Verwandlung eines der Ihrigen sofort die Aufmerksamkeit der Soldaten auf sich ziehen, die im Hofe und Stalle seines Wirtshauses lagen und herumlungerten. Dazu der Zeitverlust! Und hatte er nicht als Sicherheitspfand für den schlimmsten Fall seine Briefe?

So wagte er es. Er trat mit der Miene ruhiger Unbefangenheit in das Haus ein. Der geräumige Flur war voll Menschen? Ordonnanzen standen da, Unteroffiziere mit Rapporten, Bürger mit Reklamationen wegen ihrer Einquartierungen, Unterbeamte des Senats mit Aufträgen, Offiziere, die Meldungen machen oder Befehle einholen wollten; auch Leute, welche mit gespannten Gesichtern zwischen zwei Wachen standen, unglückselige Arretierte, die vorgeführt werden sollten, waren da, kurz alles, was in solchen Tagen sich in einer besetzten Stadt um den Kommandanten und zu ihm drängt. Wilberich brauchte nicht erst zu fragen, um zu erkennen, daß er in das Quartier des Generals Duvignot selber gelangt war.

Aus der im Hintergründe des Flurs emporführenden Treppe stand mit untergeschlagenen Armen ein langer, verdrossen aussehender Gesell in einem langen blauen Rocke mit roten Epauletten, Revers und Aufschlägen, dessen Schöße bis auf die Waden fielen, in hirschledernen Hosen und hohen Reiterstiefeln, das Haupt bedeckt mit einem großen Sturmhut mit rotem Federbusch. So, an das Treppengeländer zurückgelehnt, zwischen den übereinandergeschlagenen Beinen den geraden Pallasch in weißer Scheide haltend, blickte er mürrisch auf das Gedränge unter ihm nieder, gegen das er als eine Art Damm zu dienen schien, der die Erstürmung der Treppe durch all die Harrenden hinderte.

Wilderich drängte sich bis an den Fuß der Treppe und sagte dem Mann, den die Uniform als Gendarmen kenntlich machte: »Ich habe mit dem Schöff Vollrath zu tun.«

» *On ne passe pas*!« lautete die barsche Antwort.

Ein wenig aus der Fassung gebracht, schaute Wilderich drein und wagte kaum, den bissigen Zerberus weiter anzureden, um ihm klarzumachen, daß er zum Hausherrn und nicht zum Kommandanten wolle, als ein Diener in gelber Livree, der aus einem Seitenzimmer getreten, durch den Flur an ihm vorüberkam, die Treppe hinaufzugehen. Er brachte diesem sein Anliegen vor.

»Folgen Sie mir nur,« sagte der Diener, »diese Leute hier wollen zu dem Kommandanten, der erst Punkt sechs Uhr wieder zu sprechen sein will; zum Herrn Schultheiß kann ich Sie führen.«

Er schritt die Treppe hinauf, und Wilderich, jetzt unangehalten, ihm nach.

Zehntes Kapitel.

Während Wilderich die gewundene, auf einen ziemlich dunkeln Vorplatz führende Treppe hinanstieg, saß der vom Obergeneral Jourdan von Würzburg aus als Kommandant nach Frankfurt gesandte General Duvignot, den wir auf dem Wege dahin mit so viel Hemmnissen kämpfen sahen, in einem bequemen und wohnlich, wenn auch nach unseren Begriffen sehr einfach eingerichteten, auf den Hof hinausgehenden Zimmer in höchst lebhafter Unterhaltung mit einer Dame begriffen, welche wir ebenfalls kennen.

Duvignot war in der frühesten Morgenfrühe in Frankfurt angekommen; er hatte sein Quartier im Hause des Schöffen genommen. Am Morgen hatte er energisch, scharf und schonungslos die Zügel des Regiments ergriffen und vor Geschäften kaum die Zeit gefunden, um mittags Frau Marcelline zu begrüßen, die nach ihm unter dem Schutze des Kapitäns Lesaillier glücklich mit ihrem Gefolge eingezogen war. Vor einer halben Stunde hatte er eine durchgreifende Maßregel getroffen, um so viel Ruhe zu gewinnen, rasch eine Mahlzeit einzunehmen und dann ein Gespräch mit der Frau vom Hause halten zu können. Sie saß in einem an das Fenster gerückten Lehnstuhl, müde hingegossen, die Arme im Schoße, das Haupt vornübergebeugt und auf den Boden niederblickend.

Der General stand aufrecht an dem Fenster, die linke Hand auf dem Knopf der Espagnolettestange, mit der rechten lebhaft gestikulierend.

Doch wurde das Gespräch nur leise flüsternd geführt.

»Ich versichere dich, Marcelline,« sagte er, »darüber kann keine Täuschung sein; wir sind vollständig geschlagen, so daß an eine Behauptung Frankfurts gar nicht mehr zu denken ist; wir werden uns halten, solange wir können, vielleicht noch vierzehn, vielleicht noch acht Tage, es hängt bloß von der Energie ab, womit die österreichische Armee ihre Siege ausbeutet und auf uns drückt. Auch im besten Falle, wenn der Erzherzog sich jetzt durch den Odenwald links werfen und Moreaus Rheinarmee zum Rückzuge zwingen würde, auch dann könnten wir das rechte Rheinufer nicht halten und müßten zurück, zurück nach Frankreich. Glaub' mir's, Marcelline!«

»Ich glaube dir's ja, aber bedarf's denn etwas anderen als einer kurzen Waffenruhe für euch, um bald siegreich zurückzukehren? Und wenn ich mich nun in das Schicksal fügen will, zu warten, ich, die so lange Jahre diese unselige, martervolle Lage des sich Fügens und Harrens habe aushalten müssen, daß ich es habe lernen können?«

Frau Marcelline sprach dies mit einem tiefen Seufzer und schmerzbewegt ihre Finger zusammenpressend.

»Harren, auf unsere Wiederkehr? Weißt du, ob, wenn wir wiederkehren, ich unter denen sein werde, die unsere Fahnen siegreich hierher zurücktragen? Ob ich nicht längst dann in weite Ferne, nach dem Oberrhein, nach Italien gesandt sein werde?«

»Das hängt ja doch von dir ab.«

»Und wenn auch, ich sehe nun einmal im voraus, daß wir gar nicht wiederkehren werden.«

»Du zweifelst an dem Siege eurer eigenen Waffen?«

»Nein, nicht deshalb. Ich sehe nur voraus, daß diesem Feldzuge der Friede folgen wird. Das ist unausbleiblich. Wir sind erschöpft; wir bedürfen des Friedens; das Direktorium will den Frieden; und unsere Feinde? Trotz ihrer jetzigen Erfolge bedürfen sie seiner weit mehr noch als wir. Verlassen von Preußen, können sie es gar nicht auf einen weitern Krieg im folgenden Jahre ankommen lassen. Dieser Winter bringt uns den Frieden, so gewiß ich diese Hand ausstrecke, und deshalb, Marcelline, fasse Mut, sei groß und stark und entschließe dich!«

»Ich kann nicht!« lispelte sie leise. »Es ist unmöglich!«

»Unmöglich! Das Wort ist so leicht bei der Hand, wenn der Mut und der Wille fehlen!«

»Aber mein Gott, du selbst kannst doch nicht so verblendet sein, nicht einzusehen, daß ich nicht den furchtbaren Schimpf, die Schande, die Verdammung aller Menschen auf mich laden, daß ich nicht meinen Mann in Verzweiflung stürzen und, auf nichts anderes als die Stimme der Leidenschaft hörend, dir blindlings nachfolgen kann, wohin du mich führst!«

»Nicht? Das könntest du nicht?« antwortete Duvignot bitter. »Die Urteile bei Menschen, die Rücksicht auf deinen Mann sind dir wichtiger als mein Glück, mein Leben, mein ganzes Dasein, das ohne dich vernichtet ist?«

»O mein Gott, Etienne, du weißt, wie ich dich liebe!«

»Liebe – eine Liebe ohne Vertrauen! Du vertraust mir dein Los nicht an, du willst dich nicht von mir führen lassen, du –«

»Wie ungerecht du bist, mir so bitter vorzuwerfen, daß ich nicht taub und blind für alles bin! Wäre ich achtzehn Jahre, so könnte ich es sein, jetzt kann ich es nicht mehr. Die Folgen einer solchen verbrecherischen Tat stehen nun einmal vor meinen Augen, und ich kann, ich kann nicht!«

»Freilich, du handeltest ja auch sehr töricht! Die reiche Patrizierfrau, die sorglos, im Wohlleben, in allem Luxus, der sie umgibt, von Huldigungen umringt, hier ihre glückliche Existenz weiter führen kann, wird nicht so wahnsinnig sein, ihr Los an das wechselreiche, unstete Leben eines armen Glückssoldaten zu fesseln!«

»Das sind Worte, die der Zorn aus dir spricht, Etienne, und ich brauche deshalb nicht darauf zu antworten, ich bin zu stolz dazu!«

»Zu stolz, da liegt's! Du bist zu stolz, Marcelline, um wahrhaft lieben zu können. Die Liebe ist demütig! Was ficht sie der Menschen Urteil an und ob es sie hoch oder niedrig stellt? Sie hört nur auf die *eine* Stimme, auf die des Herzens – Marcelline, ich bitte, ich flehe dich an, höre auf sie, ich will es, ich verlange es von dir, ich kann es fordern, denn du bist mein Weib, mein durch die heiligsten Bande an mich gekettetes Weib! Was hat die inhaltlose Form zu bedeuten, dieser Priestersegen, der dich mit einem alten ungeliebten Manne verbunden hat? Uns hat das Herz, hat die Natur mit heiligern Banden verbunden, und das lebende Zeugnis dieses Bundes, wenn es nun vor dich träte und zu dir spräche: Verlaß, verlaß meinen Vater nicht, denn –«

»Ich bitte, o ich bitte dich, Etienne, rede nicht weiter!« sprach das gepeinigte Weib, ihre Hände vor das Gesicht schlagend.

»Weshalb soll ich nicht weiter reden,« eiferte Duvignot, »weshalb, da du mich feig verlassen willst, nicht alles dir ins Gedächtnis rufen, was uns für ewig zusammenkettet?«

»Will ich denn das Band zerreißen?« rief Marcelline aus geängstetem Herzen aus. »Aber wie soll ich dir folgen? Wie ist es möglich? Wohin? Zu wem? Wen hast du auf Erden, zu dem du mich bringen könntest? Hast du einen Kreis, in dem ich, stolz darauf, die deine zu sein, geschützt, geachtet und geehrt meine Tage zubringen könnte, wenn du nicht da, wenn du nicht daheim, sondern wenn du auf Monate, Jahre hinaus im Felde sein wirft? Und wenn du fällst, du mit deinem rücksichtslosen Drang, der Gefahr zu trotzen, deiner Verwegenheit, deinem Ehrgeiz, deinem Ruhmdurst, all dem Feuer, das einen Soldaten nicht zu Jahren kommen läßt – wohin dann mit mir verlassenem, entehrtem, schmachbedecktem Geschöpf?«

»Du bist sehr klug und besonnen, Marcelline,« antwortete Duvignot, eine verächtlich abwehrende Bewegung mit der Hand machend. »Ihr Frauen könnt das, mit Besonnenheit lieben! Wenn die Besonnenheit nur nicht so feig wäre! Eine mutigere Klugheit würde dir hie Dinge in anderem Lichte zeigen; dein Mann wird einmal sterben und dann wirst du mein Weib werden, das ist einfach die Zukunft, die meine Klugheit mir zeigt! Höre, Marcelline, ich flehe dich noch einmal an, folge mir, suche dich nicht von mir loszureißen.«

»O mein Gott, wer spricht davon?«

»Du, du tust es! Was kann uns ein armseliger Briefverkehr sein, wenn Hunderte von Meilen vielleicht zwischen uns liegen, wenn die Hoffnung, uns wiederzusehen, verschwindet, wenn andere Menschen, andere Schicksale, wenn die Jahre treten zwischen dich und mich –« »Menschen, Schicksale, Jahre, sie werden mich nicht verändern, sie werden mich nicht von dir trennen!«

»So fühlst du jetzt! Doch wer übernimmt die Gewähr dafür? Und deshalb will ich, daß du mir folgst. Du wirst es. Aber ich möchte vor allem dich freiwillig, ungezwungen, aus eigenem Antriebe, nur der Liebe gehorchend, mir folgen sehen. Ich sträube mich aufs äußerste, dich zu zwingen.«

»Und wie könntest du mich zwingen?«

»Ich kann es!«

»Weil du die Gewalt in der Stadt hast? Willst du mich als ein Beutestück betrachten? Willst du mich mit Gewalt entführen?«

»Nein, nicht das!«

»Dann wüßte ich nicht, wie du's könntest!« sagte Marcelline stolz.

»Vielleicht kann ich's doch!« versetzte Duvignot, den Blick abwendend. »Aber ich sage dir ja, meine ganze Seele sträubt sich dawider und deshalb flehe ich dich an: entschließe dich, wag' es, vertraue mir, traue meiner Kraft, dir die Zukunft so glücklich zu gestalten, daß du es nie bereuen wirst! Ich habe das Vorgefühl, ich möchte sagen, in meiner Brust die Bürgschaft eines großen und glänzenden Schicksals; die Geschichte ist im Rollen begriffen, wir gehen alle einer Zukunft voll großer Ereignisse und Katastrophen entgegen, voll welterschütternder Wandlungen und gewaltiger Krisen im Leben der Völker; das ist die Zeit für starke Arme und mutige Seelen. Darum Mut, Mut, Marcelline, und nur Mut; der Mut allein ist der Schlüssel zu allem Glück.

»Glück, Glück, als ob es aus einem Verbrechen erblühen könnte, mit dem man den Himmel beleidigt und der ganzen Welt Trotz bietet. Ist das möglich?«

»Wenn du im Leben mit mir, in der Verbindung mit mir, in einer Zukunft an meiner Seite kein Glück mehr siehst, dann freilich –« fuhr Duvignot zornig auf.

»Du wirst ungerecht,« versetzte sie lauter; »ich habe alles getan, alles, was ich tun konnte für dein Glück! Dies kann ich nicht. Ich kann meine Pflicht vergessen, aber nicht so meine Ehre, nicht so meines armen alten Mannes Ehre mit Füßen treten.«

»Seine Ehre!« sagte Duvignot verächtlich. »Nun wohl denn, wirf sie in eine Wagschale und mein Glück in die andere; sieh, welche dir schwerer wiegt. Ich werde dich morgen danach fragen, denn meine Zeit ist hin, ich muß gehen, du weißt, wie man mich bedrängt.«

»Du wirst nie eine andere Antwort von mir erhalten als diese,« erwiderte Marcelline.

»Vielleicht doch!«

»Niemals!«

»Wir werden sehen!«

»Was sollen diese Anspielungen, diese Drohungen, als ob du mich zwingen könntest, bedeuten? Sprich offen heraus, ich fordere es.«

»Du wirst es erfahren, wenn du unerbittlich bleibst.«

»Etienne, Etienne, was hast du vor, woran denkst du? Du gestehst selbst, daß du nicht vorhast, Gewalt zu gebrauchen?«

»Nein, das nicht. Ich werde dich dadurch zwingen, daß ich dir in der Ferne, in meiner Heimat etwas zeige, was dich unwiderstehlich dahin und mir nachziehen wild.«

»Und dies Etwas?«

»Kein Wort mehr darüber!«

»O, ich bitte dich –«

»Nicht heute,« entgegnete Duvignot, sich abwendend, »meine Stunde ist abgelaufen, der Dienst verlangt mich! Adieu, Marcelline! Fasse dich, fasse Mut, sei mein großes und starkes Weib, fühle, daß du mein bist, und – reiche mir die Hand!«

Sie reichte ihm langsam und wie gebrochen die Hand, ohne die Augen zu ihm zu erheben. Dann ließ sie den Kopf mit einem tief-schmerzlichen Seufzer an die Lehne des Armstuhls zurücksinken.

Duvignot war mit raschen, heftigen Schritten davongegangen.

In dem Augenblicke, als er auf den Vorplatz draußen trat, hatte eben Wilderich Buchrodt, dem Bedienten folgend, die letzte Stufe der Treppe betreten.

Duvignot blieb stehen und erwartete ihn.

»Was wollt Ihr, von wem kommt Ihr?« fragte er barsch den An-kommenden. »Wer zum Teufel hat Euch wider meinen Befehl her-aufgelassen?«

Wilderich mußte seine ganze Kraft, sich zu beherrschen, zusam-mennehmen, um nicht das Erschrecken zu verraten, das bei diesem Zusammentreffen und bei der zornigen Anrede des heftig erregten Mannes so natürlich war. Er konnte nicht daran zweifeln, daß es der gefürchtete Kommandant sei, dem er in den Wurf gekommen. Er legte die Hand an den Schirm des Tschakos und antwortete in meldendem Tone:»Exempt von der dritten Halbbrigade der Chasseurs zu Pferde, zweite Schwadron –«

»Der Mann will nicht zu Ihnen, Herr General,« fiel der Bediente sich entschuldigend ein,»sondern zum Herrn Schultheiß, deshalb habe ich ihn herausgeführt.«

Duvignot sah von einem auf den anderen.

»So führt ihn zum Schultheißen!« antwortete er und wandte sich einer Flügeltür zu, die in sein Zimmer führte. Wilderich schlug das Herz schon von der Angst befreit hoch auf, er folgte dem rasch gehenden Bedienten unmittelbar hinter dem General.

»Wo steht Eure Halbbrigade in diesem Augenblick?« fragte dieser, vor seiner Tür sich plötzlich um und wieder zu Wilderich wendend.

»Sie ist in Hanau angekommen, Citoyen General!« versetzte Wilderich auf gut Glück, da er fühlte, daß er mit einer Antwort keinen Augenblick zögern dürfe.

»Wann?«

»Gestern abend!«

»In Hanau?«

»Zu Befehl!«

»Wie heißt Euer Divisionsgeneral?«

»Ney.«

»Und Eure Halbbrigade führt?«

»Major de la Rive!« antwortete in steigender Beklemmung Wilderich, die Namen mit dem Mut der Verzweiflung herausstoßend.

»Was habt Ihr bei dem Schultheißen zu melden?«

Wilderich stockte jetzt.

»Ich habe ihm einen Brief von einem gefallenen Kameraden zu bringen, der mich bat, ihn sofort zu überbringen, da Gefahr im Verzuge sei!« sagte er endlich.

»Seid Ihr deshalb Eurer Abteilung von Hanau hierher zuvorge-eilt?«

»Zu Befehl, Citoyen General!«

Der General trat auf die Schwelle der Tür, welche der Bediente ihm unterdes dienstfertig aufgeworfen hatte. Wilderich sah ihn schon mit unsäglicher Erleichterung im nächsten Augenblicke ver-schwinden; aber der General sagte, halb den Kopf zurückwendend, mit einem kalt trockenen Tone: »Folgt mir!«

Wilderich konnte nicht anders als gehorchen. Er trat in das große, nach vorn auf die Straße hinausgehende Zimmer, das Prunkgemach des Hauses, das jetzt dem Kommandanten als Empfangszimmer diente. Der General winkte ihm mit der Hand, dem Fenster näher zu treten, dann sagte er: »Gebt mir den Brief Eures gefallenen Ka-meraden.«

»Citoyen General, Sie werden mich entschuldigen; ich habe dem Sterbenden gelobt, ihn nur dem Schultheißen selbst –«

»Ihr seid sehr gewissenhaft, mein lieber Exempt von den dritten Chasseurs zu Pferde! Ich achte das. Geht also hinauf, Euren Brief dem Schultheißen zu übergeben; da ich jedoch ein wenig neugierig geworden, was in dieser Depesche sein mag, die so eilig zu bestel-len ist, so werde ich dabei sein. Hierher!«

Der General verließ das Zimmer wieder, schritt über den Vor-platz draußen der Treppe in das zweite Stockwerk zu, und nach-dem er mit Wilderich oben angekommen, klopfte er an eine Flügel-tür, welche unmittelbar über der unten in seine eigenen Zimmer führenden lag.

Noch bevor er ein »Herein!« vernommen, öffnete er, winkte Wil-derich, den er vorausgehen ließ, einzutreten und trat selbst ein.

Der Schultheiß Vollrath bewohnte den über des Generals Emp-fangszimmer liegenden Raum, ein weites Gemach, das an den Wänden ringsum bis zu dreiviertel der Höhe mit Bücherrepositori-en besetzt war. Über ihnen standen vergilbte Gipsbüsten, an den Wänden oben hingen eine Reihe alter Familienbilder; ein paar Lehnsessel, Stühle mit hohen rohrgeflochtenen Rückenlehnen und ein paar Tische mit Büchern und Schriften und Aktenstößen darauf waren die ganze bescheidene Einrichtung dieses Wohngemachs, das nur an der Wand zwischen den beiden Fenstern den strengen und fast düstern Eindruck, den es machte, verleugnete. Hier hingen, wie es schien, allerlei Jugend- und Freundschaftserinnerungen des alten Herrn, zwei Pastellbilder von jungen Frauen, Silhouetten in runden Glasrähmchen, ein Bildwerk aus Haararbeit, das einen Tempel mit einer Tränenweide darstellte, und darunter eine alte, seht vergilbte rote Seidenschleife in einem noch ältern, noch vergilbtern Immortellenkranze.

Der Schultheiß Vollrath war ein Mann von über sechzig Jahren. Auf seinem Gesicht sprachen zwei hervorstechende Züge den ganzen Charakter des Mannes aus. Die hohe und breite Stirn verriet seine Intelligenz und der weiche Mund eine unendliche Gutmütigkeit, eine gefährliche Gutmütigkeit, wenn man anders das schmale, so wenig ausgebildete Kinn als Zeichen jeglichen Mangels an Energie deuten durfte. Er hatte das dünne spärliche Haar hinter die Ohren zurückgestrichen, ein schwarzes Käppchen vertrat die Stelle der großen gepuderten Perücke, die jetzt auf einem der Aktenstöße vor ihm lag. So saß er an seinem Schreibtisch, die Stirn auf den Arm gestützt, wie in Sinnen verloren, mit der linken Hand wie in träumerischem Spiel die goldene Tabatiere drehend, die vor ihm lag. Bei dem hastigen Eintreten der zwei Männer fuhr er wie aufgeschreckt empor.

»General Duvignot,« sagte er, diesem entgegenschreitend, »Sie sind es, und wen bringen Sie da?«

»Übergebt jetzt Euren Brief, Chasseur!« befahl der General trocken mit zornig gerunzelten Brauen.

Wilderich sah, daß er gefangen war. Er hatte von dem Briefe gesprochen, er konnte ihn jetzt nicht mehr zurückhalten. Er konnte auch den Schultheißen, der mit einem wohlwollenden Blicke ihm seine Augen zuwandte, nicht warnen. Er konnte nichts tun, als seinen Brief hervorziehen und, indem er ihn dem Schultheißen übergab, sagen: »Er ist zu eigenen Händen und ganz privater, nur den Herrn Schultheißen persönlich betreffender Natur.«

Der Schultheiß nahm den Brief entgegen und betrachtete betroffen das Siegel; auch des Generals Blicke hefteten sich auf das Siegel.

Der Schultheiß machte, ehe er das Schreiben aufriß, eine Bewegung mit der Hand, um den General einzuladen, Platz zu nehmen.

»Ich danke,« versetzte dieser lakonisch und blieb, während der alte Herr das Siegel erbrach, stehen.

Wilderich hatte unterdessen Zeit, sich ganz das Gefährliche seiner Lage klarzumachen. Es war offenbar, daß der General Verdacht geschöpft, daß er die Maske, in welcher Wilderich stak, durchschaut – was sollte daraus werden, wenn er den Brief des feindlichen Feldherrn zu lesen bekam? Die Schlinge war um Wilderich zugezogen; sein letztes Hilfsmittel mußten jene erbeuteten Briefe bilden, oder er war verloren. Der Schultheiß las den Brief. Seine Miene nahm dabei einen Ausdruck tiefen Ernstes an; er las still bis zu Ende, dann sagte er aufschauend: »Und hat der Schreiber dieses Briefes denselben Ihnen übergeben, um ihn mir zu bringen? Sie sind französischer Soldat – wie ist das? Wie hängt das zusammen?«

»Ein Kamerad hat ihn mir übergeben,« erwiderte Wilderich, »der –«

»Lassen Sie mich, bitte, den Brief sehen,« unterbrach Duvignot, indem er ohne weiteres dem alten Herrn den Brief aus der Hand nahm und zu überfliegen begann.

»Es ist seltsam,« fuhr der Schultheiß fort; »der Brief muß dann aufgefangen und in die Hände gekommen sein, für die er nicht bestimmt war; wie kann ein französischer Soldat ihn mir bringen?«

»Beruhigen Sie sich, mein Herr Schultheiß,« fuhr hier Duvignot scharf dazwischen, »der Mann ist kein französischer Soldat, er ist ein österreichischer Spion, und dieser Brief beweist mir, daß Sie mit unsern Feinden in heimlicher Verbindung stehen! Man rechnet auf Ihre Beihilfe, Ihren Verrat, um dem Feinde Frankfurt in die Hände zu spielen. Und wer Ihnen dies schreibt, ist der Erzherzog-Feldmarschall selbst!«

»Mein Herr General,« fuhr der Schultheiß erschrocken auf, »ich muß Sie bitten –«

»Es tut mir leid,« fiel ihm der General ins Wort; »Sie sind ein Mann, den ich als sein Gast schon zu achten habe; ich bin Ihnen Dankbarkeit schuldig für das Wohlwollen, das Sie mir schon vor

Jahren, als ich unter Custine Ihre Stadt betrat und Ihr unfreiwilliger Gast wurde, mit so vieler Urbanität zeigten; aber meine Pflicht geht über meine persönlichen Gefühle, ich muß Sie vor ein Kriegsgericht stellen lassen, Herr Schultheiß.«

Der Schultheiß war totenbleich geworden.

»Wenn Sie mich achte»,« sagte er, »so werten Sie mir auch glauben. Ich bin kein Verräter! Dies Schreiben ist an mich gerichtet ohne mein Wissen und Wollen, dieser Mann dort kann kein Spion sein, denn –«

»Kein Spion? Wir werden das sehen!« rief Duvignot, sich zu Wilderich wendend, aus. »Wer seid Ihr? Ihr werdet nicht länger behaupten, daß Ihr französischer Soldat seid! Ihr seid ein Deutscher, das habe ich an Eurer Sprache erkannt. Nun wohl, wir haben auch Deutsche unter unsern Fahnen. Aber die Chasseurabteilung, zu der Ihr gehören wollt, steht nicht in Hanau, ich traf sie gestern auf dem Marsch nach der Wetterau; sie gehört nicht zu Neys Division; ich kenne keinen de la Rive. Wie war gestern Eure Parole? Seht Ihr, Ihr wißt das nicht! Ihr hättet Euch vorher besser über Eure Rolle unterrichten sollen, bevor Ihr wagtet, sie zu übernehmen. Sie sehen, Schultheiß, daß ich recht habe, dieser Mann ist kein französischer Soldat, er ist ein österreichischer Spion. Ich denke, dieses Schreiben hier, dies Schreiben in seinen Händen ist Beweis genug.«

»Beim lebendigen Gott,« rief Wilderich hier stolz und entrüstet aus, »Ihre Beschuldigung ist falsch und ungerecht, Herr General. Ich bin kein Spion, und dieser Herr hier, den ich in einen so unseligen Verdacht bringe, ist völlig unschuldig; ich bin kein Franzose, ich gestehe das offen ein, ich bin der Revierförster Wilderich Buchrodt vom rohrbrunner Revier im Spessart, ein Mann, den noch niemand einer schlechten Handlung wie die, den Spion zu machen, fähig gehalten hat.«

»Förster aus dem Spessart – in der Tat?« fiel Duvignot ein. »Einer von den Leuten, mit denen wir eine so schwere Rechnung auszugleichen haben! Doch enden wir,« fuhr er wie eine innerliche Erregung niederdrückend und stoßweise fort. »Herr Schultheiß, ich muß tun, was der Dienst nur gebietet. Ich bin gezwungen, Ihnen anzukündigen, daß Sie diese Zimmer nicht zu verlassen haben, bis weiter über Sie verfügt wird. Den Mann dort wird man zur Konstablerwache führen. Der Brief bleibt in meiner Hand!«

Der General wandte sich rasch und ging, so rasch, als wolle er sich der peinigenden Szene, der Pflicht, die er gegen seinen Gastfreund zu erfüllen hatte, so bald wie möglich entziehen. Wilderich hätte ihm nachrufen mögen: »Halt, warten Sie, ich habe einen Preis, um den Sie abstehen werden von diesem entsetzlichen Verfahren wider zwei Unschuldige«; aber ebenso rasch fuhr ihm der Gedanke durchs Hirn, daß der französische Gewalthaber alsdann ihm einfach seine Briefe werde nehmen wollen, wie er den Brief des Erzherzogs genommen, ohne dafür das geringste Zugeständnis zu machen; und dann, wie konnte Wilderich von diesen Briefen in Gegenwart des Schultheißen reden, sie zeigen; wer war die Frau, die sie an den General geschrieben? War es nicht das eigene Weib des Schultheißen? Sollte er dem alten gebrochenen Manne die Schmach antun? Und wenn er es tat, wenn er diese verbrecherische Liebe dem Manne des treulosen Weibes verriet, war ihm dann nicht gerade deshalb die schonungsloseste Rache des Generals gewiß?

Diese Gedanken durchzuckten ihn: er hatte sie noch nicht ausgedacht, als der General längst verschwunden war.

»Mein Gott,« sagte der Schultheiß, sich an der nächsten Stuhllehne aufrecht erhaltend, mit kreidebleichen Lippen, »unseliger Mensch, welches Schicksal bringen Sie über mich! Wie um Himmels willen –«

»Mehren Sie meine Verzweiflung nicht noch,« rief Wilderich im furchtbarsten Schmerze aus. »Ich gäbe jeden Tropfen meines Blutes dafür, könnte ich wieder gutmachen, was ich verbrochen an Ihnen – dies Entsetzliche; aber Sie sind ja unschuldig, was kann Ihnen geschehen, deshalb, weil ein von Gott und seinem Verstande verlassener Mensch Ihnen einen Brief bringt?«

»Was mir geschehen kann, das fragen Sie, nachdem Sie selbst es gehört, das Wort Kriegsgericht – und wissen Sie nicht, daß in einer Stadt, wo der Belagerungszustand erklärt ist, in Tagen, wie diese sind, bei einer Armee, die auf der Flucht ist und die sich um ihr Dasein schlägt, das Wort gleichbedeutend ist mit Tod?«

Wilderich schlug verzweifelt die Hände vors Gesicht.

»Sprechen Sie, was wollen Sie, was treibt Sie, so zu handeln? Was hat den Erzherzog getrieben, mir einen solchen Brief zu schreiben, einen Brief, der mir Handlungen zumutet wider den Machthaber, der augenblicklich hier die Gewalt hat?«

»Ich, ich allein,« rief Wilderich aus. »Ich drängte ihn zu dem Briefe. Ich liebe Benedicte, ich wollte ihr Beschützer sein, ich wollte sie retten, nun bringe ich Ihnen den Tod durch meine Leidenschaft –«

»Sie lieben meine Tochter?« rief der Schultheiß mit einem unbeschreiblichen Ton von Erstaunen und Entrüstung zugleich aus.

»Sie ist also in der Tat Ihre Tochter?«

»Sie sagen, Sie lieben sie, und wissen nicht, wer sie ist?«

»Nein, und dennoch liebe ich sie, innig und tief und ehrlich, wie ein deutscher Mann je geliebt hat. Ich wußte sie bedroht, dem gehässigsten Verdacht, den Peinigungen durch ein ihr feindseliges Weib ausgesetzt, ich zitterte für ihre Freiheit, ihr Leben, ich wagte alles, um ihr Hilfe zu bringen.«

»Sie sehen, welche Hilfe Sie gebracht haben,« fiel der Schultheiß bitter ein, während ein paar Tränen über seine bleichen alten Wangen zu rollen begannen.

»Sie sind ein unvernünftiger, hirnloser Mensch, der das Verderben über mich gebracht hat,« fuhr er dann fort; »aber ich sehe, Sie fühlen es, wie ruchlos Sie handelten. Sie sind nicht schlecht, Sie verdienen jedenfalls den Tod nicht, der Sie erwartet, sicherer, unabwendbarer als mich. Retten Sie sich, Sie müssen Ihr Heil in der Flucht suchen, fliehen Sie, bevor man kommt, Sie in den Kerker zu führen.«

»Fliehen? Wohin?«

»Das Haus unten ist voll Soldaten; aber vielleicht gibt es einen Weg über die Speicher, auf die Dächer der nächsten Häuser – was weiß ich! Kommen Sie, kommen Sie!«

»Wenn Sie mich fliehen lassen, verdoppeln Sie den Schein Ihrer Schuld, Ihre Lage wird zehnfach ärger – ich bleibe!«

»Nein, nein,« rief der Schultheiß, »was sollen zwei Menschen sterben, wenn dies bittre Los einem wenigstens abgenommen werden kann? Ich bin ein alter Mann, ich bin zur Flucht zu alt, zu ungeschickt, Sie werden sich retten können, vor Ihnen liegt noch ein langes Leben – folgen Sie mir –«

»Lassen Sie mich, lassen Sie mich hier, damit ich die Menschen, die Sie richten wollen, überzeugen kann –«

»Sie werden sie nicht überzeugen können. Man würde uns beide zum Tode führen, ohne auf Sie zu hören.«

»Und doch –«

»Kommen Sie, ich will's,« rief der alte Mann hastig aus und schritt auf die Tür des Nebenzimmers zu.

Wilderich folgte ihm. Es war das Schlafgemach des Schultheißen, das sie betraten. Dieser öffnete im Hintergrunde eine zweite Tür, die in einen ganz schmalen, dunklen Gang leitete, an dessen Ende sich wieder eine Tür zeigte.

Del Schultheiß pochte an dieselbe und lief flüsternd: »Mach' auf, mach' augenblicklich auf, Benedicte!«

Wilderich erbebte bei diesem Namen. Sie – sie war's, die er sehen sollte – sehen sollte, um nur einen Blick mit ihr zu wechseln, ein Wort, um dann weiter zu fliehen und nie wieder vielleicht nur ihren Namen nennen zu hören? Nein, das war nicht möglich! Wie ein Blitz durchfuhr es ihn; hier lag vielleicht die Rettung, bei ihr, die Rettung für den Vater Benedictens wie für ihn. Sein Entschluß stand fest. Die kleine Tür bewegte sich, ein Riegel wurde im Innern fortgeschoben, sie öffnete sich, Benedicte stand auf der Schwelle.

Aus dem kleinen Zimmer, aus welchem sie getreten, fiel das Licht der Dämmerung, die draußen begonnen, auf die Gestalt ihres Vaters und Wilderichs.

»O mein Gott,« flüsterte sie erschrocken, daß ihre Worte kaum vernehmlich waren, »Sie, Sie hier?«

»Du kennst ihn also, es ist so, wie er sagt, er kommt um deinetwillen? Alles, alles dies ist um deinetwillen, du entsetzliches, mir zum Unglück geborenes Geschöpf?« rief der Schultheiß aus, der in seinem Zustande von Schrecken und Angst alle Haltung und Fassung zu verlieren schien.

Benedictens Augen öffneten sich weit; sie starrte den Vater an, aber sein Ausruf, seine Empörung konnte sie nicht zerschmettern, weil sie ihn nicht begriff, nicht verstand.

»Starre mich nur an,« fuhr der Schultheiß, die Hände ringend, fort, »«du, du warst es, die mein Leben vergiften wollte –«

»O nicht das, nicht noch einmal, nicht immer wieder das! Vater, Vater, ich flehe dich an, sei barmherzig!« rief Benedicte, wie bittend die Hände erhebend.

»Du warst es« – der Schultheiß fuhr sich bei diesen Worten im Übermaß seiner Verzweiflung mit den Händen m das dünne graue Haupthaar – »du warst es, die mir das Kind stahl, verdarb, tötete –«

»Es ist nicht wahr, es ist nicht wahr, es ist nicht wahr, der Himmel ist mein Zeuge!« rief Benedicte mit einer Heftigkeit dawider, wie sie sie vielleicht nie noch so maßlos gezeigt hatte.

»Es ist nicht wahr, nicht wahr, daß du, nur du jetzt auch an meinem Tode schuld wirst, daß dieser unselige Mensch hier nur um deinetwillen sich mit einem Briefe an mich drängt, der mich verdirbt, der mich vor diesen erbarmungslosen Franzosen zum Verräter stempelt?«

»O mein Gott, was ist denn geschehen, welche neue Sünde habe ich begangen?« fiel Benedicte außer sich ein.

»Ich sag's dir ja, ich sag' dir's, dieser Mensch hier dringt zu mir und gibt mir in Duvignots Gegenwart einen Brief, einen Brief, der mein Todesurteil ist, und das um deinet-, nur um deinetwillen!«

Benedicte vermochte nicht länger sich aufrecht zu erhalten, sie wankte zurück, sie ließ sich rückwärts auf das Lager fallen, das an der Wand ihres Zimmers stand, sie schlug die Hände vors Gesicht und begann bitterlich zu weinen.

»Sie sind ein böser, schonungsloser, grausamer Mann!« sagte Wilderich jetzt mit unterdrücktem Zorne. »Wüten Sie wider mich und nicht gegen sie, die keine Schuld hat. Ihre wilden Vorwürfe machen die Sache nicht besser. Gehen Sie! Ich will nicht fliehen. Ich verlange, daß Sie mich mit Ihrer Tochter allein lassen. Ich verlange eine Unterredung mit ihr, ich will, ich verlange es – ich flehe Sie an darum. Wenn man kommt, mich gefangenzunehmen, so stellen Sie sich vor mich, nur eine Viertelstunde lang schützen Sie mich, bis ich mit ihr geredet habe.«

»Sie sind ein Tor, wenn Sie nicht fliehen. Dort hinter jener Tür« – der Schultheiß deutete mit zitternder Hand auf einen Ausgang im Hintergrunde von Benedictens Zimmer – »führt eine Treppe hinauf – sehen Sie, wie Sie da weiter kommen!«

»Ich sag' es Ihnen, ich will nicht. Gehen Sie, lassen Sie uns allein; nur kurze Zeit schützen Sie mich hier vor dem Verhaftetwerden, das ist alles, was ich will!«

Er drängte den Schultheißen zurück, er schloß die Tür des Zimmers, er ergriff eine der Hände Benedictens, und sich neben sie setzend, sagte er hastig: »Benedicte, hören Sie auf mich, die Augenblicke sind kostbar. Sie müssen sich ermannen, Sie müssen mir in kurzen Worten sagen, um was es sich handelt bei den Vorwürfen, die man Ihnen macht, dann kann ich handeln danach, dann, glaub' ich, kann ich den Frieden in dies Haus bringen und uns alle retten! Ich beschwöre Sie, sprechen Sie, vertrauen Sie mir, daß ich Ihnen solche Geständnisse nur entreiße, weil ich eben muß – ich muß alles, alles wissen, und Sie müssen reden – augenblicklich, es hängen Menschenleben davon ab!«

»O mein Gott, wie kann ich Ihnen das sagen, jetzt, jetzt das alles sagen!«

»Sie müssen es, Sie werden es, Benedicte, in wenigen kurzen Worten müssen Sie es; ermannen Sie sich, schöpfen Sie Hoffnung, raffen Sie Ihre Kraft zusammen!«

»Hoffnung, Hoffnung,« rief Benedicte, ihm ihre Rechte entziehend und die Hände verzweiflungsvoll ringend, aus, »meine einzige Hoffnung ist der Tod – die einzige letzte Erlösung!«

»Und doch müssen Sie reden – reden auf der Stelle, Sie sind es sich, Ihrem Vater, sind es mir schuldig,« drängte Wilderich, fast zornig werdend.

»Ihnen, der solches Unglück in das Haus gebracht –«

»Um Gottes willen, machen nicht auch Sie mir diesen Vorwurf! Um Sie verdien' ich ihn nicht, von Ihnen will ich ihn nicht hören. Was ich verschuldet, denk' ich gutzumachen, nur muß ich es wissen, wie ich es kann! Die Augenblicke sind so kostbar, so entsetzlich kostbar; um des Himmels willen, bei allem, was Ihnen teuer ist, fleh ich Sie an, sagen Sie mir zuerst, ist Ihre Mutter die Geliebte Duvignots?«

»Sie ist es!«

»Ihre Stiefmutter?«

»Ja.«

»Und was ist es mit dem Kinde, das, wie eben der Schultheiß ausrief, Sie entfernt haben sollen, Sie?«

»Es ist das Kind, der Sohn meiner Stiefmutter, der ihr geraubt wurde.«

»Weshalb kamen Sie in diesen Verdacht?«

»Weil ich, solange ich meines Vaters einzige Tochter war, mich auch als seine Erbin betrachten durfte, die Erbin seines großen Reichtums. Er heiratete – schon ein alter Mann – noch einmal, und meine Stiefmutter schenkte ihm einen Sohn. V«n dem Augenblicke an war ich arm, meines Vaters ganzes Vermögen bestand in Lehngut, es gehörte dem Sohne –«

»Weiter, weiter!«

»Ich wurde schlecht behandelt von meiner Stiefmutter. Man wollte mir mit Gewalt einen Menschen zum Manne aufdringen, den ich haßte; ich entfloh deshalb dem väterlichen Hause; in derselben Nacht, in derselben Stunde, verschwand der Sohn meiner Stiefmutter, geraubt, entführt, was weiß ich, und man gab mir schuld, ihn entführt, als den Erben, der mir mein Vermögen genommen, um des elenden Reichtums willen beseitigt zu haben; man fahndete deshalb auf mich wie eine Verbrecherin und verfolgte mich, und deshalb mußte ich mich verbergen, ich mußte mich verbergen vor aller Welt. Ich floh zu einer Verwandten meiner verstorbenen Mutter, der Äbtissin von Oberzell; dort lebte ich im Kloster, bis die Nonnen fliehen mußten, bis es galt, ein anderes Asyl für mich zu finden. Die Äbtissin sandte mich nach Goschenwald; mein böses Schicksal sandte meine Stiefmutter dahin. Alles übrige wissen Sie.«

»Weshalb sagte Ihr Vater, daß Sie sein Leben hätten vergiften wollen?«

»Muß ich auch das Ihnen sagen, auch das bekennen, die Stunde, worin ich schlecht, verächtlich, abscheulich war?«

»Sie waren nie schlecht, nie verächtlich, Benedicte, das sagt mir mein innerstes Gefühl, jede Regung meines Herzens, und ich muß alles wissen, alles!«

»Wohl denn! Es war im Jahre 1792, als dieser Duvignot mit dem Heere Custines nach Frankfurt kam, und das Unglück wollte, daß er sein Quartier in unserm Hause erhielt. Mein Vater war seit einem Jahre erst wieder vermählt. Meine Stiefmutter war sein Weib geworden, weil er sie eben gewählt hatte, weil sie ohne Vermögen war, weil ihre Verwandten den Gedanken, die Hand eines solchen Mannes auszuschlagen, gar nicht hätten in ihr aufkommen lassen; ihre Neigung wurde nicht befragt. Der junge schöne französische Offizier verliebte sich in sie; seine Leidenschaft erweckte die ihre, sein Werben machte sie bald zu seinem völligen Eigentum. Nach einigen Monaten mußte Duvignot Frankfurt verlassen. Meine Stiefmutter gab einem Sohne das Leben. Ein Jahr später kehrte Duvignot zurück; er war verwundet worden, er suchte Heilung, wie er angab, in Wiesbaden; von dort kam er oft zum Besuche zu uns. Endlich, als der Winter kam, siedelte er nach Frankfurt über und war täglicher Gast in unserm Hause; er wollte noch immer nicht ganz geheilt sein, und unter diesem Vorwande mußte es ihm gelungen sein, seinen Urlaub so lange ausgedehnt zu erhalten.

Mein Vater war blind gegen das, was vorging, gegen dies schmähliche Verhältnis. Ich sah es, ich durchschaute es. Auch haßte mich meine Stiefmutter, der es nicht entging, daß meine Augen schärfer waren als die aller andern; und Duvignot teilte natürlich ihre Gefühle gegen mich, bis diese plötzlich sich geändert zeigten. Er führte einen jungen und gewandten Menschen, einen Pariser, der, wie er sagte, der Sohn reicher Eltern, eines verstorbenen Parlamentsrates, war und Güter in der Bretagne befaß, in unser Haus ein; er nannte ihn seinen Vetter von seiten seiner Mutter, einer Dame aus dem bretagnischen Adel. Dieser Mensch warb um meine Hand. Duvignot redete für ihn, meine Stiefmutter befürwortete seine Werbung, mein Vater ward dafür gewonnen. Ich wurde gedrängt, gepeinigt, gescholten. In meiner Not, unfähig, mich länger wider eine Zumutung zu verteidigen, die mich empörte, denn ich verabscheute diesen Franzosen, der mir den Eindruck eines schlauen und geriebenen Intriganten, eines falschen und unreinen Menschen machte – in meiner Not flüchtete ich mich zu meinem Vater; ich sagte ihm alles, ich sagte ihm, wie seine Gattin ihn entehre, wie diese Verbindung, zu der man mich zwingen wolle, nur den Zweck habe, mich, die lästige, scharfblickende Zeugin des strafbaren Verhältnisses, zu entfernen. Mein Vater war aufs tiefste betroffen; er gelobte mir eine strenge Untersuchung, seinen vollen Schutz, sein unerbittliches Dazwischentreten. Er sprach meine Stiefmutter – und ward von ihrer Unschuld so überzeugt, wie davon, daß ich nichts weiter als eine böse, falsche Schlange sei! Dadurch ward ich zum Äußersten gebracht; ich sah keine Rettung und kein Heil mehr außer in der Flucht; ich entschloß mich dazu, ich verließ an einem späten Abend das väterliche Haus, ich flüchtete mich in ein Kloster und wähnte dort in Sicherheit zu sein.

Es war mein Unglück! Dieser eigenmächtige Schritt, der mich befreien sollte, sollte fürchterlich bestraft werden; denn in derselben Nacht verschwand das Kind, der Sohn und Erbe meines Vaters, und wer, wer anders nun hatte das Kind geraubt, entführt, als ich!«

»Furchtbares Zusammentreffen!« rief Wilderich aus. »Aber wie war es möglich zu glauben, Sie, Benedicte, Sie –«

»Meine Stiefmutter haßte mich – was hätte sie nicht von mir geglaubt!«

»Aber Ihr Vater –«

»Mein Vater ist schwach, er liebt sein Weib, wie ein alter Mann ein junges Weib liebt.«

»Das ist entsetzlich. Doch nun, da ich alles weiß, lassen Sie mich reden. Ich habe ein Pfand der Rettung für uns alle – ich habe die Briefe Ihrer Stiefmutter an Duvignot!«

»Die Briefe meiner Stiefmutter, die haben Sie?«

»So sagt' ich!«

»Ihre Briefe an Duvignot? Aber wie ist es möglich –«

»Wie sie in meine Hände kamen, ist gleichgültig; genug, daß ich sie habe, hier wohlverwahrt auf meiner Brust. Ich will zu Ihrer Mutter gehen, ich will ihr sagen: du wirst des Schöffen und wirst meine

Freiheit von Duvignot verlangen, du wirst mir schwören, deinen Verdacht, deine böse Tücke wider Benedicte aufzugeben, du wirst meine Werbung um sie unterstützen; alsdann erhältst du deine Briefe zurück, die in meinem Besitz sind; wo nicht, so wird der, in dessen Händen sie liegen, sie deinem Manne zeigen, er wird sie der Welt zeigen, die Welt wird sehen, daß du ein schlechtes Weib bist, die Welt wird erfahren, daß Duvignot deinen Gatten vor ein Kriegsgericht stellen und ermorden läßt, um – dich zur Witwe zu machen!«

Benedicte sah ihn mit großen Augen an.

»Ich werde Ihnen, die Briefe geben,« fuhr Wilderich eifrig fort, »Sie sollen sie in Händen haben und aufbewahren, damit man sie mir nicht entreißen kann –«

»Eitle Hoffnung!« unterbrach ihn Benedikte jetzt tonlos und zu Boden schauend. »Sie kennen die Leidenschaft dieser Menschen nicht, nicht ihre Gewalttätigkeit! Meine Mutter ist Duvignot bis nach Würzburg gefolgt, sie ist hierher mit ihm zurückgekehrt; hat sie so dem Ärgernis getrotzt, was wird sie am Ende noch fürchten?«

»Aber sie kann nicht wollen –«

»Mag sein, mag sein; aber jedenfalls wird sie Ihnen nicht eher glauben, als bis sie die Briefe sieht, und wenn man sie ihr zeigt, so wird sie wissen, sie jedem, der sie hat, mit Gewalt entreißen zu lassen. Vergessen Sie, daß sie durch Duvignot hier allmächtig ist? Und wird sie sich nicht rächen wollen dafür, daß Sie diese Briefe gesehen, besessen, gelesen haben? Wird Duvignot nicht – aber,« unterbrach sie sich auffahrend, »hören Sie – mein Gott, man kommt, man wird Sie fortschleppen – in den Kerker, in den Tod – und meinen armen, armen verratenen Vater mit Ihnen!«

»Benedicte, fassen Sie sich, wir stehen in Gottes Hand, Gott wird uns nicht verlassen!«

»«Hat er nicht mich längst verlassen, mich, die ich nun zu allem Entsetzlichen auch das noch zu tragen habe, daß ich schuld an diesem unsäglichen Unglück geworden?»« »Da nehmen Sie die Briefe, bei Ihnen sind sie sicherer, bewahren Sie sie mir, bis ich sie Ihnen abfordern lasse.«

Er reichte ihr das Paket, das sie zögernd annahm und dann ängstlich unter das Kopfkissen ihres Bettes verbarg.

»Glauben Sie mir,« fuhr er fort, »diese Briefe werden uns nützen, und wenn nicht, dann werden wir ja auch ohne sie unsere Unschuld beweisen können.«

»Gerade weil Sie unschuldig sind, wird man Sie nicht hören wollen.«

»Gerade deshalb? Aber das wäre ja teuflisch!«

»Die Menschen sind oft Teufel! Duvignot wird es ganz gut durchschauen, daß mein Vater und Sie unschuldig an dem sind, wessen er Sie beschuldigt. Wenn er Sie dennoch anklagt, so ist es ein Beweis, daß er Sie beide verderben will.«

»Er kann doch kein Interesse daran haben, mich zu verderben.«

»Wenn er meinen Vater vernichten will, so müssen Sie mitfallen.«

»Hören Sie, Benedicte, ich verzweifle dennoch nicht; ich kann nicht mit Ihnen glauben, daß dieser Mann so schlecht sei! Wir werden doch vor Richter gestellt werden. Vor diesen werde ich reden. Ich werde ihnen schildern, wie nur meine Leidenschaft für Sie mich verführt hat, hierher zu eilen; wie ich vom Erzherzog nichts anderes gewollt als eine Verwendung für Sie, wie die Angst um Sie allein mich hierher getrieben. Ich werde das mit aller Beredsamkeit, deren ich fähig bin, aussprechen, und wenn Sie, Sie, Benedicte, dann, falls man Sie fragt, meine Worte nicht Lügen strafen, wenn Sie großmütig genug wären, zu bestätigen, daß es so sei, daß Sie mich früher Freund genannt, daß Sie mir das Recht gegeben, für Sie zu handeln – Benedicte, zürnen Sie mir nicht, daß ich so spreche, daß ich so viel von Ihnen verlange – aber Sie würden es ja nicht für mich bloß, auch für Ihren Vater tun, und das–«

Benedikte legte, ohne sich zu besinnen, ihre Hand in die seine. »Weshalb sollte ich es nicht?« sagte sie kaum hörbar. »Habe ich Ihnen auch das Recht, für mich zu handeln, bis jetzt nicht gegeben, so würde ich es in jedem Augenblick gern und bereitwillig tun!«

»O, Sie würden es gern?«

»Ja, mein Freund, der einzige, den ich gefunden habe! – Das ist es eben, was mich Ihnen keinen Vorwurf daraus machen läßt, daß Sie so zum unsäglichen Unheil in dies Haus gedrungen; es ist mir ja, als trüge ich selber daran die Schuld, als hätten meine Gedanken, mein Verlangen Sie hierher gezogen, als hätten diese sehnsüchtigen Gedanken eine unwiderstehliche Gewalt über Sie üben müssen, denn meine Gedanken sind bei Ihnen gewesen, immer, immer, seit ich Sie zum ersten Male sah.«

Wilderich warf sich tieferschüttert ihr zu Füßen, er nahm ihre beiden Hände und preßte sie schluchzend an seine Lippen.

»O Dank, o Dank für dieses Wort! Ein solches unermeßliches Glück geben Sie mir, und dennoch sollte alles, alles schon mit uns aus, sollte unser Leben dem Tode verfallen, sollten unsere Minuten gezählt sein? O es ist, es ist nicht möglich, jede Fiber, jeder Blutstropfen in mir sträubt sich dawider, kocht dawider auf – o Benedikte, lassen Sie uns hoffen, lassen Sie eine kurze Spanne Zeit hindurch uns glücklich sein!«

Er barg sein Haupt an ihren Knien und schluchzte wie ein Kind. Sie legte ihre beiden Hände auf sein, dunkles Haupthaar und lispelte etwas, das er nicht verstand. War es ein Wort der Liebe, ein Bekenntnis des Herzens? Jedenfalls war es ein Gebet.

Das Geräusch von schweren Männerschritten und Waffenrasseln, das beide vorher vernommen hatten, war wieder erstorben. Jetzt wurde es aufs neue hörbar, erst dumpf, dann heller, die Schritte nahten durch den kleinen Korridor, durch den der Schultheiß Wilderich zu Benedicte geführt.

»O fliehen Sie, fliehen Sie!« rief Benedicte aufspringend aus.

»Fliehen?« sagte Wilberich. »Wohin? Und darf ich es denn? Zwar, ich möchte leben, jetzt leben, aber ich darf nicht, ich kann nicht, ich muß das Schicksal Ihres Vaters teilen, ich bin sein einziger Verteidiger, seine einzige Rettung, wenn es eine für ihn gibt. Ich darf ihm nicht fehlen in der Stunde, die über sein Los entscheidet! Aber,« fuhr er, sich plötzlich vor die Stirn schlagend, fort, »wie ist es möglich, daß ich das vergaß! Sagen Sie mir, wer in den Briefen Ihrer Stiefmutter kann G. de B. sein?«

»G. de B.? Wohl Grand de Bateillère, der Mann, den man mir aufdringen wollte.«

»Ah!« rief Wilderich aus, »dann –«

Zum Weitersprechen war es zu spät, wie es auch schon zu spät gewesen wäre zur Flucht – der Kapitän Lesaillier trat über die Schwelle. Hinter ihm standen ein paar Ordonnanzen des Generals.

»Im Namen der, Republik – Sie sind mein Arrestant,« rief der Kapitän zu Wilderich. »Folgen Sie mir!«

Benedicte flog an Wilderichs Brust, sie umklammerte ihn mit krampfhafter Gewalt, und dann riß sie sich wieder mit dem Aufschrei: »Und mein Vater – wo ist mein Vater?« von ihm los und wollte hinausstürzen.

Lesaillier hielt sie zurück.

»Ersparen Sie sich das, Mademoiselle,« sagte er teilnahmsvoll, und bewegt, »Ihr Vater ist nicht in seinem Zimmer – Sie finden ihn nicht ...«

»Er ist fortgeführt – gefangen?«

Der Kapitän zuckte die Schultern.

»Und ich, ich trage die Schuld, daß man ihn in den Tod schleppt, o ewiger Gott, ich allein!« rief sie mit einem Ausbruch furchtbarer Verzweiflung aus, und dann sank sie bewußtlos auf den Boden.

Elftes Kapitel.

Wenn Wilderich und Benedicte eine so lange Zeit behalten, um sich über ihre Lage auszusprechen, so hatte dies seinen Grund in einem Zögern Duvignots, zum Äußersten zu schreiten, in den Gedanken, von denen der General erfaßt und bewegt wurde, nachdem er vorhin das Zimmer des Schultheißen verlassen halte.

Er hatte ein Dokument in der Hand, auf das hin er den unglücklichen Mann vor ein Kriegsgericht stellen und nach vierundzwanzig Stunden erschießen lassen konnte.

Die Proklamationen Jourdans, die eine solche Strafe auf Verbindungen mit der feindlichen Armee setzten, berechtigten ihn vollständig, ja verpflichteten ihn dazu.

Auch ohne dies wäre er berechtigt dazu gewesen, als oberster kommandierender Offizier in einer Stadt in Feindesland, in welcher der Belagerungszustand verkündet war. Sein Oberfeldherr hatte ihm, dem energischen und zudem in Frankfurt durch seinen frühern Aufenthalt so wohlbekannten Mann, die Hut der Stadt übergeben, in der Voraussetzung, daß er schonungslos und unerbittlich die Maßregeln durchsetzen würde, welche notwendig seien, um diesen Punkt möglichst lange dem rückziehenden Heere zu erhalten. Der General konnte nach der Schärfe des Rechts verfahren. Er konnte Marcelline zur Witwe machen! Er konnte den Streit zwischen ihr und ihm mit einem Streiche zerhauen, mit einem Worte enden.

Dieser Gedanke bestürmte ihn, während er die Treppe aus dem Stockwerk des Schultheißen niederstieg; aber er bestürmte ihn auch zu sehr, um ihn sofort mit klarem Bewußtsein einen Entschluß ergreifen zu lassen.

Duvignot war ein Sohn der Revolution, die der Freiheit Hekatomben von Menschenleben gebracht, die zu ihrer Verteidigung den Boden, auf dem sie stand – wie eine angegriffene Feste des Niederlandes sich unter Wasser und Meereswellen setzt – unter Blut gesetzt hatte. Er war ein Soldat und hatte den Tod in allen Gestalten gesehen; er kehrte von einem leichenbedeckten Schlachtfelde heim; der Tod war ihm ein vertrautes Ding, ein ihm gewöhnliches

Ereignis, eine alltägliche Lösung. Er war nicht der Mann, der viel Wesens aus einem Menschenleben machte.

Und dennoch war er erschüttert; er fühlte seine Energie sich brechen bei dem Gedanken an diesen Tod, in den er einen Mann senden wollte, der zwischen ihm und seiner Leidenschaft stand! Diese Leidenschaft war groß und etwas, das ihn blindlings beherrschte, dem er alles zu opfern imstande war. Aber auch das Leben des Mannes, den er betrog und verriet? Er fühlte, daß es etwas Fürchterliches sei um eine solche Tat, daß jenseit derselben für ihn etwas Dunkles, zu Fürchtendes, Grauenhaftes liegen könne, die Reue, die Selbstverachtung.

Als er auf dem Vorplätze vor seinem Zimmer unten angekommen, trat er an die Treppe, welche in den Hausflur hinabführte. Er stand eine Weile in Gedanken verloren; dann winkte er dem Gendarmen, der da unten Wache hielt, und als der Mann vor ihm stand, sagte er: »Ist der Kapitän Lesaillier da?«

»Er ist eben gekommen und unten im Zimmer der Adjutanten.«

»Sagt ihm, er soll einige Leute nehmen und oben die Treppe damit besetzen – der Schultheiß und ein Mensch, der bei ihm ist, werden arretiert werden müssen – aber er soll da oben auf weitere Befehle von mir warten.«

»Zu Befehl, Citoyen General!« versetzte der Gendarm und eilte, dem Kapitän Lesaillier seinen Auftrag auszurichten. Duvignot aber wandte sich und trat raschen Schrittes zurück in das Gemach Marcellinens, das er vorher verlassen hatte. Er fand sie in derselben Stellung in ihrem Sessel am Fenster, wie er sie verlassen, nur daß sie ihr Tuch an die Augen gedrückt hatte.

»Marcelline,« sagte er, auf sie zuschreitend und mit bewegter Stimme, »das ändert alles, da lies!« Er reichte ihr den Brief des Erzherzogs; sie nahm ihn mit lässiger Hand, ohne aufzublicken.

»Was soll ich damit?«

»Lies!«

»Nun,« fuhr sie apathisch fort, nachdem sie das Blatt überflogen, »was soll es? Es ist nichts, was mich just überrascht; ich sagte dir, daß ich dem Erzherzog begegnet bin und am selben Ort Benedicte gefunden habe. Der Brief ist an Vollrath, gib ihn ihm. Ich denke viel an seine Benedicte jetzt!«

»Vollrath erhielt den Brief. Er nahm ihn in meiner Gegenwart, und das genügt, um ihn des Verrats zu überführen. Ich werde Vollrath daraufhin vors Kriegsgericht stellen und erschießen lassen.«

Marcelline fuhr erschrocken zusammen.

»Ah – du – du sagst – nein, ich kann nicht recht gehört haben! Du sagst –«

»Ich könne ihn erschießen lassen, so sagt' ich, und so wird es geschehen.«

»Um Gottes willen, das ist, das kann nicht möglich sein.«

»Laß mich ausreden. Meine Pflicht gebietet mir, die Befehle, die ich erhielt, ausführen zu lassen, und zu diesen Befehlen gehört, unnachsichtlich jede Verbindung mit unsern Feinden zu ahnden; wir können, wir dürfen nicht anders handeln, von stärkern Gegnern umgeben, in Feindesland uns unserer Haut wehrend, in einem Kriege, wo von Schonung keine Rede ist und die Bauerncanaille sogar sich wie eine blutdürstige Bestie auf uns gestürzt hat.«

»Du sprichst dies alles nicht, um mich wirklich glauben zu machen, daß du ein solcher Unmensch, ein so verabscheuungswürdiger Schurke sein würdest –«

»Ruhig, ruhig, Marcelline, zornige Worte bringen uns nicht weiter; höre mich an. Ich werde das Leben deines Gatten schonen, ich werde diesen Brief zerreißen, wenn du es willst. Dagegen wird dein Gatte einwilligen, dir all das deine herauszugeben, dich friedlich ziehen und mir folgen zu lassen! Geh zu ihm und stelle ihm die Bedingung.«

»Um Gott, ich soll zu ihm gehen, ich soll ihm ins Gesicht mein Verbrechen bekennen, ich soll seine Einwilligung in einen schmachvollen Handel verlangen?«

»Wenn du mich liebtest, wie du so oft geschworen, würde ich diese hochtönenden Worte nicht zu hören brauchen,« rief Duvignot mit aufwallendem Zorn aus. »Nimm die Dinge einfach, wie sie liegen! Blicke der Notwendigkeit mit mehr Ruhe und Vernunft ins

Gesicht, laß die Worte und handle. Du stehst vor einem Entweder-Oder, und kein Gott rettet dich vor einer Entscheidung!«

»Daß kein Gott den rettet, der einmal in deinen Händen, scheint in der Tat! Etienne, du bist entsetzlich, es graut mir vor dir!«

Er zuckte mit düsterm Stirnrunzeln die Achsel.

»Entscheide dich und geh!« sagte er, sich ans Fenster stellend und seine Stirn an eine der Scheiben beugend.

»Aber glaubst du denn, glaubst du in der Tat,« rief Marcelline, »daß Vollrath in einen solchen schmachvollen Vertrag einwilligt? Daß er mich gehen heißt, wenn ich ihm als Preis dafür jenen Brief dort biete?«

»Ich denke doch!« stieß Duvignot zornig hervor.

»O, du irrst, du irrst gewaltig. Der alte Mann wird nie in etwas einwilligen, was wider seine Ehre ist, nie – und er liebt mich wahrhaft, mehr vielleicht als du, der imstande ist, mich so zu quälen. Weißt du, was seine Antwort sein wird?«

»Was wird sie sein?« fragte Duvignot. »Er kann dich nicht mit ins Grab nehmen, dieser Mann, der dich mit so heißer Liebe liebt, wie du sagst!«

»Nein, aber er kann übers Grab hinaus mich vor Unglück, vor dem Untergang behüten wollen. Er wird sagen: Ich darf mir das Leben nicht erkaufen wollen mit dem sichern Unglück deines Lebens. Willigte ich ein, so wärst du ein verlorenes Geschöpf, du würdest grenzenlos unglücklich werden an der Seite eines Mannes, der solche Mittel gebraucht, um dich zu besitzen. Deine Zukunft, das ganze Elend deiner Zukunft steht vor mir, und ich will dir nicht das Tor öffnen zu dieser Zukunft; lieber gehe ich in den Tod, der mich nicht entehrt, wie es das Leben nach solch einem Handel tun würde!«

»Welchen Heroismus du ihm zutraust, welche rührende Liebe zu dir!« erwiderte Duvignot verbissen und doch von Marcellinens Worten erschüttert. Aber dies Gefühl wurde nicht Herr über ihn. Die Leidenschaft, die ihm die Trennung von dem geliebten Weibe als etwas Unmögliches, etwas ganz Undenkbares erscheinen ließ, die Kränkung seiner Eigenliebe, die in ihrem Widerstande lag, das

Stachelnde und Schonungslose ihrer Worte, alles das durchwühlte ihn, und bitter rief er aus: »Ihr Weiber seid Egoisten, alle, alle. Du denkst bei dem allen nur an deine Zukunft und die Sicherheit deines Glücks darin!«

»Ihr Männer seid wohl nicht Egoisten? Du bist es nicht in dieser Stunde?«

»Wenn du es nicht bist, nun wohl, so geh, denk' zuerst an deinen Mann und wie du ihn rettest? denk' an ihn und nicht bloß an dein Schicksal, das dir so entsetzlich scheint, wenn du mir folgst, wenn du mir es anvertraust!«

»Ich kann Vollrath nicht retten, er wird es nicht wollen, nur du kannst es. Gib deinen schrecklichen, schurkischen Vorsatz, deinen teuflischen Willen auf.«

»Reize mich nicht mit solchen Worten; es ist genug, daß du sagst: Ich will nicht! Wohl denn, so höre: Du bist es, die deines Mannes Todesurteil unterschreibt, und nachher folgst du mir dennoch.«

»Dem Mörder meines Mannes? Nimmermehr!«

Duvignot wandte sich und schaute eine Weile auf die furchtbar erregte, verzweifelnde Frau nieder.

Der Anblick schien ihn zu erweichen; er fuhr mit der Hand über die Stirn und sagte halblaut: »Suchen wir Frieden, Marcelline; höre mich an. Ich dürste nicht nach dem Blut dieses armen alten Mannes, bei meiner Ehre nicht! Mag er leben! Aber auch wir wollen leben, zusammen leben, denn anders fasse ich das Leben nun einmal nicht! Laß uns darüber einig werden, einig noch in dieser Stunde, damit alles abgetan sei, was neuen Streit zwischen uns entbrennen lassen könnte. Du fürchtest für das Glück deiner Zukunft, für dein Los, wenn du es mir anvertraust; das ist bitter, es ist demütigend für mich. Liebtest du mich so, wie ich dich, so würde kein Raum für solche Bedenklichkeiten in deinem Herzen sein, du würdest in einer Zukunft, die uns die Freiheit gäbe, uns ganz anzugehören, nur das höchste Glück erblicken und vertrauend dem Manne folgen, von dem du weißt, daß du seine ganze Seele besitzest. Sei es drum! Wenn ich deine ganze Seele nicht besitze, so wie du die meine besitzest, so gibt es ein Wesen wenigstens, was sie besitzt, und dieses

Wesen wird die Macht haben, dich zu dem zu bestimmen, was du mir abschlägst.«

»Was willst du sagen?« rief Marcelline aus.

»Ich sagte dir vorhin, daß ich die Macht habe, dich zu zwingen, mir zu folgen. Ich drückte mich verkehrt aus. Nicht in meiner Hand liegt diese Macht, es ist ein anderes Wesen, das dich sich nachzuziehen vermag – «

»Wen, o mein Gott, wen kannst du meinen?«

»Brauche ich dir das noch zu sagen? Ich meine Leopold!«

»Leopold!« fuhr Frau Marcelline empor, sich stracks aufrichtend und die Hand nach Duvignot ausstreckend. »Leopold – was ist mit meinem Kinde, was weißt du von meinem Kinde? Rede, rede, was ist mit ihm, wo ist es?«

»Es ist in Frankreich!«

»In Frankreich? In deinem Lande?«

»In meinem Lande, in meiner Heimat, in der Bretagne, wohl gehütet, wohl aufbewahrt!«

»In deinem Lande – und da ist Leopold! Und das sagst du mir erst heute, erst jetzt! O du belügst mich, du entsetzlicher Mensch!«

»Ich spreche die Wahrheit!«

»Es kann nicht wahr sein, es kann nicht sein. Wie könnte Benedicte, nachdem sie das Kind entführt, es nach Frankreich, in deine Gewalt gebracht haben?»

»Behaupte ich das? Aber könnten meine Nachforschungen nach dem geraubten Knaben nicht erfolgreicher und glücklicher gewesen sein als die deinen? Könnte es mir nicht gelungen sein, ihn aufzufinden, und ihn, meinen Sohn, mein Eigen, das nach allen Gesetzen der Natur mir gehörte, dann in meiner Heimat in Sicherheit zu bringen und mir als einen teuren Schatz, als mein Liebstes da zu bergen?«

»Das – das sollte die Wahrheit sein, das behauptest du?«

»Ich behaupte es, ich schwöre es dir, daß das Kind in meinen Händen ist. Gibt es einen Schwur, der dich überzeugt, so nenne ihn mir, ich will ihn leisten. Bei meiner Ehre? Das genügt euch Weibern nicht, ihr wißt nicht, was einem Manne seine Ehre ist. Bei der Asche meiner Mutter! Ist dir das genug?«

»Aber wie war es dir möglich –«

»Ich habe das Kind Grand de Bateillère anvertraut; ich habe es ihm auf die Seele gebunden, er hat es in die Nachbarschaft von Rennes geführt, zu einer seiner Tanten, die auf dem Lande lebt. Ich hörte lange nichts von ihm, aber sein letzter Brief sagte mir, daß das Kind wohl sei.«

»Und mir, mir verschwiegst du das?«

»Ich verschwieg es dir – vielleicht in der Voraussehung einer Stunde wie diese; einer Stunde, wo ich die Demütigung erlebe, zu sehen, daß meine Bitte: Verlaß mich nicht und folge mir, machtlos an dir abgleitet, wo ich dir sagen muß: Folge mir denn zu deinem Kinde, du wirst sonst dein Kind nie wiedersehen. Hatte ich recht,« fuhr er, als Marcelline nicht antwortete, mit Bitterkeit fort, »hatte ich recht, als ich dir sagte, ich könne dich zwingen?« Marcelline stand wie erstarrt, wie versteinert. Sie war totenbleich geworden. Nur in ihren unheimlich vergrößerten Augen, die auf ihm ruhten, schien noch Leben zu sein. So blickte sie ihn an, daß ihm unheimlich zumute wurde, daß er die Brauen zusammenzog und gebieterisch sagte: »Nun, so rede doch endlich!«

»Du hattest nicht recht!« stieß sie kaum hörbar hervor. »Nein, bei Gottes rächendem Strafgericht nicht! Du der Verbündete dieser Benedicte, um mir den größten Schmerz meines Lebens zu bereiten!«

»Das war ich nicht, ich war nicht ihr Verbündeter.«

»Und wenn auch, du konntest meine Angst um das Kind, meine Qual sehen und doch sagen, du liebtest mich! O unerhört, unerhört, unerhört!«

Sie sank in ihren Sessel zurück, sie schlug ihre Hände vors Gesicht und brach in bitteres Schluchzen aus.

»Gib mir mein Kind,« rief sie aus, »gib mir mein Kind zurück, und dann, dann laß mich nie, nie wieder den Vater dieses Kindes sehen!«

»Marcelline!«

»Ich will mein Kind von dir, nichts, nichts als das. Gib mir mein Kind zurück!«

»So fasse dich doch! Du wirst mit mir kommen, wir werden zusammen es wiedersehen.«

»Mit dir? Nie, nie! Aber ich werde es mir holen, ich werde es zu suchen, zu finden wissen; ich werde barfuß gehen und mich von Tür zu Tür betteln, wenn es sein muß, um mein Kind wiederzuerlangen; ich werde seinetwegen alles, alles opfern, ich werde meinen Ruf mit Füßen treten lassen, ich werde alles tun, was ein Weib tun kann, nur das eine nicht, dir Menschen ohne Seele und ohne Herz im Leibe zu folgen. Bei Gott, dies scheidet uns auf ewig!«

»Marcelline,« rief Duvignot leidenschaftlich aus, »mach' mich nicht rasend, nicht toll. Dies ist nicht dein letztes Wort, oder–« »Es ist mein letztes, unwiderruflich!«

»Wenn ich dir alles auseinandersetzen könnte, was mich bestimmte, was mich zwang –«

»Was bedarf es dessen? Du sahst meinen Schmerz, meinen furchtbaren Schmerz, die Not einer Mutter um ihr verlorenes Kind, und schwiegst! Es ist genug, übergenug. Sprich mir kein Wort mehr, geh, räche dich, tue, was du magst und kannst, töte, erschieße, bade dich in Blut, mich beugst du nicht mehr!«

»Zorniges, unvernünftiges, eigensinniges Weib,« brauste jetzt Duvignot auf, »füge dich in meinen Willen, oder –«

»Niemals! Du kannst mich zerbrechen, aber nicht beugen!«

»Nun dann im Namen der Hölle!« schrie Duvignot, »gebrochen sollst du werden! Es ist dein Trotz, der mich zwingt zu handeln!«

Er stürzte, den auf den Boden gefallenen Brief des Erzherzogs an sich reißend, davon und draußen einige Stufen der Treppe zum obern Stock hinauf, bis ihm auf seinen Ruf der Kapitän Lesaillier entgegeneilte.

»Der Schultheiß wird auf die Hauptwache abgeführt,« befahl er diesem. »Dann bemächtigen Sie sich des Menschen in der Chasseu-

runiform, den Sie da oben bei dem Schultheißen finden werden;
beide werden streng bewacht!«

Zwölftes Kapitel.

Wir sahen, wie die Befehle des Generals sofort ausgeführt worden waren. Der Kapitän Lesaillier hatte zuerst den Schultheißen Vollrath abführen lassen, dann hatte er sich der Person Wilderichs bemächtigt. Dieser folgte jetzt den Soldaten; der Kapitän schritt hinter ihm drein. In seiner furchtbaren Erregung, in seiner Erschütterung war es Wilderich schwer, die Besinnung zu bewahren, und doch hatte er alle seine Fassung nötig, um den Gedanken, der wie ein Licht in seine Seele gefallen, festzuhalten; den Gedanken, der ihm in all dieser unsäglichen Aufregung nicht früher gekommen, der jetzt wie ein Blitzstrahl ihn bei Benedictens letzter Antwort durchzuckt hatte und an dessen Ende die Rettung, sichere Rettung lag!

»Kapitän,« sagte er deshalb, sich beim Hinabschreiten der Treppe zu Lesaillier umwendend, »Kapitän, wenn Sie Ihrem General einen großen Dienst leisten wollen, so gestatten Sie mir, daß ich ein paar Worte mit Ihnen unter vier Augen rede!«

»Sie werden vor dem Kriegsgericht reden können, morgen!« antwortete der Kapitän.

»Nein,« versetzte Wilderich, »des Generals Privatangelegenheiten und die der Dame dieses Hauses gehören nicht vor das Kriegsgericht.«

»Pst!« rief Lesaillier aus. »Und davon wollen Sie mit mir reden?«

Er maß ihn mit einem verächtlichen Blick von oben bis unten.

»So ist es. Ich bitte Sie dringend darum; wenn Sie mich anhören, werden Sie Ihrem Vorgesetzten den größten Dienst leisten, den ihm ein Sterblicher in diesem Augenblicke leisten kann!«

»Merkwürdig! Und was liegt Ihnen daran, ob ihm ein Dienst geleistet wird oder nicht? Ihnen – in Ihrer Lage?«

»An Ihrem General liegt mir nichts, aber an einer andern Person, für die ich nicht handeln kann, ohne auch Ihrem General zu nützen.«

»Nun, so treten Sie,« sagte Lesaillier zögernd, doch betroffen von dem Ernst, womit Wilderich sprach, »treten Sie dort ein.«

Sie waren unten auf dem Flur angekommen, und Lesaillier deutete auf die Tür, die links von der Haustür in einen Raum führte. Wilderich trat ein, Lesaillier folgte ihm, während auf seinen Wink die Soldaten vor der Tür blieben.

»Also was wollen Sie?« fragte der Kapitän, nachdem sich die Tür hinter ihnen geschlossen, herrisch und wie über seine eigene Nachgiebigkeit verdrossen. »Reden Sie!«

Es standen im Hintergrunde des Zimmers ein paar Offiziere und einige Leute in Zivil zusammen; Wilderich trat also in die erste Fensternische, wo er ungehört sprechen konnte.

»Was ich will,« sagte er, »ist die Freiheit auf dreißig bis sechsunddreißig Stunden, gegen mein Ehrenwort, daß ich nach Verlauf dieser Zeit mich wieder zur Haft stellen werde.«

»Ah!« rief der Kapitän, halb verwundert, halb spöttisch aus.

»Und Sie werden mir die Freiheit geben,« fuhr Wilderich fort, »wenn –«

»Wenn ich gesehen habe, daß Sie ein Narr sind, der unzurechnungsfähig ist und den man deshalb laufen läßt, wollen Sie sagen!«

»Nicht doch, Sie werden mir die Freiheit für so kurze Zeit geben, wenn ich Ihnen einen Preis dafür biete, den Sie nicht ausschlagen werden.«

»Und dieser Preis wäre?« sagte achselzuckend der Kapitän.

»Es ist eine ganz geheime Korrespondenz der Frau des Schultheißen mit Ihrem General.«

»Teufel, die hätten Sie?«

»Sie ist in meine Hände gefallen mit dem im Spessart aufgehobenen Fourgon des Generals.«

»So werde ich sie Ihnen einfach abnehmen lassen.«

»Das können Sie nicht, denn ich trage sie nicht bei mir.«

»Wo ist sie?«

»Sie werden da« erfahren nach meiner Freilassung.«

»Ich soll Sie freilassen auf Ihr bloßes Wort hin, daß Sie diese Briefe besitzen, an deren Wiedererlangung allerdings dem General gelegen sein mag!«

»Sie werden das,« fiel Wilderich ein; »diese Briefe werden sonst veröffentlich werden und die Welt wird erfahren, daß die Verfolgung des Schultheißen Vollrath durch den General eine Handlung der allerniedrigsten und verächtlichsten Privatleidenschaft war. Wenn sich der General daraus am Ende nichts machen sollte, so wird die Frau, um deren Ruf es sich handelt, desto mehr Wert darauf legen, nicht so bloßgestellt zu werden!«

Der Kapitän sah Wilderich eine Weile nachdenklich an.

»Aber was wollen Sie denn eigentlich, daß geschehe?« sagte er dann. »Sie können doch unmöglich begehren, daß man Sie so ohne weiteres und auf das gütige Versprechen hin, daß Sie jene Briefe ausliefern wollen, laufen lasse?«

Wilderich unterbrach ihn, indem er zu dem Tische im Hintergrunde des Raumes, auf welchem sich Schreibmaterialien befanden, schritt und ein Blatt nahm, um hastig einige Worte daraufzuschreiben.

»Was schreiben Sie da?«

Wilderich gab das Blatt an den Kapitän. Dieser las die Worte:

»Geben Sie die Briefe, welche ich Ihnen anvertraute, an den Überbringer dieser Zeilen. Wilderich Buchrodt.«

»Nun,« fragte der Kapitän, »an wen ist dieser Zettel gerichtet?«

»Geben Sie mir die Freiheit, dann gebe ich Ihnen die Adresse! Mein Ehrenwort darauf gegen Ihr Ehrenwort!«

»Gut denn,« versetzte Lesaillier, »ich will zum General gehen und ihn entscheiden lassen. Sind Sie damit einverstanden?«

»Völlig! Aber eilen Sie!«

Der Kapitän ging. Nach wenigen Minuten kam er zurück. Auf die Schwelle des Zimmers tretend, winkte er Wilderich zu sich. Dieser trat auf ihn zu.

»Kommen Sie,« sagte Lesaillier, »die Adresse, dann können Sie gehen, wohin Sie wollen!«

»Ihr Ehrenwort, daß mich niemand hindern wird?«

»Sie haben es. Stellt sich jedoch heraus, daß die Adresse, die Sie geben, eine falsche ist, daß sie uns hintergehen wollen, so wird man Ihrer schon wieder habhaft werden und Sie füsilieren.«

Nachdem Lesaillier diese Antwort gegeben, wandte er sich durch die offene Tür zum Flur zurück und sagte zu den zwei Soldaten, welche als Posten sich davor aufgestellt hatten: »Ihr könnt gehen, Leute, der Mann hier ist frei.«

»Also die Adresse!« wandte er sich dann an Wilderich zurück.

»Übergeben Sie den Zettel an Fräulein Benedicte Vollrath!« antwortete Wilderich.

»Die Briefe sind in ihren Händen?«

»So ist es, Herr Kapitän. Und nun auf Wiedersehen!«

Wilderich grüßte leicht und schritt davon. Der Kapitän eilte mit seinem Zettel zum General hinauf, den er umdrängt von Menschen und Geschäften oben in seinem Zimmer und wie einen zornigen Löwen dazwischen auf- und abrennend fand.

Dreizehntes Kapitel.

Eine Viertelstunde später hatte Wilderich mit Hilfe des ehrlichen Sachsenhäusers seinen Braunen aus dem Stalle im Grauen Falken gezogen und saß im Sattel, um heimwärts in seinen Spessart zu reiten. Hatte der arme Klepper bei dem Herritt sich scharf zusammennehmen müssen, so war es jetzt bei der Rückkehr zehnmal ärger. Die Wege waren durch den Marsch so vieler Truppenkolonnen, Geschütze, Proviant- und Munitionswagen und was alles sich mit einer Armee dahinwälzt, in einen fürchterlichen Zustand geraten. Nur gut, daß die Straße von diesen Zügen selbst freier war als am gestrigen Tage und am Morgen; der weitaus größere Teil dessen, was von der Sambre- und Maasarmee durch den Spessart gezogen, war rechtsab in die Wetterau marschiert oder hatte seinen nächsten Bestimmungsort, Frankfurt, erreicht. Nur noch die Marodeurs und Nachzügler begegneten Wilderich, der in gestrecktem Lauf, ohne sich viel um sie zu kümmern, meist mitten durch ihre Haufen hindurchtrabte. So erreichte er Hanau am tiefen Abend; er ließ dem Pferde in Wein getränktes Brot geben, und es trug ihn weiter, unermüdlich, bis in die tiefe Nacht hinein, bis nach Aschaffenburg. Hier aber drohte es zusammenzubrechen. Wilderich mußte sich entschließen abzusteigen und es über holperiges Pflaster am Zügel durch ein paar Straßen zu führen, bis er ein Wirtshaus entdeckte, vor dessen noch geöffnetem Einfahrtstor eine Laterne brannte. Da fand es Stall, Streu und Rast. Wilderich aber fühlte, daß an Rast und Ruhe für ihn nicht zu denken sei; er ging, nachdem er gesehen, wie sein Tier von einem verschlafenen Hausknecht versorgt worden, in das große gewölbte Gastzimmer neben dem Eingangsflur des Hauses.

Es war still und menschenleer, das weite Gastzimmer zum Goldenen Faß in der Schmiedstraße zu Aschaffenburg. Auf der Bank am Kachelofen lag ein halbwüchsiger Junge, mit dem Rücken an die Wand gelehnt, den Kopf auf die Brust gesenkt; er war nach des Tages Last und Mühen selig entschlafen. Nur ein verspäteter Gast war noch da; ein starker Mann mit einem dreieckigen Hut auf dem vollen, runden und stark blatternarbigen Gesicht, in dem die kleinen Augen fast ganz verschwanden, saß am Ende des langen Raumes, die beiden Ellbogen auf den Tisch vor sich stemmend und nachdenklich in sein halbgeleertes Bierglas blickend.

Er erhob den Kopf, als Wilderich eintrat, schob den dreieckigen Hut leise mehr auf den Hinterkopf zurück, als ob er so den Fremdling besser beobachten könne, und folgte ihm mit seinen blinzelnden Blicken, während dieser den schlafenden Burschen aufrüttelte und ihm auftrug, Wein und Brot zu holen.

Wilderich setzte sich dann in einiger Entfernung von dem anderen Gaste an den Tisch. Dieser nickte ihm freundlich zu.

»Nix teutsch?« sagte er lächelnd.

»Ich spreche deutsch!« antwortete Wilderich.

»Sieh, sieh,« fuhr der Mann, indem er aufstand, sein Glas nahm und sich in Wilderichs Nähe setzte, fort, »dacht' mir's gleich, trotz Eurer grünroten Jacke – Chasseurs nennt Ihr euch, denk' ich? – na ja, dacht' mir's gleich, Ihr wärt keiner von den echten, sondern einer von denen aus dem Elsaß, oder von denen vom Rhein drüben, die so mitlaufen; 's sind ihrer wenig drunter so stattliche Leute wie Ihr. Also Ihr sprecht deutsch; da können wir ein wenig diskurrieren zusammen. Es ist gar langweilig, wenn man so allein nachts bei dem kalten Bier sitzt.«

»Und weshalb sitzt Ihr so spät allein hier?« fragte Wilderich den geselligen Mann.

»Na ja, seht,« versetzte dieser, »was soll man zu Bett gehen, wenn man weiß, man findet doch seine Ruhe nicht? Es ist von wegen des Geblüts, müßt Ihr wissen, von wegen des Geblüts! Wenn ich mich leg', so ist's just, als ob ich einen Tobel da hätte; hier und hier« – der Mann deutete erst auf seine rechte und dann auf seine linke Schläfe – »just wie ein Tobel, sag' ich Euch, wie ein kleiner Mühlenkolk, wenn die Räder am Drehen sind!«

»So müßt Ihr kein Bier trinken, sondern zur Ader lassen.«

»Ist schon wahr,« versetzte der Mann gutmütig lächelnd, »bin auch nicht faul mit dem Aderlassen; werden schon sehen, werden schon sehen. Es ist viel zur Ader gelassen worden im Spessart in diesen Tagen, gar wüst und bös; es war eine wüste Geschichte; bin auf- und davongelaufen vor der wüsten Wirtschaft, konnt's nicht mehr ansehen; das sakrische Bauernpack – ist doch eine greuliche Sach', wenn so der plumpe Bauer losbricht!«

»So habt Ihr nicht geholfen, mit den andern draufzuschlagen?«

»Ich? Der Gaishofstoffel? Was denkt Ihr? Ich? Mich graust's! Auf Euch Franzosen losschlagen? Das mögen die Kaiserlichen tun: denn ihre Sache ist's! Das sind Soldaten. Und Ihr Franzosen seid auch Soldaten; mögt's miteinander ausmachen. Was geht's einen friedfertigen Bauersmann an?«

»Aber es ist doch arg gehaust worden von der französischen Armee im Frankenland!«

»Arg gehaust – nun ja, ein wenig arg schon ist's hergegangen: geplündert und gebrannt, geraubt und geschändet – wie's so im Kriege hergeht – die Kirchen besudelt und die Pfarrer gezwickt. Dem in Strullendorf, dem Pfarrer Rück ist's am schlimmsten ergangen. Ihr wißt wohl nicht davon? Sie haben ihn geplündert, mißhandelt, ihm mit einem Grabscheit in den Hals gehauen, ein Stück von der Nase abgeschlagen und ihn in den in Flammen stehenden Widum gestoßen; da hat der arme Teufel gemeint, im Keller kann er sich vor dem Feuer retten; und da hat man ihn denn am andern Tage gefunden, ganz ausgebraten! Ihr seid wohl nicht dabei gewesen?«

»Nein,« sagte Wilderich trocken.

»Es ist eben der Krieg,« fuhr der Mann mit seinem stereotypen gutmütigen Lächeln fort, »und das muß man so hinnehmen, wie's Gottes Wille ist; was geht's einen armen Bauersmann an? Ich habe gesehen, wie sie drei französische Offiziere, die sie gefangen hatten, nackt auszogen und an drei Bäume hingen; im Wald, nahe beim Bessenbacher Schlosse war's. Ihre Kleider verbrannten sie, das Satanspack von Bauern.«

Der Mann hatte, während er so mit einem ganz eigentümlichen Ausdruck von Harmlosigkeit diese Greuelgeschichten vorbrachte, eine Bewegung mit dem rechten Arme unter dem Tische gemacht, die Wilderich nicht entging. Es war, als ob er aus der Seite seines Beinkleides etwas hervorgezogen und damit unter die Tischplatte gedrückt. Wilderich glaubte die Bewegung zu verstehen: sie schien in verdächtiger Verbindung mit einer Landessitte zu stehen, die weniger harmlos war als des seltsamen Gastes gutmütiges Lächeln dabei. Wilderich zog nach einer Weile, während der er seinen späten Gesellschafter nicht aus dem Auge verloren, einen Schlüssel aus seiner Tasche hervor, spielte damit eine Zeitlang und ließ ihn dann wie achtlos zu Boden fallen und bückte sich nun, um ihn aufzuheben.

Er sah dabei ein großes breites Messer zwischen den Knien des andern mit der Spitze in die untere Seite der Tischplatte gestoßen; der Mann konnte es mit einem raschen Griff danach sofort festgefaßt haben. Wilderich zog es heraus und betrachtete es, dann legte er es ruhig vor seinen Gesellschafter auf den Tisch.

»Ihr führt da eine stramme Klinge!« sagte er, ihn fest ansehend.

»Mein Gott, ja, ohne die wag' ich mich schon gar nicht mehr hinaus,« sagte der Mann. »Man wird so schreckhaft in solchen Zeiten; man denkt immer, es könnt' einem was zustoßen; und wenn man dann so gar nichts hat, sich zu verdefendieren gegen Marodeurs und böse Menschen, die sich einen Spaß daraus machen, einem das Lebenslicht auszublasen, dann –«

»Ihr haltet mich auch wohl für einen Marodeur?« fragte Wilderich.

Der Mann schüttelte den Kopf.

»Gott behüte!« sagte er. »Die Eurigen, auch die Marodeurs, sind längst alle zum Spessart hinaus. Die Österreicher sind da nun schon nachgerückt; Ihr seht mir eher aus wie einer, der mit einer Botschaft, einem Brief oder dergleichen abgeschickt ist; vielleicht von denen, die rechtsab in die Wetterau marschieren, an die in Hanau oder Frankfurt drüben? Ihr dient bei den leichten Reitern; das muß solche Botendienste tun.«

Wilderich hatte die Erfrischungen, die ihm der verschlafene Bursche gebracht, zu sich genommen und stand jetzt auf. Der gutmütige Mann mit dem dreieckigen Hut auf dem Hinterkopfe und den lächelnden Schweinsaugen machte ihm einen Eindruck, der ihn von der Fortsetzung des Gesprächs abhielt. Er fand sich nicht veranlaßt, ihn darüber aufzuklären, daß er trotz seiner Uniform kein Franzose sei, und wandelte lieber schweigend in der Gaststube auf und ab.

Der Gaishofstoffel folgte ihm dabei mit den Augen, ohne einen Versuch zu machen, das Gespräch wieder aufzunehmen. Er trank in raschen kleinen Schlucken ein Glas Bier nach dem andern. Sein großes Messer hatte er still wieder eingesteckt.

Endlich ertrug Wilderich die erzwungene Rast nicht mehr. Er hatte es von den Türmen der Stadt schlagen hören, eine Viertelstunde nach der andern; er vermochte es nicht über sich, seinem Pferde eine längere Ruhe zu gönnen, und ging, um im Stalle nach dem Tiere zu sehen. Es hatte zum guten Glück, nachdem es von der ersten Ermüdung verschnauft, sich gierig über sein Futter hergemacht; Wilderich ließ ihm nachschütten, wartete im Stalle noch eine Viertelstunde, bis es seinen Hafer verzehrt hatte und getränkt worden, und ließ es dann herausziehen.

Es war zwei Uhr morgens, als er aus dem Wirtshause fortritt. An den erleuchteten Fenstern der Gaststube vorüberreitend sah er, daß diese jetzt auch vom Gaishofstoffel verlassen war; der Bursche löschte eben die Lichter aus.

Wilderich ritt dem Sandtore zu durch die schweigenden Gassen, die vor kurzem noch Zeugen so wüsten Tumults gewesen, denn am Tage vorher war bereits eine österreichische Truppe mit einem starken Haufen Spessartbauern hinter den fliehenden Franzosen in fortwährendem Fechten, Schießen und Verfolgen in die Stadt eingebrochen. Die Franzosen waren weitergeflohen, die Österreicher und die Bauern ihnen nach, rechtsab nach Gelnhausen zu.

Eine kühle Nachtluft wehte draußen vom Main her unseren einsamen nächtlichen Reiter an. Er knöpfte seine Uniform dicht zu und trieb sein Pferd zu raschem Schritte an – der Weg war zu schlecht, die Dunkelheit zu groß, als daß es anders als im Schritt hätte vorwärts kommen können. Es ließen sich kaum die Gegenstände zur Rechten und Linken des Weges unterscheiden, da der Himmel mit Wolken bedeckt war und nur im Süden ein breiter, kalter Streifen am Horizont dämmerte. Wilderich konnte kaum so viel von dem Wege vor sich sehen, um sein Pferd um die schlimmsten ausgefahrensten Wegstellen herumführen zu können.

Doch hatte er ein paarmal den Eindruck, als ob er den Weg nicht allein mache. Sich umblickend hatte er etwas wie einen gleitenden Schatten bemerkt, der sich im Dunkel einer Reihe Weiden, die auf einem Anger zur Seite des Weges standen, fortbewegte. Er hielt an, um zu sehen, ob das dunkle Etwas aus dem Schatten der Weiden, da, wo diese aufhörten, auf die freie Fläche herauskommen würde; aber er mußte sich getäuscht haben, es erschien nichts. Zehn Minuten weiter, den Bergen sich nähernd, lief der Weg durch ein Tannicht; in den schlanken Wipfeln und Ästen der noch jungen Bäume pfiff wie mit leisen Klagetönen und langgezogenem Ächzen der Nachtwind ein unheimliches Lied; als ob die Nacht den in diesen Gründen Gefallenen den Totensang halte; aber es war Wilderich auch, als ob unter den Bäumen Schritte von Zeit zu Zeit dürres Reisig zerträten; es knisterte, als ob ein Wild scheu durch den Tann bräche.

Ein Wild, das konnte es ja auch sein, obwohl es seltsam gewesen wäre, wenn ein Wild nach all dem Lärm und Schießen der Menschenjagd sich schon jetzt wieder in diese Wegschluchten des beginnenden Waldgebirges gewagt hätte!

Wilderich zog vorsichtig eine der Pistolen aus seiner Satteltasche hervor und lockerte den Säbel, der von Zeit zu Zeit klirrend an seine Sporen schlug, in der Scheide.

Das Geräusch aber erstarb. Wilderich begann an andere Dinge zu denken, an die Erlebnisse, die so mächtig seine Gedanken gefangenhielten; er berechnete die Zeit, die er zu seiner Reise bedurfte, er dachte über die Möglichkeit nach, sich ein anderes Pferd zu verschaffen, wenn das seine den Dienst in völliger Erschöpfung versagte. So war er an eine Stelle des Weges gekommen, wo er sich zwischen zwei hohen Ufern befand, die, oben mit Bäumen bestanden, über seinen Pfad unten tiefe Schatten völliger Finsternis legten. Er warf seinem Tiere den Zügel auf den Nacken und ließ es seinen Weg sich selber suchen, was es, von Zeit zu Zeit gebückten Halses den Boden mit feinen Nüstern anschnaubend, tat.

Plötzlich stand es still, stierte vorgestreckten Halses in die Dunkelheit hinein und wieherte wie in Angst und Schrecken laut auf. Gegen Wilderichs Schenkeldruck in seine keuchenden Flanken sträubte es sich mit einem heftigen Rückwärtsprallen.

Wilderich schimmerte etwas Helles, ein Gegenstand etwa von Menschenlänge entgegen, der quer auf seinem Wege lag; aber er sah es nur mit einem halben Blick – ehe er Zeit gehabt, es zu fixieren, fuhr im nächsten Augenblick von dem hohen Ufer linksher ein anderer Gegenstand, eine wie rasend sich auf ihn werfende Gestalt im Sprunge herab, saß auf der Croupe seines Pferdes, umklammerte seine linke Schulter und vor den Augen des überraschten Reiters zuckte etwas wie eine Klinge.

Die Klinge war zum Stoß gezückt, aber sie konnte den Stoß nicht ausführen. In demselben Augenblick, in welchem das Pferd die neue Last auf sich niederkommen gefühlt, hatte es sich steilrecht gebäumt, und statt eines Stoßes in die Seite fühlte Wilderich nur die schwere Faust sich krampfhafter in seine Schulter krallen, um sich festzuhalten.

Er selbst hatte durch die Bewegung des Pferdes sich nicht irren lassen in seinem blitzschnellen Griff nach der Pistole; er faßte sie am Lauf und führte mit dem Kolben einen rasenden Schlag um sich. Der Schlag traf mit einem lauten Krach; die Faust an seiner Schulter ließ los; rechts von Wilderich fiel das Messer hin und hinterwärts glitt die Gestalt von der Croupe des Pferdes nieder; mit einem Aufschrei, einem Stöhnen fiel sie zu Boden, plump und schwer. Wilderich atmete ein paarmal aus tiefster Brust auf; er hatte Mühe sich zu fassen und seine Gedanken so weit zu sammeln, um sich Rechenschaft darüber zu geben, was in dem kurzen Augenblick alles geschehen. Dann glitt er aus dem Sattel zur Erde nieder, beugte sich über den hinter dem schnaubenden Pferde liegenden dunkeln Körper, der mit den Armen und Beinen Zuckungen machte, röchelte, dann unbeweglich dalag. Neben ihm, einen Schritt weiter, lag ein dreieckiger Hut. So dunkel es war, Wilderich glaubte diese starke, untersetzte Gestalt zu erkennen, trotz der schwarzen Flut, die über das breite Gesicht strömte, der schwarzen Flut, über deren Toben in seinen Schläfen der Mann vor so kurzer Zeit noch geklagt. Es war der pockennarbige Mann ans dem Wirtshause zu Aschaffenburg, der Gaishofstoffel, der Franzosenjäger, dem ein schicksalschwerer Irrtum hier den Hieb einer deutschen Faust zugezogen, einen Hieb, der ihm an der Schläfe den Schädel gespalten!

So viel war gewiß, der Mann atmete nicht mehr, er rührte sich nicht mehr, er war tot.

Wilderich blickte eine Weile starr auf ihn nieder, dann ermannte er sich. Er machte ein paar Schritte vorwärts und beugte sich dann noch einmal über den hellern Gegenstand, der vor seinem Pferde quer über den Weg lag. Es war eine geplünderte Leiche, gewiß die eines Franzosen. Der Gaishofstoffel mußte, als das Pferd davor scheute und stehenblieb, in der tiefen Wegschlucht, gerade den Augenblick gekommen geglaubt haben, um sich auf den vermeintlichen Feind zu stürzen, dem er aus dem Wirtshause bis hierher gefolgt war, um an dem einsamen Reiter einen Akt seiner Wiedervergeltungswut mehr zu üben!

Wilderich konnte nichts tun, als das Grausen von sich abschütteln, das ihn zwischen den zwei Leichen, bei denen er in dunkler Nacht so allein dastand und deren eine von seiner Hand gefällt war, erfaßt hatte. Wären auch noch Zeichen des Lebens in dem von ihm Erschlagenen gewesen, er war außerstande, ihm beizuspringen; er beschränkte sich deshalb darauf, den Körper beiseitezuziehen, ihn mit der Brust aufrecht gegen das hohe Wegufer zu lehnen, dann nahm er sein Pferd am Zügel, führte es an der andern Leiche vorüber und sprang jenseit derselben wieder in den Sattel, um dem Schauplatz der grauenhaften Begegnung so schnell wie möglich zu entkommen.

Je weiter Wilderich kam, desto häufiger wurden die Spuren der in diesen Tälern, durch die ihn sein Weg führte, stattgefundenen Kämpfe. Vor den Leichen scheute sein Pferd bald nicht mehr zurück, es bog nur schnuppernd und schnaufend zur Seite aus; zuweilen stieß es mit den Hufen klirrend an weggeworfene Waffen oder bog vor abgespannten, stehengebliebenen Fuhrwerken aus. Auf Truppen stieß Wilderich nicht mehr; der Paß, den ihm Sztarrai gegeben, war überflüssig; die Hauptstärke der Österreicher und die der bewaffneten Bauern verfolgte die Franzosen auf den Straßen über Hammelburg und Brückenau nach der Lahn hin. Der Erzherzog Karl, der auf Frankfurt marschiert war, um es zu okkupieren und die Besatzung von Mainz, das seine Siege von der französischen Umschließung befreien mußten, an sich zu ziehen, biwakierte mit seinen Truppen auf den Straßen, die rechts von Wilderichs Wege am Mainufer hinliefen, und in der Umgegend von Aschaffenburg, durch das Wilderich, wie wir sahen, ohne Aufenthalt gekommen war.

Es war am Nachmittage, als Wilderich an seinem Ziele, seinem einsamen Forsthause, ankam. Schon als er bei einer Wendung der Mühlenschlucht das Haus erblickte, sah er sich über eine Sorge, welche er in sich getragen, beruhigt. Er fürchtete, daß die Greuelszenen des Kampfes und der Verfolgung, welche an den vorigen Tagen hier stattgefunden hatten, die alte Margarete mit dem Knaben auf- und davongetrieben haben könnten, daß sie sich in einer noch einsamer liegenden Gegend des Waldes ein Asyl gesucht und darin verborgen habe. Zum guten Glück sah er sie auf der Treppe vor dem Hause sitzen, den Knaben zwischen ihren Knien, wie sie immer dasaß, wenn Wilderich abends heimkam, heute nur nicht beschäftigt wie immer, denn ihr Spinnrad stand neben ihr, sie hatte die Hände gefaltet auf der Schulter des Knaben liegen und sah nachdenklich zu Boden.

Leopold schrie auf, als er den Reiter erblickte und Wilderich erkannte. Er stürzte ihm entgegen mit dem lauten Freudenruf: »Bruder Wilderich! Da bist du!«

»Da bin ich, mein Junge. Gott sei gedankt, daß du zur Stelle bist!« antwortete Wilderich, aus dem Sattel gleitend.

»Heb' mich auf dein Pferd, Bruder Wilderich,« sagte der Kleine, den Steigbügel erfassend.

»Nicht gleich, du wirst schon hinaufkommen, mein Kind, und länger, als dir lieb sein wird!« erwiderte Wilderich und gab der alten Margarete, die dem Knaben nachgeeilt kam, die Hand.

»Wie geht's, Margaret? Ihr lebt also noch und seid nicht gestorben vor Schrecken?«

»Vor Schrecken nicht,« antwortete die Alte, »aber beinahe aus Angst, daß es Euch ans Leben gegangen, daß Ihr unter irgendeiner Buche oder Tanne im Weggraben lägt, und daß ich nun dasäße mit dem verlassenen Jungen da.«

»Für den Jungen ist gesorgt, Muhme Margaret,« erwiderte Wilderich, »er wird dir von nun an nicht die geringste Sorge mehr machen!«

»Das Kind – der Leopold?« rief Margarete erschrocken aus.

»Der Leopold – ich komme, ihn seinen Eltern zu bringen.«

»Ah, Ihr scherzt wohl, Ihr werdet das Kind nicht fortbringen wollen, das arme Kind –«

»Es ist nicht arm, Margaret `– seine Eltern –« »Seine Eltern haben es verlassen,« fiel sie hitzig ein, »nun gehört das Kind uns, und Ihr sollt es nicht fortbringen, ich laß es nicht; was singen wir an ohne das Kind in der totenstillen Försterei!«

»Hast du nicht oft genug geseufzt über die Sorge um das Kind, Margaret?« antwortete Wilderich, indem ei bewegt den Knaben an sich zog. »Und glaubst du, es würde mir leicht, mich von meinem kleinen Bruder zu trennen, dein lieben guten Burschen?«

Er hob das Kind in seinen Armen empor und drückte es gerührt an sich.

»Aber so erzählt mir doch, was Ihr erlebt habt, wo Ihr gewesen, was Ihr vorhabt mit dem Leopold, wohin –«

»Das alles wollen wir ruhig später durchsprechen, alte Margaret, für jetzt ist nicht Zeit dazu. Ich gehe das Pferd in den Stall zu ziehen und mich umzukleiden. Dann geh' ich zum Müller hinüber – er lebt doch noch, der Wölfle? – um zu sehen, ob er mir ein anderes Pferd verschaffen kann. Unterdes sorgst du für ein Abendessen für den Leopold und mich und kleidest mir das Kind warm und vorsorglich für die Reise an.«

»Heilige Mutter Gottes, Ihr wollt doch nicht sogleich und durch die Nacht –«

»Sogleich und durch die Nacht, sobald ich ein anderes Pferd habe.«

Wilderich entzog sich den weiteren Ausrufungen der alten Margarete, indem er sein müdes Roß um das Haus herum zum Stalle führte. Dann ging er, seine Franzosenmontur abzuwerfen und seine beste Försteruniform anzuziehen, den Hirschfänger umzuschnallen und die alte Büchse überzuwerfen, nachdem er seine beste und sicherste Waffe damals, als er sich im Walde in einen französischen Chasseur verwandelt hatte, zurücklassen müssen, und endlich eilte er zum Müller drüben.

Der Müller war noch nicht heimgekehrt; die Mühlräder standen still, und ebenso still war es im Hause. Nur die Frauen waren da, des Müllers Weib und die Schwiegermutter mit den Kindern; sie bestürmten Wilderich mit Fragen nach dem Mann, der noch mit den anderen auf der Franzosenjagd war, und nach allen den andern aus der Nachbarschaft. Wilderich hatte Mühe, ihnen begreiflich zu machen, wie wenig er davon wisse und daß er nur gekommen, des Müllers Rat zu verlangen, wie er zu einem Pferde komme. Darin konnten ihm die Frauen auch ohne den Müller helfen; sie wußten, daß drei gute Beutepferde, welche die Bauern sich, wenn sie zurückgekommen, teilen wollten, auf einem nicht fernen Hofe eingestallt seien. Wilderich hatte nur eine Viertelstunde zu gehen, um diesen zu erreichen. Trotz seiner Ermüdung trat er sofort den Weg an, das Gehen war ihm nach dem langen Reiten eine Wohltat. Auf dem Hofe fand er ebenfalls nur Frauen und den alten halbblinden Sauhirten, auf dessen Protestationen er nicht achtete; er nahm das beste der drei Pferde und führte es am Zügel mit sich.

Als er heimkam, hatte die alte Margarete für alles gesorgt; ihre Vorräte waren zwar arg von der Einquartierung mitgenommen, aber sie hatte ja die verschüchtert in den Wald gelaufenen Hühner wieder zusammengebracht und ihre Ziegen hatten ebenfalls die Katastrophe überlebt. Wilderich konnte erquickt und gestärkt beim Dunkelwerden sein frisches Roß besteigen, den in ein warmes Umschlagetuch Margaretens gehüllten Knaben vor sich auf den Sattel nehmen und dann, während die Alte ihre bittern Tränen über den Abschied von ihrem früher oft gescholtenen Prinzen weinte, davonreiten.

Vierzehntes Kapitel

Es war am andern Abend, als er Frankfurt erreichte; in Hanau war er jetzt auf kaiserliche Truppen gestoßen; er hörte dort, daß sie am folgenden Tage den Marsch auf Frankfurt antreten sollten, während von der andern Seite, von Höchst her, das bereits besetzt war, ein anderes Korps zur Vertreibung der Franzosen aus der alten Kaiserstadt anrücken würde. Um so eiliger suchte Wilderich vorwärts zu kommen, in der Angst, daß der französische Kommandant, dem klar werden mußte, wie kurz seines Bleibens in der von ihm tyrannisierten Stadt nur noch sein könne, desto grausamer und rücksichtsloser über das Schicksal des armen gefangenen Schultheißen entschieden und das Ärgste bereits vollführt habe.

An dem Allerheiligentore – Frankfurt hatte damals noch vor seinen alten Befestigungen einen bastionierten Wall mit zerfallener Brustwehr und einem breiten Wassergraben und seine sämtlichen Tore – am Allerheiligentore wurde er von der französischen Wache angehalten. Er mußte Auskunft über sich geben; als man Schwierigkeiten machte, ihn durchzulassen, verlangte er lebhaft zum Kapitän Lesaillier geführt zu werden, »zum General Duvignot, zum Kommandanten!« rief er endlich aus, als er sah, daß die Mannschaft auf der Wache den Kapitän Lesaillier nicht kannte.

»Das kann geschehen,« versetzte der wachthabende Offizier, rief einen Unteroffizier vor und befahl diesem, ihn vor den Kommandanten zu führen.

Der Unteroffizier winkte ihm und schritt neben seinem Pferde her der Zeil zu.

Wilderich sagte, als sie die erste Straße hinter sich hatten: »Mein Freund, Sie begreifen, daß ich nicht mit dem Pferde und mit diesem vor Ermüdung halbtoten Kinde vor dem Kommandanten erscheinen kann.« »Das ist wahr,« antwortete der Mann; »wir müssen beide unterbringen.«

»Ist es Ihnen eins, in welchem Wirtshause?«

»Wenn es nicht vom Wege abliegt, sicherlich.«

»So kommen Sie!«

Wilderich lenkte sein Pferd dem nahen Grauen Falken zu. Als er auf den Hof ritt, fand er die Pulverwagen abgefahren und seinen Sachsenhäuser an der Stalltür lehnend, mit Behagen aus einer kurzen Pfeife rauchend und den Genuß nachholend, den er sich während der Anwesenheit der bedrohlichen Fracht auf dem Hofe hatte versagen müssen.

»Wie, seid Ihr das?« sagte der Mann, als er den Reiter erkannt hatte. »Zum Teufel, Ihr steckt ja täglich in einer neuen Uniform! Diese da steht Euch besser!«

Wilderich ließ den Knaben, der ermattet und schlaftrunken in seinen Armen hing, dem Sachsenhäuser in die Hände gleiten und sprang dann selbst zur Erde.

»Da nehmt, nehmt mir auch das Pferd ab,« rief er aus, »und sagt mir – ist nichts geschehen in der Stadt, ist niemand gerichtet, erschossen?«

»Erschossen – nun freilich!« rief der Sachsenhäuser. »Ohne Blut tun's ja – Gott steh' mir bei, Euer Franzose da wird doch kein Deutsch verstehen?«

»Sprecht, sprecht, wer ist erschossen? Der Schultheiß?«

»Der Bollrath? Bewahre, der sitzt auf dem Eschenheimer Turm, aber erschossen ist er nicht.«

»Gott sei gedankt!« rief Wilderich aus tiefster Brust.

»Nur die Bauern sind heut erschossen, die armen Teufel – drei Bauern, die sie sich eingefangen haben. Das war heut morgen, gestern ist's zwei Klingenberger Bauern, zwei ganz unschuldigen Burschen, nicht besser gegangen –«

»Nun, sorgt für das Kind und das Pferd,« fiel Wilderich ihm in die Rede. »Bringt das Kind auf Euer Bett in Eurer Kammer, laßt es keinen Augenblick aus den Augen, hört Ihr? Ihr sollt reich belohnt weiden, wenn Ihr das Kind wie Euren Augapfel hütet, reicher, als Ihr denkt! Wollt Ihr?«

»Weshalb nicht? Es soll schon für das Jüngelchen gesorgt werden. Wenn Ihr nicht zurückkommt, ihn mir wieder abzunehmen, nehm' ich als Trinkgeld Euren Gaul.«

»Das mögt Ihr!« erwiderte Wilderich, indem er hastig den Knaben an sich drückte und ihn zu beschwichtigen suchte, da er plötzlich in lautes Weinen ausgebrochen war, als er sah, daß Wilderich ihn allein bei dem fremden Mann lassen wollte.

»Sei ruhig, sei ruhig, mein Kind,« sagte er, »ich komme zurück, sogleich, sogleich! Du sollst schlafen, und wenn du wieder erwachst, steh' ich an deinem Bett –«

»Margaret, Mutter Margaret – ich will zu Mutter Margaret!« schrie der Kleine wie in Verzweiflung aus, als ob er, empört darüber, daß Wilderich ihn verlassen wolle, nur noch auf die alte Margaret in der Welt zähle.

»Na, so komm, du Zappelfisch, wir wollen sehen, ob die Margaret oben in meiner Kammer ist,« sagte der Sachsenhäuser, während Wilderich sich hastig wendete und mit seinem Franzosen davonging.

Es war stiller auf den Straßen Frankfurts als das erstemal, da Wilderich in die Stadt eingeritten; die Verwundeten, die Marodeurs, die in Auflösung geratenen Truppen waren fort und dem Heere in nördlicher Richtung nachgesandt; man sah nur Mannschaften von in Ordnung gehaltenen Korps, wenn auch eine starke Patrouille, welcher Wilderich begegnete, in der Haltung und in ihrem ganzen Aufzuge verriet, daß sie im Felde gewesen und von starken Strapazen heruntergebracht war. Als Wilderich im Hause des Schultheißen angekommen, fand er den Flur nicht mehr von Menschen erfüllt wie das erstemal, nur einige Ordonnanzen waren da, die jetzt Raum genug gefunden, einen Tisch aufzustellen und mit jenen republikanischen Karten zu spielen, auf denen der König durch *La France* und der Bube durch die Freiheitsgöttin ersetzt war.

Ein Adjutant trat eben aus dem Nebenzimmer, in welchem Wilderich die Unterredung mit Lesaillier gehabt, und der Unteroffizier rapportierte; der Adjutant sandte den letztern fort, zu seiner Wache zurück und winkte Wilderich, ihn zum Kommandanten zu begleiten. Wilderich folgte ihm die Treppe hinauf und trat hinter dem Adjutanten in das Zimmer Duvignots; er sah diesen an seinem Tische sitzen, den Rücken der Tür zukehrend, den Kopf auf den linken Arm gestützt, während die rechte Hand auf einem vor ihm liegenden Papiere Figuren kritzelte.

»Citoyen General,« meldete der Adjutant, »die Wache am Aller-heiligentor schickt einen Mann, der sich nicht ausweisen kann und darauf besteht, vor den Kommandanten –«

Duvignot hatte unterdes langsam den Kopf gehoben und gewen-det – im Augenblick, wo er Wilderichs ansichtig wurde, verzog sich seine Stirn in Falten, er schloß halb die Augen, wie um schärfer zu sehen und zu erkennen, dann sprang er plötzlich auf mit dem Aus-ruf: »Was, Sie sind's? Diesmal in einer andern Maske! Zum Teufel, was bringt Sie zurück – in die Höhle des Löwen, Unglücksmensch?« setzte er mit aufflammendem Zorn hinzu, indem er Wilderich einen Schritt entgegentrat.

»Ich gab mein Ehrenwort, daß ich zurückkommen würde – und hier bin ich!«

»Unglaublich! Sind Sie so dumm, daß Sie mir in die Hände ren-nen, sich von mir in die Hölle schicken zu lassen?«

»Ich bin klug genug zu wissen, daß Sie mir kein Haar krümmen werden, General!« antwortete Wilderich ruhig.

»Wir werden sehen!«

»Es war,« fuhr Wilderich fort, »freilich nicht mein Wille, just zu Ihnen zu kommen; man hat mich aber vor Sie geführt – nun bitte ich Sie, mich zu der Frau dieses Hauses zu führen!«

»Ich – Sie?«

»Ich bitte darum. Ich habe mein Lesaillier gegebenes Ehrenwort auf eine Weise gehalten, die Ihnen beweisen muß, daß man auf mein Ehrenwort bauen kann!«

»Das ist wahr!«

»Nun wohl, ich gebe es Ihnen noch einmal, daß ich die Frau die-ses Hauses sprechen muß, um ihr das Wichtigste mitzuteilen, was ihr ein Mensch auf Erden mitteilen kann.«

»Und was ist das?«

»Ich werde es ihr sagen!«

»Heraus mit der Sprache – ich will wissen, was –«

»Ich habe gesprochen, was ich Ihnen zu sagen hatte; es ist alles! – führen Sie mich jetzt zu ihr!«

Wilderichs ruhige Entschlossenheit imponierte Duvignot. Er warf einen zornig forschenden Blick auf ihn, dann wandte er sich zu gehen.

»Kommen Sie!« sagte er dabei.

Er führte Wilderich über den Korridor in das Wohngemach Marcellinens; sie war nicht darin, aber sie trat, als sie die Schritte der Männer hörte, aus der halbgeöffneten Tür des Nebenzimmers.

»Der Mensch hier bat Ihnen eine Mitteilung zu machen, Madame, wie er. vorgibt,« sagte der General.

»Mir?« fragte Marcelline, forschend zu dem jungen Mann hinüberblickend.

»So ist es, Madame,« antwortete dieser, »Ihnen, der Mutter des kleinen Leopold –«

Marcelline wurde bleich, ihre ganze Gestalt schrak zusammen, sie sah starr den fremden Mann an und öffnete die Lippen, ohne daß sie ein Wort hervorbrachte.

»Ich komme, Ihnen Ihren Sohn zurückzubringen.«

»O – um Gott – Leopold – das Kind ist –«

»In meinen Händen – seit langer, langer Zeit – ich habe es treulich gepflegt, ich habe es wie einen jüngern, mir anvertrauten Bruder betrachtet, ich habe es von Herzen liebgewonnen, so lieb, daß ich mich schwer von ihm trenne –«

»Aber wie ist es möglich,« rief hier Duvignot aus, »daß dies Kind in Ihren Händen sein kann? Ihre Behauptung ist Wahnsinn, ist eine Lüge, und –«

»Wie das möglich ist? Ich denke, Sie, mein Herr General, können wohl ebensoviel zur Erklärung dessen beitragen als ich.«

»O mein Gott, mein Gott, sprechen Sie weiter – sagen Sie, wo ist das Kind, wo ist es?«

Marcelline, die dies ausrief, hob dabei wie flehend die gefalteten Hände empor.

»Es ist in Ihrer Nähe,« erwiderte Wilderich, »und ich sagte Ihnen, ich komme, es in Ihre Arme zu führen; ich werde dies aber erst dann tun, wenn Sie sofort Demoiselle Benedicte rufen lassen und ihr das furchtbare Unrecht abbitten, welches Sie ihr angetan. Das ist meine erste Bedingung und die zweite, daß dieser Mann hier seinen abscheulichen Vorsatz fallen läßt, mich und den Schultheißen wegen des Briefes des Erzherzogs verfolgen zu lassen!«

»Wie können Sie von Bedingungen reden!« rief Marcelline aus. »Geben Sie mit das Kind zurück, und ich will Benedicte den Saum des Kleides küssen!«

»Habe ich Ihr Wort?« fragte Wilderich den General.

»So reden Sie doch erst, wie es möglich ist, daß Sie der Hüter dieses Knaben sind?« »Ich verlange, daß Sie mir glauben,« entgegnete Wilderich gebieterisch; »ich werde keine Silbe reden, bis Benedicte hier ist, nur vor ihr!«

»So lassen Sie das Mädchen holen!« rief Duvignot.

Marcelline flog, wie von Stahlfedern geschnellt, davon.

Wilderich ließ sich müde in einen Armsessel nieder; Duvignot wandte sich schweigend zum Fenster, wie um den Ausdruck furchtbarer Bewegung und Spannung zu verbergen, der auf seinen harten gebräunten Zügen lag.

So verrannen die Minuten, bis das Rauschen von Frauenkleidern hörbar wurde; Marcelline trat mit Benedicte, sie an der Hand führend, durch die offene Tür des Nebenzimmers herein. Benedictens bleiches Gesicht hatte eine leise Röte überflogen, als ihr Blick auf Wilderich fiel; ihre blauen Augen wurden feucht, sie streckte ihm die Hände entgegen, sie eilte mit dem Impuls des Herzens, der mächtiger war als jede Rücksicht auf die Anwesenden, auf ihn zu, sie warf sich an seine Brust, um sich dann sofort wieder loszureißen, und dabei rief sie aus der schwer aufatmenden Brust: »Sie – Sie kommen zurück – Sie – hierher?«

»In die Höhle der Löwen,« antwortete lächelnd Wilderich, ihre beiden Hände festhaltend, um sie in tiefer Rührung an seine Brust zu drücken, »der Löwen,« fügte er hinzu, »die uns nun nichts mehr anhaben werden –«

»So reden Sie, reden Sie jetzt!« fuhr Duvignot, sich wendend, stürmisch dazwischen.

»Das will ich,« antwortete Wilderich. »Sie sollen hören, wie ungerecht, wie abscheulich an diesem jungen Mädchen gefrevelt worden ist! Sie haben Sie beschuldigt, das Kind geraubt zu haben –«

»Wie konnte ich anders!« rief Marcelline mit fliegendem Atem aus. »Wissen Sie denn etwas von allem dem, was hier geschehen ist, als man mir das Kind entführte?«

»Was ich weiß, das stehe ich ja eben im Begriff zu sagen,« entgegnete Wilderich, »alles, was ich weiß – hören Sie nur zu.«

Wilderich begann zu erzählen; er gab über die Art, wie er der Pflegevater des kleinen Leopold geworden, denselben Bericht, den wir ihn früher der Muhme Margaret geben hörten.

»Dieser abscheuliche Bube, diese Schlange, dieser Grand de Bateillère!« fuhr bei dieser Erzählung mehrmals Duvignot dazwischen, in furchtbarem Zorn hin und her rennend. »Ich werde ihn erwürgen, ich werde ihn töten!«

»Also er – also du, ihr wart es?« stammelte kaum hörbar und in ihren Sessel zusammensinkend, wie entsetzt und verzweifelt, Frau Marcelline. Sie barg das Gesicht in ihren Händen und brach in furchtbares Schluchzen aus.

»O, so bringen Sie mir das Kind, bringen Sie mir es!« rief sie dann, das mit Tränen überströmte Gesicht zu Wilderich emporhebend.

»Ich will es,« versetzte Wilderich; »ich denke ja, meine Bedingungen sind bewilligt, mein Herr General und Kommandant –«

»Zum Teufel, so gehen Sie doch, statt all dieser überflüssigen Worte!« schrie Duvignot in Wut.

»Lassen Sie mich, mich, die es geraubt haben sollte, es in dieses Haus zurückbringen!« bat leise Benedicte.

»Ja, Sie, Sie sollen es,« antwortete Wilderich bewegt, die Hand des jungen Mädchens ergreifend; »um Ihretwillen geschah ja alles, wären Sie nicht gewesen, ich wäre nie hierher gekommen, hätte nie die Herkunft Leopolds erfahren! Sie sollen das Kind in den Arm dieser Frau legen; Ihnen, der man seinen Tod schuld gab, Ihnen allein verdankt sie es – kommen Sie!«

Benedicte eilte ins Nebenzimmer, nach irgendeinem Tuch, einem Hut zu greifen, dann kam sie zurück, legte ihren Arm in den Wilderichs und beide gingen. Duvignot war noch in seinem wütenden Auf- und Ablaufen begriffen, Marcelline lag still weinend in ihrem Sessel; endlich stand er vor ihr still und sagte: »Höre, Marcelline, höre mich an, du wirst mich dann weniger schuldig sprechen; ich hatte meine guten Gründe, als ich im Einverständnis mit Grand handelte.«

»Was sollen mir deine Gründe?« versetzte Marcelline, ohne ihr Gesicht zu erheben. »Was sollen sie mir?«

»Sieh,« fuhr er fort, »wir hatten beide ein Interesse daran, uns Benedictens zu entledigen, sie aus dem väterlichen Hause zu entfernen. Wir hatten sie meinem Vetter Grand verlobt, den ihre Persönlichkeit anzog, und mehr noch ihre Hoffnungen auf das ganze Erbe ihres Vaters, da ich Grand nicht vorenthalten hatte, daß Leopold *mein* Sohn sei und daß ich zu rechter Zeit und Stunde schon dafür sorgen würde, daß er auf das Erbe Vollraths keine Ansprüche machen werde. Damit zeigte sich Grand zufrieden, bis er wirklich deines Mannes Einwilligung erhalten und sich als Bräutigam Benedictens betrachten durfte. Nun aber begann er von mir schriftliche Erklärungen zu verlangen, daß Leopold einst auf alles verzichten werde, Bürgschaften von mir, notarielle Akte darüber, was weiß ich alles, lauter Dinge, die mich schmählich kompromittieren konnten und mich gänzlich in Grands Hände gegeben haben würden. Denn wer stand mir für den Gebrauch gut, den Grand damit machen würde, wenn er einmal wirklich deines Mannes Schwiegersohn war? Ich ward endlich dieses ganzen Streites und dieser heftigen Szenen überdrüssig und sagte ihm: So machen wir ein gründliches Ende, und wenn nichts anderes deine Angst, daß dieses Kind dich um das Vermögen Benedictens bringen wird, beschwichtigen kann, so nimm den Knaben, nimm ihn, laß ihn verschwinden, bring' ihn in unsere Heimat, in die Bretagne, und sorge dort für ihn, bis ich komme, mich meines Kindes anzunehmen; mir ist ja auch der Gedanke unerträglich, daß er hier bleibt und als dieses alten Schöffen, dieses armen betrogenen Mannes Erbe betrachtet wird – und, um aufrichtig zu sein, Marcelline, um dir alles zu gestehen, ich sah ja ein, daß meines Bleibens nicht für immer hier sein könne, ich sah bei deinem Charakter die Stürme voraus, die wir gestern und heute richtig erlebt haben; es war mir willkommen, Leopold in die Heimat voraussenden zu können, nicht allein um mir das Kind zu sichern, sondern dadurch auch ein unfehlbares Mittel zu haben, dich zu zwingen –«

Marcelline machte eine abwehrende Bewegung mit der Hand.

»Es ist entsetzlich!« sagte sie leise, sich aufrichtend, die Hände im Schoße haltend und den Boden anstarrend.

Er fuhr fort: »Im Anfange schrak Grand vor dieser Idee zurück. Er fürchtete die gerichtlichen Verfolgungen nach einer solchen Tat, die Gefahr des Entdecktwerdens bei der Ausführung, und auch die Last, welche ihm ein so kleiner Knabe, wenn er für ihn sorgen müsse, machen werde. Über dies alles wußt' ich ihn zu beruhigen. Ich schrieb an eine ältere Verwandte in der Bretagne, die mir bereitwillig antwortete: sie wollte die Sorge für mein Kind, wenn es ihr gebracht werde, gern übernehmen! Und als Grand sich endlich im Vertrauen mit einem Rechtsgelehrten besprochen und von diesem vernommen hatte, daß alle schriftlichen Erklärungen und Bürgschaften von mir den kleinen Leopold, der nun einmal Vollrath heiße und als Vollrath im Kirchenbuche stehe, nicht um seine Erbrechte bringen könnten – da fand auch er mein Auskunftsmittel als das einzige, das uns energisch und gründlich helfe, und erklärte sich bereit, Leopold nach Frankreich zu meiner alten Verwandten in der Bretagne zu bringen. Und so warteten wir denn unsere Zeit ab und führten's aus, in einer Nacht, wenige Tage vor dem, an welchem Grands Urlaub abgelaufen war und er abreisen mußte. Die Ausführung war so leicht – ich selber holte das Kind aus der Kammer seiner schlafenden Wärterin und brachte es die Hintertreppe hinab, auf die Straße hinaus, wo Grand es mir abnahm. Er nahm es unter seinen Mantel und ging damit zum Gallustore, wo er es seinem Diener übergab, der das Kind bis zu einem Orte jenseits Mainz brachte, wo er auf Grand warten sollte. Dieser kehrte in sein Quartier zurück. Was am anderen Morgen geschah, weißt du. Gedrängt, Grand noch vor dessen Abreise endlich ihr bestimmtes Jawort zu geben, hatte sich Benedicte entschlossen, in dieser selben Nacht das

Vaterhaus zu verlassen und sich vor der Verbindung, die sie eingehen sollte, durch die Flucht zu retten. Sie war verschwunden, ein Brief, den sie auf ihrem Tische zurückgelassen, war deinem Manne gebracht worden, und zugleich durcheilte heulend die Wärterin des Kindes das Haus; das Kind war verschwunden. Wer anders konnte es geraubt haben, geraubt, um sich zu rächen, geraubt vielleicht, um es verschwinden zu machen und so wieder die unbestrittene Erbin zu werden, als Benedicte? Ein Zweifel an ihrer Schuld stieg in keines Menschen Seele auf, und ich, sollte ich sie rechtfertigen? Wahrhaftig, es war mir nicht zuzumuten. Mir konnte diese Deutung nur willkommen sein. Was, das mußte ich mich fragen, stand in dem Briefe, den sie ihrem Vater hinterlassen? Eine Erklärung ihres Schrittes, Klagen über die Gewalt, welche man ihrem freien Willen antun wollen – das gewiß! Aber nicht auch mehr? Rächte sie sich nicht auch an uns, indem sie uns anklagte, indem sie deinem Manne das Geheimnis unsrer Liebe verriet, indem sie ihm alles entdeckte, was sie beobachtet, durchschaut hatte? Das war sicher vorauszusetzen und ich zweifelte keinen Augenblick daran. Und was kam nun mehr im richtigen Moment, was entscheidender uns zu Hilfe als dieser Verdacht, diese Überzeugung von der nichtswürdigen Handlung Benedictens? Dein Mann konnte, es mochte nun in dem Briefe stehen, was da wollte, nicht das mindeste Gewicht auf die Anklage Benedictens wider ihre Stiefmutter mehr legen, die Anklage eines Geschöpfes, das so zu handeln fähig!«

»Gewiß, gewiß, es war sehr Politisch, sehr edel, daß du schwiegst und auch mich in dem Wahne ließest,« sagte Marcelline bitter und ohne Duvignot anzusehen.

»Aber dieser Elende, dieser Grand, der mich so betrog!« knirschte Duvignot ingrimmig zwischen den Zähnen. »Es ist mir unbegreiflich –«

»Mir nicht,« sagte Marcelline mit leisem, aber fast höhnischem Tone. »Er entledigte sich des Kindes, das ihm eine Last war, sobald er irgend konnte. Hätte sich seine Hoffnung erfüllt, wäre er der Mann Benedictens und der Eigentümer ihres Erbes geworden, so war es für ihn ja auch viel beruhigender, Leopold ganz beseitigt als in deinen Händen zu wissen. Du konntest später jeden Augenblick den Knaben wieder auftauchen lassen, um für ihn sein Recht zu fordern; Grand war in deine Hände gegeben, solange Leopold in deinen Händen war – darum ließ er Leopold verschwinden!«

»Ich glaube, du hast recht, Marcelline,« erwiderte offenbar überrascht Duvignot. »Wie ihr Weiber solche Canaillerien stets schneller durchschaut als wir!«

Eine stumme Pause folgte. Marcelline begann in Spannung und Ungeduld auf jedes Geräusch, das im Hause laut wurde, zu horchen.

Dann wie mit einem plötzlichen Besinnen auffahrend sagte sie: »Weshalb gehst du, weshalb sendest du nicht, meinem Manne die Freiheit geben zu lassen?«

Duvignot blickte sie an, ohne zu antworten.

»Der fremde Mensch hat es dir zur Bedingung gemacht –«

»Hat er?« fragte Duvignot wie zerstreut.

»Mein Gott,« rief Marcelline auffahrend aus, »du wirst das doch nicht leugnen wollen, du wirst –« »Ich werde Bedingungen, welche ich angenommen habe, auch erfüllen. Aber zuerst möchte ich doch sehen, daß dieser Fremde, der sie mir vorschreibt, auch die seinigen erfüllt! Ich sehe bis jetzt nicht viel davon, und solange – solange ich Leopold nicht sehe, bin ich nicht geneigt, irgend Schritte zu tun, die wider mein Interesse sind, die mir die Waffen aus den Händen reißen.«

»Waffen? O mein Gott, wozu bedarfst du noch der Waffen? Was willst, was sinnst du?«

Duvignot zuckte die Achseln.

»Was ich will, was ich sinne? Brauche ich dir es zu sagen? Zum hundertsten, zum tausendsten Male? Glaubst du etwa, ich hätte das zerknirschende Gefühl eines demütigen Sünders in mir und zöge nun kleinlaut ab, mit einem ›Verzeihung, Madame!‹ und ›Seien Sie glücklich! Weihen Sie mir Unglücklichem eine Träne, wenn ich Ihnen anders derselben noch würdig scheine?‹«

Duvignot lachte nach diesen Worten bitter und höhnisch auf.

»Nein,« sagte er dann zornig, ingrimmig, die Stirn in Falten ziehend, die Arme auf der Brust verschlingend, »du und dein Kind, ihr

seid mein, mir gehört ihr, und eher laß ich die ganze Stadt niederbrennen, eher sprenge ich eure Türme in die Luft, eher laß ich den
Main sich vor Leichenhaufen stauen, ehe ich meinen Willen beuge,
ehe ich dich lasse, ehe ich –«

Marcelline hatte sich langsam wie in furchtbarem Erschrecken
vor diesem Ausbruch unbändiger Leidenschaft erhoben; sie hielt
sich, geisterbleich, mit großen vor Angst starrenden Augen, zitternd
an der Lehne ihres Sessels aufrecht, sie streckte die andere Hand
gegen ihn aus und wie kaum mehr fähig zu reden und doch Herrin
noch ihrer ganzen Willenskraft, sagte sie leise, aber feierlich: »Und
ich, ich schwöre dir, daß ich mich eher unter diesen in die Luft ge-
sprengten Türmen begraben, eher zu den Leichen, die das Flußbett
ausfüllen werden, werfen lasse, als daß ich jetzt, jetzt noch dir folgte!«

Duvignot blickte sie mit wutflammmden Augen an, dann wandte
er sich ab, zuckte die Achseln und ging.

Marcelline lauschte seinen Schritten; als sie verhallt waren, sank
sie in ihren Sessel zurück und atmete tief, tief auf. Und dann – dann
fuhr sie wieder empor und lauschte: Schritte von Kommenden
wurden hörbar auf der Treppe, sie stieß einen Schrei aus, sie flog
zur Tür, diese öffnete sich eben, und Benedicte trat herein, auf ihrem Arme den Knaben, dessen Haupt im nächsten Augenblicke an
der Brust seiner Mutter ruhte, überströmt von ihren Tränen.

Fünfzehntes Kapitel.

Benedicte legte ihre Hand auf Wilderichs Arm. Sie gab ihm einen Wink, ihr zu folgen, und führte ihn hinaus, hinauf in ihres Vaters Wohnzimmer.

»Kommen Sie hierher,« sagte sie dort, »ich mochte nicht die Freude meiner Stiefmutter durch mein Bleiben stören; es hätte ihr diesen Augenblick vergällen müssen, wenn ich dabeigestanden, wenn sie in meinen Augen den Triumph, so wider sie gerechtfertigt zu sein, hätte lesen und die Reue fühlen müssen, die mein Anblick ihr einflößen muß.«

»Dies ist ein Gefühl, welches Ihrem Herzen Ehre macht, Benedicte,« antwortete Wilderich, »und mir machen Sie es jetzt um so leichter, vor Ihnen den ganzen Inhalt meiner Seele auszuschütten ...«

Benedicte reichte ihm bewegt die Hand.

»Glaubten Sie denn, ich hätte Sie ziehen lassen, bevor wir gegeneinander uns ausgesprochen? Setzen Sie sich da in den Sessel, und nun hören Sie erst, was ich Ihnen zu sagen habe.«

Sie nahm neben ihm in dem Sofa Platz, stützte das Kinn auf den Arm und fuhr fort: »Ich weiß, daß Sie ein edler Mensch mit einer reinen Seele sind, Wilderich; deshalb kann ich zu Ihnen reden, wie ich reden werde. Sie dürfen mich aber nicht unterbrechen, bis ich zu Ende bin, Sie müssen mich alles sagen lassen, damit Sie mich ganz verstehen. Versprechen Sie mir das?«

Wilderich nickte mit dem Kopfe, sie mit großen gespannten Augen ansehend.

»Wenn man,« fuhr sie leise fort, »so verlassen und verloren in der Welt gestanden hat wie ich, gedrückt vom Bewußtsein einer Schuld – denn es war doch eine, daß ich dem Vaterhause entlief – und unter dem Verdachte, eine viel größere begangen zu haben, dann lernt man das Leben ernst nehmen und fühlt eine große Sorge und Angst auf sich ruhen bei allem, was man beschließt, denkt oder vorhat. Ich ängstige mich deshalb vor den Worten, welche Sie jetzt zu mir sprechen wollen, vor dem, was diesen Worten folgen wird, und vor der ganzen Zukunft. Ich sehe nur dann ein Heil voraus für diese, für unsere Zukunft, nur dann ein ungetrübtes Glück, wenn nicht Sie, sondern wenn ich jetzt spreche – Wilderich, ich liebe Sie, und,« fügte sie ernst und ohne alle Verlegenheit, aber leise weiter redend hinzu, »ich werbe um Ihre Hand; versagen Sie mir diese, so würde ich auf ewig unglücklich sein, unglücklicher, als ich je gewesen. Ich weiß wenig von Ihren Verhältnissen, aber mögen diese sein, wie sie wollen, können Sie mir im entferntesten Winkel der Erde nur einen stillen Platz neben einer freundlichen Herdflamme einräumen, so nehmen Sie mich auf, lassen Sie mich Ihr Weib werden; ich werde glücklich sein, beneidenswert glücklich, und werde meinen letzten Blutstropfen hergeben, um Sie glücklich zu machen.«

»O mein Gott,« rief Wilderich bestürzt von diesem Glück, das ihm so überwältigend entgegenkam, aus, »das sagen Sie, Sie, Benedicte, mir, der es kaum gewagt hätte, Ihnen zu gestehen, welchen Himmel ich darin sehe –«

»Sie hätten es kaum gewagt?« antwortete sie mit sanftem Lächeln, während er vor ihr niederkniete und ihre Hand mit den seinen umschloß, »Sie, der es so kühn wagte schon am ersten Tage, nachdem Sie mich gesehen? Gewiß, gewiß, Sie hätten es heute wieder gewagt – und dann, dann hätte ich freudig ja gesagt, und ich wäre Ihnen gefolgt, Wilderich, in Ihr stilles, verfallenes Forsthaus – und dort, dort würden Sie sich erinnert haben, daß ich ein verwöhntes Kind aus einem üppigen Patrizierhause bin, und es würde Sie gequält haben, daß Sie mir die Umgebung nicht schaffen könnten, die ich im Vaterhause gehabt, daß Sie mich entbehren lassen müßten, und Ihre Liebe würde in ihrer Demut nicht glauben, daß sie diese Entbehrungen aufwiegen könne, und würde sich diese Entbehrungen hundertfach vergrößert vorgestellt haben. Ist es nicht so?«

Wilderich sah sie verwundert an.

»Ganz sicherlich,« fuhr sie eifrig fort, »so wäre es gekommen und es hätte unser ganzes Glück zerstören können – und sehen Sie, darum habe ich gesprochen; ich, ich werbe um Ihre Hand, Wilderich, ich verlange Ihnen zu folgen, wohin auf Erden Sie mich führen. Wollen Sie mir Ihre Hand gewähren?«

»Sie sind das engelhafteste Wesen auf der Welt, Benedicte,« sagte er. »Haben Sie aber wohl auch bedacht, daß, wenn Sie Einem, das unser Glück stören könnte, so vorgebeugt haben, Sie ein Anderes in meiner Seele heraufbeschwören, das mein Glück schlimmer, weit schlimmer bedroht? Und das ist der Gedanke: wie bin ich eines solchen Engels würdig, wie kann ich ihr je lohnen –«

Sie unterbrach ihn mit einem heitern Lächeln.

»Ach,« sagte sie, »vor diesem Wurm in unserm Zukunftsglücke fürchte ich mich nicht! Sie werden bald sehen, daß ich weiter nichts bin als Ihr sehr irdisches, schwaches, der Leitung bedürftiges, aber treues Weib. Und wollen Sie mich so, Wilderich?«

Er zog sie stürmisch, überselig an sein Herz.

Sechzehntes Kapitel.

Minuten und Stunden waren verflossen, es war dunkel geworden in dem Wohnzimmer des alten Schöffen, und noch immer war dieser nicht zurückgekehrt.

Benedictens Unruhe darüber war immer höher gestiegen. Wilderich entschloß sich jetzt, den General aufzusuchen und ihn an sein Wort zu mahnen. Aber der General war nicht in seinen Zimmern. Er war ausgegangen, kurz nachdem er Marcelline verlassen und Wilderich und Benedicte mit dem Kinde gekommen. Wilderich fragte die Soldaten, die Diener, niemand wußte, wohin er gewollt; er hatte seinen Adjutanten mitgenommen und war schweigend gegangen, ohne zu sagen, wann er wiederkehre.

Wilderich kam der Gedanke, daß er selbst zum Eschenheimer Tore gegangen sein könne, um die Freilassung des Schultheißen anzuordnen. Um sich davon zu vergewissern, verließ er jetzt das Haus und wanderte durch die Eschenheimer Gasse zum Tore. Als er an diesem angekommen, redete er die unter dem Torwege auf- und abwandelnde Schildwache an; er fragte, ob der Kommandant dagewesen. Der Mann gab, obwohl Wilderich ihn französisch angeredet, keine Antwort. Ein Sergeant, der innerhalb der ins Wachtzimmer führenden offenen Tür lehnte, fragte ihn dagegen: »Was wollen Sie beim Kommandanten? Haben Sie ihm etwas zu melden?«

»Nicht das – ich habe Grund anzunehmen, daß er hier gewesen wegen des gefangenen Schultheißen.«

»Wegen des Schultheißen? Und was sollte der Kommandant sich mit dem alten Verräter zu schaffen machen, der in einer Stunde vor das Kriegsgericht gestellt wird –«

»Vor das Kriegsgericht – der Schultheiß?« stammelte Wilderich entsetzt.

»Ich habe Order, ihn hinführen zu lassen!« entgegnete der Sergeant.

»Unglaublich – das wäre –«

»Nun, was wäre es?« fragte der Sergeant, Wilderich argwöhnisch fixierend.

»Ich kann es nicht glauben – es kann nicht wahr sein,« versetzte dieser sich fassend.

Der Sergeant wandte sich ab.

»Gehen Sie um acht in den Römer,« sagte er, »und Sie werden sehen, wie viel Federlesens man mit dem alten Schuft macht, der im Einverständnisse mit dem Feinde stand.«

Dabei kehrte der Franzose Wilderich den Rücken zu und trat in die Wachtstube hinein.

Letzterer konnte nicht mehr zweifeln an der Wahrheit dessen, was er vernommen. In furchtbarer Erregung eilte er zurück. Er stürzte in das Haus des Schöffen, er verlangte stürmisch, Benedikte zu sprechen; als man es ihr gesagt, kam sie die Treppe herab und rief ihm in ängstlicher Spannung entgegen: »Was ist geschehen? Welche Nachricht bringen Sie?«

Er reichte ihr die Hand, war aber im ersten Augenblick seiner Worte kaum mächtig.

»Eine Schreckensnachricht – eine furchtbare – o kommen Sie zu Ihrer Mutter, zu Ihrer Mutter – sie allein kann helfen!«

Benedicte wandte sich, zitternd und leichenblaß geworden, zu Marcellinens Zimmer; sie öffnete die Tür desselben vor Wilderich, und beide standen im nächsten Augenblick vor – Duvignot.

Er stand in der Mitte des Zimmers, die Hände auf den Rücken gelegt, mit düstern, wie von Ingrimm verzerrten Zügen; er schien eben heimgekehrt, eben erst Marcellinens Zimmer betreten zu haben; sie selbst war nicht da, aber sie kam gleich nachher, als sie die laute Stimme Wilderichs vernahm, herein, in der offenen Tür zu ihrem Nebenzimmer stehenbleibend und erschrocken auf die Gruppe vor ihr blickend.

»General,« hatte Wilderich in seiner furchtbaren Erregung dicht vor Duvignot tretend ausgerufen, »hab' ich Ihr Wort, das Wort eines Soldaten, das Ehrenwort eines Mannes, oder hab' ich es nicht?«

»Was wollen Sie?« sagte Duvignot auffahrend.

»Was ich will? Ihre Antwort auf meine Frage!«

»Sie sind sehr verwegen, junger Mann; es hat noch nie jemand so mit dem General Duvignot gesprochen, und –«

»General Duvignot hat auch wohl noch nie jemand schmachvoll sein Wort gebrochen und ihm ein Recht gegeben, so zu reden! Sagen Sie mir, daß man mich belogen hat, als man mir mitteilte, der Schultheiß werde heute noch, in der nächsten Stunde noch vor ein Kriegsgericht gestellt!«

»Gerechter Himmel!« rief Benedicte hier aus.

Marcelline faßte an die Einfassung der Tür, auf deren Schwelle sie stand, um sich aufrecht zu erhalten.

»Man hat Sie nicht belogen,« erwiderte Duvignot. »Das Verfahren war einmal eingeleitet, es mußte seinen Weg gehen – was kann ich ändern daran?«

»Elender Heuchler!« rief hier Marcelline. »Du bist allmächtig in der Stadt und willst glauben machen –«

»Glaubt, was ihr wollt!« sagte Duvignot achselzuckend.

»Sie gaben Ihr Wort, General, wenn ich das Kind bringe –«

»Ich gab nichts, gar nichts,« fiel ihm Duvignot barsch ins Wort, »ich versprach nichts ausdrücklich, nichts, was ich nicht versprechen konnte!«

»Bei Gott, General, Sie gaben es, und ein Schuft nur bricht sein Wort!« fuhr Wilderich, seiner nicht mehr mächtig vor furchtbarer innerer Empörung, auf.

Duvignot blickte ihn an, blaß vor Wut.

»Das wagen Sie mir zu sagen,« antwortete er leise und wie von seiner Wut halb erstickt, »Sie, der Sie ein Spion sind, den ich geschont habe, den ich aus Nachsicht und Edelmut vergessen zu haben affektierte – zum Teufel, Herr, ich kann Sie gerade so gut wie jeden anderen vor das Kriegsgericht und vor ein Peloton mit sechs Flintenläufen schicken, die Sie stumm machen werden.«

»Also das ist Ihre Antwort, Ihre letzte,« sagte jetzt verachtungsvoll ihn anblickend Wilderich und wandte sich rasch zu Benedicte, um sie zu umfassen, da sie schluchzend zusammenbrach, während Marcelline starr auf den General schaute, als stände eine Gestalt des

Schreckens, etwas ganz Furchtbares und in seiner Entsetzlichkeit nie Gesehenes vor ihr.

»Benedicte, verzweifle nicht, halte dich aufrecht, es ist nicht alles verloren!« rief Wilderich dabei aus. »Glaub' mir! Ich werde tun, was ich kann, und –«

»Was wirst du tun, Wilderich?«

»Gehen, deinem Vater beizustehen; wird er vor das Kriegsgericht gestellt, so werde ich mich demselben auch stellen. Ich werbe ihn verteidigen – ich allein kann es, ich allein kenne seine Unschuld, ich allein wäre der Schuldige, wenn hier eine Schuld wäre, ich allein kann enthüllen, weshalb den Schultheißen dieses Schicksal trifft, weshalb General Duvignot ihn in den Tod senden will; der Himmel wird mir die Worte auf die Zunge legen, diese Menschen zu rühren!«

»O mein Gott, hoffen Sie doch das nicht!« rief hier Marcelline. »Sie rennen in Ihren Untergang!«

»Mag sein, aber es soll mich nicht abhalten, ich werde alles, alles sagen, was ich weiß, General.«

»Tun Sie das,« antwortete dieser, ihn mit seinen flammenden Wutblicken durchbohrend, »stellen Sie sich dem Kriegsgerichte nicht als Spion, sondern auch noch als Verleumder des General-Kommandanten vor – man wird desto mehr Schonung für Sie haben, dessen seien Sie sicher!«

»Du hörst es – o du hörst es, Wilderich,« beschwor ihn Benedicte, »du gehst nur ebenfalls in den Tod!«

»Gut denn, für meine Pflicht – für deinen Vater –«

»Glauben Sie,« rief Duvignot dazwischen, »Sie wären, was Sie auch sagen könnten, nicht schon deshalb verloren, weil man Sie als einen der Rädelsführer der Bauern erkennen wird? Meinen Sie, wir wüßten nicht, wer uns in den Spessartpässen hinterrücks überfallen und abgeschlachtet hat? Meinen Sie, wir hätten uns nicht für ein späteres Strafgericht die Anführer gemerkt?«

Wilderich antwortete ihm nicht.

»Lebewohl, Benedicte!« rief er leise und weich, während ihm Tränen in die Wimpern traten, zu dem jungen Mädchen, es an seine Brust schließend. »Ich habe geglaubt, die Zukunft läge wie ein Himmel vor mir, und jetzt, jetzt reißt das Schicksal uns so auseinander! Aber ich war ja glücklich – eine Stunde lang – vielleicht ist's genug für ein Menschenleben – und denk' an mich – Benedicte, denk' an mich, wenn – doch nein, nein, wozu das alles, wozu das Herz sich schwer machen; hoffe, hoffe, vielleicht kehre ich zurück! Du hast so viel gelitten, der Himmel kann dir nicht auch das noch zufügen, und Menschen können Erbarmen haben – lebewohl!«

Er riß sich aus Benedictens Armen, die ihn krampfhaft umschlungen, los, er ließ sie sanft auf den Boden gleiten, auf den sie halb ohnmächtig niederglitt, und stürzte davon.

»Der Tor!« knirschte Duvignot ihm wütend nach. »Mit ihm wird man kein Erbarmen haben – über eine Stunde werde ich sein Leben wie das des andern in jedem Moment, der mir beliebt, vernichten, ecrasieren können – und bei Gott, Marcelline, ich werde es tun, ich werde es. Du weißt allein, was mich abhalten kann und wird, die Todesurteile für beide zu unterschreiben.«

»Ich weiß es,« erwiderte Marcelline, die gebrochen zusammengesunken in ihrem Sessel lag, zu dem sie sich geschleppt hatte, »ich weiß es, und –«

»Und du wirst es tun, du wirst einwilligen, mir zu folgen?«

»Nein! Ich kann es nicht!«

»Dann ...« Duvignot stockte plötzlich. Er horchte auf. Er erblaßte. »Alle Teufel, was ist das?« rief er aus.

Und ohne eine Antwort abzuwarten, eilte er hinaus.

Wilderich war unterdessen davongestürzt, die Treppe hinab, zum Hause hinaus. Er wußte, daß er keinen Augenblick zu verlieren hatte, wenn er um acht Uhr an der Stelle sein wollte, wo das Kriegsgericht gehalten wurde, er hatte zehn Minuten nötig, um bis zum Römerberg zu kommen. Als er auf die Zeil hinauskam, hob auf dem Katharinenturme ihm gegenüber die Uhr aus, den ersten Schlag von acht zu tun; zugleich aber wurde die Luft durch eine dumpfe Detonation erschüttert – es schien ein Kanonenschlag –

noch einer – dann, nach einer Pause, wieder einer – heller und stärker zitterte es durch die dunkle Abendluft! Weit oben, nach dem Allerheiligentor hin, wurde getrommelt – fern vom Roßmarkt hei wurde Schreien und Rufen hörbar – jetzt wurde auch an der nahen Hauptwache getrommelt, und was geschlagen wurde – Wilderich kannte sehr wohl die Bedeutung dieses Taktes auf dem Kalbfell – das war das Ça-ira, das war der Generalmarsch der Republikaner.

Dazwischen dröhnte das Schießen fort, und – irrte sich Wilderich darin, war es eine Täuschung, hervorgerufen durch sein so stürmisch durch die Adern der Schläfen gepeitschtes Blut? – aber es war ihm, als spräche so nur der Mund österreichischer Kanonen, als kämen diese Geschützschläge aus den schweren deutschen Rohren!

Das Geschrei vom Roßmarkt her wurde stärker, lauter – ein Menschenhaufen hatte sich da zusammengeballt, er kam heran und drängte näher und näher – er vergrößerte sich von allen Seiten; dann teilte er sich, eine Hälfte blieb vor der Hauptwache, in einer gewissen respektvollen Entfernung, die andere Hälfte wälzte sich die Zeil hinauf. Wilderich verstand jetzt dies Rufen, dies Hurra, dies »Die Kaiserlichen sind da, der Prinz Karl ist da!« – er drängte sich in den Haufen hinein, er fragte, er rief, aber es wurde ihm schwer, eine verständliche, zusammenhängende Antwort von einem der von Freude und Ingrimm zugleich wie berauschten Menschen zu erhalten.

»Jetzt holt sie der Teufel, jetzt holt sie alle der Teufel, wenn sie nicht machen, daß sie fortkommen, das Räuberpack, die Canaille, die Hundsfötter! Der Prinz Karl ist da – von Offenbach her, wie das Wetter sind die Szeklerhusaren schon in Sachsenhausen hinein – mit Kartätschen fegen sie die Mainbrücke rein – Hurra die Kaiserlichen, Hurra die Weißröcke!«

Die Rufe erstarben im Gedröhn der Trommeln, die zwischen einer starken Eskorte jetzt die Zeil hinauf sich bewegten, um den Generalmarsch in allen Hauptstraßen ertönen zu lassen. »Gott sei gedankt!« rief Wilderich, vor dem wilden Jubel in seinem Innern kaum seiner Sinne mehr mächtig, und seine Stimme erhebend, rief er aus: »Dann ist's auch mit dem Kriegsgerichthalten und Füsilierenlassen am End'! Ihr Leute, es gibt dann Besseres zu tun, als hier Hurra zu schreien – gehen wir zum Römer, da soll eben der Schultheiß Vollrath gerichtet werden – reißen wir ihn den Franzosen aus den Händen, bringen wir ihm die Freiheit, bringen wir ihn im Triumph zu den Seinen zurück!«

Es brauchte nur in die stürmisch bewegte Masse solch ein Gedanke geworfen zu werden, um sie dafür zu begeistern – sie verlangte nichts Besseres als eben eine Tat, etwas Gewaltsames, eine stürmische Kraftäußerung, um sich darin auszutoben.

»Hoch der Vollrath! Hurra, zum Römer! Hoch der Schultheiß!« schrie es sofort von allen Seiten; alles strömte nach einer Richtung, alles, was sich aus allen Häusern auf die Straßen ergoß, die Männer, die Weiber, die Kinder, warf sich in den Strom.

Auf halbem Wege zum Römer aber staute sich plötzlich dieser Strom. Vom Römerberge her kam ein anderer Haufe ihnen entgegen mit denselben Hurras, denselben Rufen. Sie hatten den Schultheißen in ihrer Mitte; sie hatten ihn aus dem Saale geholt, sie hatten das Triumphgeleite, zu dem Wilderich aufgefordert, längst gebildet. Das eben zusammentretende Kriegsgericht hatte bei den ersten Alarmrufen, noch bevor es eröffnet, sich aufgelöst; die Offiziere, die Soldaten, alles war zersprengt, in wilder Hast auseinandergelaufen, zu seinen Truppenteilen, seinen Sammelplätzen zu kommen; den Angeklagten hatte man ein paar Wächtern überlassen, und diese waren sofort beiseitegedrängt worden von denen, die als Zuschauer zu den Verhandlungen des Gerichts gekommen und die ihn jetzt umjubelten und heimgeleiteten. So wälzte sich denn nun eine dichtgedrängte, tosende, Volksmenge der Zeil wieder zu, in deren Mitte der Schultheiß Vollrath, halb getragen, nur noch halb seiner Sinne mächtig nach allen Erschütterungen der letzten Tage, nur halb noch lebend, einherschwankte.

Als Wilderich die Ecke der auf die Zeil mündenden Straße erreichte, sah er, über Haufen vorüberrennender, nach ihren Sammelplätzen eilender Franzosen weg, eine Gruppe von vier oder fünf Reitern drüben vor dem Hause des Schultheißen halten. Sie setzte sich eben in Bewegung – es war Duvignot mit seinen Adjutanten und Offizieren, der eilig abzog. Wilderich hat ihn nie wiedergesehen. Sie waren so blitzschnell, diese Franzosen, als ob für einen Augenblick wie dieser alles von ihnen vorgesehen und vorbereitet gewesen; in unglaublich kurzer Zeit waren ihre einzelnen Truppenkörper zusammen, und in guter Ordnung zogen Munitionskolonnen und Artillerie zuerst, dann die Gepäckwagen, die Kassen- und Proviantwagen, endlich die Bataillone und die Schwadronen durch das Eschenheimer und Friedberger Tor ab, gen Norden in die Herbstnacht hinaus.

Wilderich sah, wie der Volkshaufe den Schultheißen in seine Wohnung geleitete, wie dieser darin verschwand, wie vor seinem Hause noch lange die versammelte Menge ihre Rufe, ihre Hochs schrie. Er hatte sich todmüde, tief erschöpft auf einen Prellstein vor dem Portal der Katharinenkirche gesetzt. Da sah er des Schultheißen, Benedictens, seiner Benedicte Haus vor sich, sah, wie die Lichter hinter den Fenstern schimmerten, sah auch Gestalten sich bewegen, leichte Schatten, die hinter den herabgelassenen Vorhängen hinglitten. Er sah und hörte das Gerassel und den Lärm der abziehenden Truppen; sah auch, wie die Österreicher fast auf dem Fuße ihnen nachrückten, voraus die Eklaireurs mit den gespannten Faustrohren in der Hand, langsam an den Trottoirs hinreitend, dann lange Züge von Szekler-, von Kaiserhusaren, dann schwerrasselnde Geschütze, dann weiß durch die Nacht schimmernde, schwerwuchtig und müde dahermarschierende Fußvölker; er sah, wie sie haltmachten und sich anschickten zu biwakieren, und wie das Volk ihnen jubelnd zutrug, was es für sie nach all den Plünderungen noch hatte, um sie zu speisen und zu tränken und zu betten!

Wilderich saß lange, lange so da. Es war, als ob ihn etwas festgebannt hätte an die Stelle, als ob ihm die Glieder gelähmt sein würden, wenn er aufstehen und sich bewegen wolle. Er fühlte die Kraft nicht, sich zu erheben und hinüberzugehen in jenes Haus dort, in dem doch seine ganze Seele war. Er konnte es nicht über sich gewinnen, über jene Schwelle zu treten – jetzt – jetzt, wo dort ein Glück herrschen mußte, das er sich scheute zu teilen, als ob er desselben nicht würdig wäre – er, der so viel und doch nach seiner Empfindung so wenig getan an dem allen, so nur das Einfache, Natürliche, das jeder getan hätte, und der so überschwenglichen Lohn dafür erhalten!

Es war ein eigentümliches Gefühl, das ihn abhielt, da zu erscheinen, wo man seinen Namen rief, nach ihm suchte, ihn verlangte.

Aber es war zu mächtig in ihm – diese Blödigkeit eines tief- und feinfühlenden Herzens.

Die Morgensonne, als sie über den Dächern der befreiten Stadt aufstieg, sah ihn auf dem Lager eines Zimmers im Grauen Falken im tiefen Schlummer furchtbarster Ermüdung.

Siebzehntes Kapitel.

Es war spät, sehr spät, als er endlich erwachte und sich erhob. Er sah, wie hoch bereits die Sonne stand, und kleidete sich hastig an.

Als er fertig war, als er das längst kalt gewordene Frühstück, das der Hausknecht schon vor einer Stunde gebracht und auf den Tisch gestellt, schnell zu sich genommen, hielt ihn nichts mehr ab zu gehen, zu Benedicte zu gehen, zu dem Hause, welches alles einschloß, was ihm teuer war.

Und doch ging er nicht. Er setzte sich auf den Rand seines Bettes und versank in Gedanken, in Sinnen und Träumen mehr als in Gedanken.

Was hielt ihn zurück? Hatte er nicht in die Arme der Mutter ihr Kind zurückgeführt? Hatte er nicht Benedicte gerechtfertigt? Hatte er nicht sein Leben dahingeben wollen, im Versuche, das Leben des Hausherrn zu retten?

Das aber war es eben – eine unüberwindliche Scheu der Bescheidenheit und der Demut ließ ihn zurückschrecken vor dem Augenblick, wo sein Gesicht vor jenen drei Menschen auftauchte und sie in seinen Mienen lesen würden: Da bin ich, und nun dankt mir, und gebt mir zum Lohne das Beste, was ihr habt, euer Kind, eure Tochter, diesen Engel, dessen niemand, niemand auf Erden würdig ist, gebt sie mir, dem armen Revierförster aus dem Spessart!

Mußte es denn so sein? Konnte er nicht heimkehren und an Benedicte schreiben? Dann behielt ja auch diese Zeit, sich die Zukunft, welche ihrer an seiner Seite harrte, klarzumachen und –

Wilderich spann sich eben in diesen Gedanken ein, als er auf der Treppe vor seinem Zimmer einen schweren Männerschritt vernahm und dazu einen leichtern, beflügeltem; dann wurde die Tür zu seinem Zimmer, ohne daß man anklopfte, geöffnet – der Sachsenhäuser war es, der hereinschaute und sich dann zurückwandte.

»Aus den Federn ist er – Sie können hereintreten, Demoiselle,« sagte er. Im nächsten Augenblicke stand Benedicte vor Wilderich – sie legte ihre Hände auf seine Schultern, um ihn am Aufstehen zu hindern, sie sank auf die Knie vor ihm, faßte seine Hände und drückte sie an ihre glühenden Wangen.

»Endlich gefunden – o mein Gott, Wilderich, wo warst du?« rief sie aus. »Welche Angst ich um dich hatte! Du kamst gestern nicht zurück, du kamst heute nicht – da machte ich mich auf, dich zu suchen. Ich hatte Leopold mit dir aus diesem Hause geholt – so sucht' ich dich hier zunächst – mein Gott, wie konntest du mich allein, in solcher Sorge um dich lassen?«

»Du hast recht, Benedicte!« antwortete er. »Ich – ich war wohl ein Tor – ich war ängstlich, ich dachte, ich verdiente dich nicht – und wie konnte ich gehen, dich von den Deinen zu fordern – dich, Benedicte –«

»O wohl, wohl warst du ein Tor! Verdienen! Welch ein häßliches Wort das ist!«

»Ja, ja, ich fühl's – es ist häßlich; nun ich in deine Augen sehe, fühl' ich's – ich gehöre dir, du gehörst mir, wir sind ein Leben – ein einziges untrennbares Leben – ist es so?«

»So ist es, Wilderich!«

»Wer fragt nach dem Verdienste! Verdient die Brust das Herz, das in ihr schlägt?«

Sie sprang auf, erfaßte seinen Kopf mit beiden Händen, drückte einen Kuß auf seine Stirn und schaute ihm lange tief in die Augen.

»Das halte fest,« sagte sie dann, » *das* Wort! Und nun kein anderes mehr darüber. Komm, komm zu den Meinen!«

Wilderich folgte ihr.

Wenn er gewähnt hatte, daß in dem Hause des Schultheißen Vollrath ihn eine Szene erwarte, die ihn beschämen und niederdrücken werde, so hatte er geirrt.

Schon beim Eintritt in das Haus wurden er wie Benedikte überrascht durch eine gewisse Aufregung, welche da zu herrschen schien – es standen österreichische Offiziere unten im Hausflur in einer Gruppe zusammen, auf der Treppe standen flüsternd die Diener des Hauses – einer von ihnen kam eilig Benedicte entgegen.

»Der Erzherzog ist droben,« sagte er, »bei dem Herrn Schultheiß – ich soll Sie gleich zu ihm führen, wenn Sie zurückkämen.« »Der Erzherzog – bei meinem Vater?« rief Benedicte aus. »Welche Freude! Auch er wird jetzt nicht länger an mir zweifeln dürfen!«

Benedicte und Wilderich wurden von dem Diener in dasselbe Zimmer, aus dem Duvignot so plötzlich abziehen mußte, den Empfangssalon des Hauses, geführt – sie erblickten den Erzherzog, neben Frau Marcelline vertraulich plaudernd auf dem Sofa sitzend. Marcellinens Antlitz war mit Schamröte übergossen, während der Erzherzog so harmlos sprach, als seien alle bittern Worte, welche diese Frau ihm einst entgegengeschleudert, völlig von ihm vergessen. Der Schultheiß saß zur Seite; er erhob sich, als die jungen Leute eintraten, um sie dem Erzherzoge vorzustellen.

»Wir kennen uns, wir kennen uns!« unterbrach dieser ihn mit freundlichem Lächeln. »Nicht wahr, mein Kind!« Und dabei reichte er Benedicte die Hand. »Was diesen jungen Forstmann angeht, so hat ja er gerade mir den Brief abverlangt, der Sie in so großes Unheil gebracht hat. Ich bin eben hier, um Ihrem Vater meine Teilnahme auszudrücken und ihm Glück zu wünschen,« fuhr der Erzherzog, sich an Benedicte wendend, fort, »daß er diesem Unheile entgangen.«

»Dank Ew. Königlichen Hoheit,« fiel der Schultheiß ein.

»Nun, ich hatte Sie am Ende in diese schreckliche Lage auch ein wenig hineingebracht, oder vielmehr dieser Unglücksmensch, dieser Förster hier, der meinen Brief so unklug bestellte, wie Sie mir eben erzählt haben. Aber Gott hat ja allem eine gute Wendung gegeben, und so will ich auch diesen jungen Mann, den wir im Spessart wacker an der Arbeit gesehen haben und dem wir zu Danke verpflichtet wurden, Ihrer Nachsicht und Verzeihung empfehlen, mein lieber Schultheiß!«

Der Schultheiß nickte lächelnd mit dem Kopfe.

»Die Nachsicht und Verzeihung ist ihm bereits geworden,« antwortete er; »meine Tochter hat mir angekündigt, daß sie ihn mir zum Schwiegersohne erkoren – was bleibt da einem gutmütigen »deutschen Hausvater« übrig als –«

»Ah,« rief der Erzherzog aus, »Ihre Tochter ist die Braut unseres Forstmannes und will ihm in seinen den Spessart folgen? In diese stillen, armen Täler? Hören Sie, das gefällt mir nicht!«

»Aber mir, Königliche Hoheit!« erwiderte Benedicte jetzt mit verlegenem Lächeln und tiefem Erröten.

Der Erzherzog sah sie an und blickte dann auf die stattliche Gestalt Wilderichs. Er schwieg eine Weile, nachsinnend, dann sagte er zu Wilderich: »Gehen Sie mit uns. Wir haben noch ein tüchtig Stück Arbeit für mutige Männer. Noch ist der deutsche Boden nicht frei. Noch ist die Rheinarmee Moreaus durch die Schwarzwaldpässe und über die deutschen Grenzen zu werfen. Ich kann Leute, die sich wie Sie als Führer bewährt haben, gebrauchen. Als Diplomat freilich,« fügte er lächelnd hinzu, »wären Sie nur mit einiger Vorsicht zu verwenden. Aber wie wär's, wenn ich Ihnen eine Offizierstelle bei einem Jägerregimente gäbe, mit der Aussicht auf eine Kompagnie nach der ersten Aktion, und so weiter? Sie schauen besorgt drein, Demoiselle Benedicte? Seien Sie ruhig, er hat Glück, dieser junge Mann, das lese ich in seinen Zügen, und wenn er einst ein großer General ist, werden Sie mir's danken!«

»O gewiß, Königliche Hoheit,« fiel der Schultheiß erfreut ein.

»Was denken Sie?« wandte der Erzherzog sich wieder an Wilderich.

»Ich bitte Ew. Hoheit, mir gnädig zu bleiben, wenn ich diese Güte ablehne.«

»Sie wollen nicht?«

Wilderich schüttelte den Kopf und antwortete: »Wenn ich in meinem Spessart bleiben möchte, so ist es nicht allein der Wunsch, mich von dem Glücke nicht zu trennen, das ich eben gefunden habe. Ich habe die Waffen wider den Landesfeind nur ergriffen, wie es, mein' ich, jeder deutsche Mann zum Schutz und für die Freiheit des Vaterlandes muß. Man soll dazu deutschen Männern nur vertrauen, in der Stunde der Gefahr werden sie dasein! Aber zum Soldaten taugt solch ein ans freie Waldleben gewöhnter Mensch wie ich nicht – lassen Ew. Hoheit mich im Schatten meiner Buchen!«

»Nun,« versetzte der Erzherzog, ihm die Hand reichend, »wie Sie wollen! Vergessen Sie dann in der Einsamkeit Ihrer Buchenschatten nicht, daß Sie einen Freund an mir haben!«

Er erhob sich.

»Ich muß scheiden, mein lieber Schultheiß – meine Zeit ist gemessen,« sagte er. »Gott erhalte Sie und die Ihren, Gott erhalte Deutschland seine treuen und starken Männer, daß wir die Stürme, die noch kommen mögen, siegreich bestehen und einst so ruhig und glücklich darauf zurückblicken mögen, wie Ihr Haus es auf die Tage kann, die nun hinter Ihnen liegen!«

Während er vom Hausherrn und den andern geleitet ging, blieb Marcelline zurück. Sie stand, die Augen zu Boden geheftet, und flüsterte endlich mit bleicher Lippe vor sich hin: »Gott erhalte auch ihn! Während er die Vaterstadt und meinen Gatten befreite, wurde ja auch ich frei von dem grauenhaftesten Irrtum und der entsetzlichsten Verirrung, die je ein armes, schwaches, unglückliches Weib gefangenhielten!«

Ende.

Über tredition

Eigenes Buch veröffentlichen

tredition wurde 2006 in Hamburg gegründet und hat seither mehrere tausend Buchtitel veröffentlicht. Autoren veröffentlichen in wenigen leichten Schritten gedruckte Bücher, e-Books und audio-Books. tredition hat das Ziel, die beste und fairste Veröffentlichungsmöglichkeit für Autoren zu bieten.

tredition wurde mit der Erkenntnis gegründet, dass nur etwa jedes 200. bei Verlagen eingereichte Manuskript veröffentlicht wird. Dabei hat jedes Buch seinen Markt, also seine Leser. tredition sorgt dafür, dass für jedes Buch die Leserschaft auch erreicht wird.

Im einzigartigen Literatur-Netzwerk von tredition bieten zahlreiche Literatur-Partner (das sind Lektoren, Übersetzer, Hörbuchsprecher und Illustratoren) ihre Dienstleistung an, um Manuskripte zu verbessern oder die Vielfalt zu erhöhen. Autoren vereinbaren direkt mit den Literatur-Partnern die Konditionen ihrer Zusammenarbeit und partizipieren gemeinsam am Erfolg des Buches.

Das gesamte Verlagsprogramm von tredition ist bei allen stationären Buchhandlungen und Online-Buchhändlern wie z. B. Amazon erhältlich. e-Books stehen bei den führenden Online-Portalen (z. B. iBookstore von Apple oder Kindle von Amazon) zum Verkauf.

Einfach leicht ein Buch veröffentlichen: **www.tredition.de**

Eigene Buchreihe oder eigenen Verlag gründen

Seit 2009 bietet tredition sein Verlagskonzept auch als sogenanntes "White-Label" an. Das bedeutet, dass andere Unternehmen, Institutionen und Personen risikofrei und unkompliziert selbst zum Herausgeber von Büchern und Buchreihen unter eigener Marke werden können. tredition übernimmt dabei das komplette Herstellungs- und Distributionsrisiko.

Zahlreiche Zeitschriften-, Zeitungs- und Buchverlage, Universitäten, Forschungseinrichtungen u.v.m. nutzen diese Dienstleistung von tredition, um unter eigener Marke ohne Risiko Bücher zu verlegen.

Alle Informationen im Internet: **www.tredition.de/fuer-verlage**

tredition wurde mit mehreren Innovationspreisen ausgezeichnet, u. a. mit dem Webfuture Award und dem Innovationspreis der Buch Digitale.

tredition ist Mitglied im Börsenverein des Deutschen Buchhandels.

Dieses Werk elektronisch lesen

Dieses Werk ist Teil der Gutenberg-DE Edition DVD. Diese enthält das komplette Archiv des Projekt Gutenberg-DE. Die DVD ist im Internet erhältlich auf **http://gutenbergshop.abc.de**